finale
Galopp
1a
2a
B

NARRATORI MODERNI

Dello stesso autore in edizione Garzanti:

Una finestra vistalago
La signorina Tecla Manzi
Un amore di zitella
La figlia del podestà
Il procuratore
Olive comprese
Il segreto di Ortelia
La modista
Dopo lunga e penosa malattia

ANDREA VITALI

ALMENO IL CAPPELLO

Garzanti

Prima edizione: febbraio 2009

ISBN 978-88-11-68606-4

Printed in Italy

www.garzantilibri.it

A Ercole Nogara

Ai filarmonici di San Carlo Canavese

Al Corpo Musicale Bellanese,
di cui fui trombone

ALMENO IL CAPPELLO

I personaggi e le situazioni raccontate in questo romanzo sono frutto di fantasia. I luoghi, invece, sono reali.

1.

La domenica 9 ottobre 1927 Mussolini inaugurava a Roma la prima mostra del grano. Il giorno dopo, lunedì, Evelindo Nasazzi, a Dervio, metteva sottoterra Animella Carlini, quarantasei anni, la sua prima moglie.

Un funerale squallido, poca gente al corteo, ancora meno al cimitero, celebrato in tarda mattinata sotto un cielo di nuvole e contornato da un'atmosfera festosa.

Infatti, mentre la bara con la Carlini usciva dalla sua casa per l'ultimo viaggio, i bambini delle scuole elementari sciamavano dalle loro aule per recarsi presso la sala parrocchiale dove, di lì a poco, avrebbero dovuto interpretare un'allegoria ispirata alla battaglia del grano. Tra il folto pubblico, oltre alle numerose autorità, il podestà di Dervio, Amilcare Vestreni, il direttore didattico Parco Mincia, ideatore e regista dell'allegoria, e il parroco don Santo Patroni che festeggiava il decimo anniversario del suo arrivo in quel paese: dopo lo spettacolo e la messa, il pranzo presso il ristorante Del Crottino, riservato ad autorità e sacerdoti, avrebbe messo il sigillo alla giornata di festa. In omaggio alla quale il podestà Vestreni, d'accordo con il segretario Mirri, aveva concesso una mezza giornata di libertà ai dipendenti comunali.

Il corteo funebre incrociò lungo la strada statale la fila dei bambini, elettrizzati dalla novità di quella mattina sottratta alla noia della scuola. Nonostante l'intervento di alcune maestre, con secche sberle sulla coppa dei più agitati, non ci fu verso di ridurli al silenzio. Onde evitare nuovi incontri imbarazzanti, il coadiutore del parroco, cui il funerale era stato affidato – visto che il suo superiore era impegnato a festeggiare sé stesso e il grano italiano –, impose una deviazione che accorciò la strada dapprima verso la chiesa, dove celebrò quello che lo scaccino giudicò essere il riassunto di una messa, e poi verso il cimitero. Poiché il tragitto indicato dal coadiutore aveva preso per stradine erte e strette, pavimentate con un acciottolato farraginoso, il corteo funebre, già magro in partenza, si asciugò ulteriormente: si staccarono una decina di donne, in età e anchilosate, che temevano di dover lasciare qualche osso su quelle stradette.

Quando lo scheletrito funerale giunse al cimitero, sotto un cielo sempre più cupo, l'aria si riempì di un gioioso scampanio: proveniva dalla chiesa dei Santi Pietro e Paolo ed era il segnale che annunciava la messa solenne. Il coadiutore doveva prendervi parte in qualità di chierichetto dei celebranti, sei tra monsignori e prevosti: si rese conto di essere in grave ritardo. Per recuperare accelerò ancora i tempi della liturgia. Poi, scusandosi ma sottolineando che una volta benedetta la bara il suo dovere s'era esaurito, se ne andò a passo di corsa, tenendo al ginocchio il sottanone per non inciampare.

Intervenne a quel punto il seppellitore Gaspare Struppia che, essendo a tutti gli effetti un dipendente comunale, non vedeva l'ora di godersi la mezza giornata di permesso elargita dal podestà. Lo aspettava un programma di tutto rispetto. Per mezzogiorno spaccato era atteso da un gruppo di amici presso una baita sita in località Sommafiume: polenta e lepre in salmì, e la polenta voleva puntualità. Non appena il coadiutore si eclissò, il sotterramorti si avvicinò all'Evelindo Nasazzi e gli ficcò in mano la vanga. Poi, con tono d'ordine, gli ingiunse di provvedere a riempire la fossa, il lavoro di fino l'avrebbe fatto lui, il giorno dopo.

Il Nasazzi lo guardò. Il beccamorto aveva indosso la camicia nera e non osò obiettare.

Era circa mezzogiorno quando finì di spalare. Infilò la vanga nella terra nera, umida. A quel punto, rifletté, avrebbe dovuto dire una preghiera.

«*Requiem aeternam...*»

Bene, fino a lì.

E poi?

Poi basta.

Si guardò intorno, si deterse la fronte che gocciolava.

«Sta' bene», mormorò rivolto alla terra.

E se lei, la defunta, avesse potuto rispondere lo avrebbe rassicurato: dopo vent'anni di vita passati con lui, qualunque sistemazione, anche quella attuale e definitiva, si lasciava preferire a ogni altra. Semmai, avrebbe aggiunto, le dispiaceva per il figlio che si lasciava alle spalle, un quindicenne malaticcio e inabile al lavoro, motivo di continui dileggi e litigi tra marito e moglie, con lui a imputarle la responsabilità della debolezza di quel sangue. Proprio per questo gli avrebbe suggerito di pensare a riprendere moglie, e che fosse una brava donna, in grado di farsi carico delle necessità del ragazzo.

Il Nasazzi si disegnò addosso un incerto segno della croce. Poi si avviò, lentamente, le mani in tasca, la tentazione di zufolare, un pensiero preciso in testa. Mica aveva bisogno dei consigli di sua moglie: non ne aveva mai avuto bisogno quand'era viva, figurarsi adesso che era sottoterra! Sapeva anche lui che gli serviva un'altra moglie, aveva cominciato a pensarci subito: chi, se no, avrebbe badato a lui, alla casa, e a quella specie di larva che ne aveva una tutti i giorni, quando non due?

2.

Il rispetto del lutto, la decenza: Evelindo Nasazzi stette buono sei mesi. Poi, passato quel periodo e compiuti cinquant'anni, si mise in campo a cercar moglie. Sparse la voce, contattò prevosti e paraninfi. Scartò due proposte che gli giunsero quasi immediatamente, una da Tremenico e una da Villatico: si offrivano due donne vedove ma con figli a carico. Non prese neppure in considerazione la proposta che concerneva tal Cancelletti Amalia, giovane e prosperosa ragazza di Colico che pose, quale unica condizione, la possibilità di portare con sé la madre Inclita: la donna era affetta da cretinismo e offriva uno spettacolo orripilante, con quel gozzo trilobato e gli occhi che sembravano sempre sul punto di schizzar fuori dalle orbite. Il Nasazzi, pur a malincuore poiché le grazie della giovane erano notevoli, rinunciò, spaventato dall'idea di trovarsi faccia a faccia, quotidianamente, con il mostro.

Nel maggio del 1928, dopo aver scartato altre proposte viziate da inaccettabili condizioni, gli giunse, tramite il parroco di Vestreno, il nome di Noemi Castrozzi, di Avano, paesino incastrato nell'umido fondo della Valvarrone.

La donna non era né bella né brutta. Non era vedova e non aveva figli al seguito, né genitori deficienti a carico. Aveva cresciuto sei fratelli minori, facendo le veci di padre e madre. Soprattutto aveva trent'anni e, sulle spalle, una vita sino ad allora passata nei campi e nei boschi che l'aveva tostata bene ma della quale era ormai stufa. L'Evelindo Nasazzi la scelse per quello: non per la vita che aveva fatto. Per l'età: essendo più giovane di tutte le altre, prometteva di durare di più.

Nient'altro determinò la sua decisione: una donna, pensava, valeva l'altra.

La prima sberla che prese dalla Noemi, la sera del 13 ottobre 1928, contribuì a far traballare quella convinzione.

3.

Era sabato, giorno di paga. L'Evelindo era sposato da due settimane.

A mezzogiorno il Nasazzi non s'era presentato a pranzo. La Noemi l'aveva aspettato fino all'una passata, poi aveva cominciato a preoccuparsi.

Che fosse successo qualcosa?

Era stato il figlio di primo letto del Nasazzi, Battista, «il malatino», come lo chiamava suo padre, a rassicurarla.

«È giorno di paga», aveva detto con voce pastosa: era affetto da rachitismo congenito e ormai, a sedici anni, tutto il rosario di segni e sintomi della malattia s'era palesato; soprattutto l'odore ammoniacale del sudore e dell'alito, come se bevesse candeggina.

Era giorno di paga, va bene, aveva detto la Noemi. E allora?

Allora, aveva spiegato il giovanotto, voleva dire che il genitore se la stava scialando con in tasca la quindicina, come aveva sempre fatto, attingendovi senza risparmio e senza darsi pensiero di loro che lo aspettavano a casa. Sarebbe ritornato solo quando avesse giudicato di essersi divertito a sufficienza. Variabile l'ora del rientro, considerando che, a volte, non bastando a lui e ai suoi compari il giro delle già numerose osterie di Dervio, poteva capitare che si spingessero fino a Corenno Plinio o addirittura su, in valle: in quel caso si poteva verificare di non vederlo sino alle prime luci dell'alba.

Certa, certissima invece, la condizione del genitore: si sarebbe presentato cotto dal vino e vociante.

Ah sì?, aveva detto la Noemi.

Eh già, aveva assicurato il malatino.

Ubriaco, vociante e polemico, poiché il vino eccitava la parlantina, gli scioglieva la lingua: tant'era silenzioso da sobrio, insomma, tanto diveniva ciarliero quando si macerava così.

Quindi, era stato il consiglio del Battista, che lei si preparasse a quel battesimo, non desse in smanie, non lo contraddicesse, non gli facesse prediche per lo stato in cui si sarebbe presentato: tenesse presente che, quand'era così, suo padre diventava anche violento.

Ma, soprattutto...

«Soprattutto?» aveva chiesto la Noemi inarcando le sopracciglia.

Soprattutto non sfiorasse nemmeno l'argomento soldi, quei soldi che l'uomo buttava con tanta generosità nei cassetti delle osterie: era un argomento da evitare con cura, se non si voleva correre il rischio di dare la stura a una delle tirate preferite del genitore ubriaco, quella contro i mangiapane a ufo, nel caso specifico loro due.

«Ma tua madre», aveva chiesto la sposina, «come si comportava, cosa faceva?»

Niente, era stata la risposta.

Aspettava.

Prima di tutto che all'uomo passasse la sbornia, e generalmente era questione di un paio di giorni. Dopodiché aspettava ancora.

«Ancora? E cosa?» aveva chiesto nuovamente la Noemi, cui tutto quell'aspettare stava già dando sui nervi.

Che il genitore versasse nelle asfittiche casse domestiche quello che a lui sembrava più che bastevole per mandare avanti la baracca.

«Ah!» era sbottata la Noemi.

«Peraltro insufficiente», aveva sottolineato il malatino.

Largamente insufficiente a tirare la fine del mese.

Non a caso, aveva poi sospirato il giovanotto inondando la cucina col suo alito medicinale, la sua povera mamma era finita sottoterra ad appena quarantasei anni, dopo aver fatto la serva in casa d'altri e nella propria.

Per capire come stavano le cose la Noemi non aveva bisogno d'altro.

«D'accordo», aveva commentato.

E s'era disposta ad attendere il ritorno del novello sposo nonostante un ultimo avvertimento del malatino: anche quella, aspettarlo alzati, era cosa che faceva andare il genitore su tutte le furie.

4.

L'Evelindo rientrò a casa quando mancavano pochi minuti alle dieci di sera. Incespicò sulle scale. Faceva conto di liberare un rutto che da un po' gli ballava nello stomaco non appena fosse stato in cucina. Lo sganassone che la Noemi gli tirò, senza preavviso, gli fece ringoiare l'alcolico refolo e lo spostò di un metro buono, perché nell'avambraccio della Castrozzi c'era una lunga abitudine a spaccare legna. Andò a sbattere contro la stufa, sulla quale mancò poco si sedesse. Dopodiché tentò una reazione. Vocale, più che altro. Un grugnito.

Una seconda sberla gli si abbatté sulla faccia e lo annebbiò molto più del vino che era andato scolando lungo tutta la giornata. Scivolò a terra, un filo di sangue dal naso.

Il malatino, temendo le scene del genitore, si era messo a letto per tempo. Ma, attirato dal rumore e dalla singolare assenza dei soliti vocalizzi dell'ebbro, fece capolino in cucina.

Osservò la scena, lo sguardo acquoso: la Noemi si stava srotolando le maniche del grembiale, suo padre era a terra, mugugnava e dava a vedere che non ce l'avrebbe fatta a rimettersi in piedi da solo.

«Guai a te se lo aiuti!» minacciò la donna.

Fu lei, la mattina successiva, a svegliarlo. Il Lindo era ancora torbolo. Tentò un saluto. La Noemi glielo impedì. Macché buongiorno. Voleva sapere dove abitava il suo padrone, il Caliprandi dell'omonima segheria.

L'Evelindo glielo disse senza discutere.

Non si sentiva abbastanza in forze per chiederne il motivo, affrontare quelle mani che avevano la durezza del legno stagionato. Quando fu ben sicuro che la donna era lontana si produsse, ad alta voce per far sì che il malatino lo sentisse, in propositi di rivincita. Erano, minuto più minuto meno, le undici del mattino.

A quell'ora il *Savoia,* il battello a ruota più maestoso della Navigazione Lariana e vanto della stessa, si preparava a doppiare la punta spartivento di Bellagio, carico degli ultimi turisti di una stagione che si stava preparando a chiudere le porte.

5.

«Allora cosa facciamo?» chiese per l'ennesima volta Augusto Boldoni, Guzzìn, tenendo il clarino a spall'arm. Gli sguardi del resto della fanfara si volsero al bombardino ancora appoggiato sulla sedia che di solito, durante le sere di prove, occupava l'Evelindo Nasazzi.

«Magari arriva», bofonchiò Ernesto Pini, genis.

«Sì», ribatté Eumeo Vergottini, seconda cornetta, «aspetta e spera.»

«È ben strano però», buttò lì la guardia municipale Carletto Pianìn, trombone.

«Mica tanto», osò Evangelio Bordini, secondo clarino, un sorriso da furbo che si fermò agli occhi.

«E già, e già», confermò Aurelio Leoni, basso.

«Sarebbe a dire?» chiese Zaccaria Vergottini, prima cornetta e direttore.

«Ma la moglie giovane, no?» rispose per tutti il Leoni, soffiando poi due profonde, significative note che rimbombarono nell'angusto locale.

Ostia, era vero! pensò il Vergottini. Il Nasazzi s'era appena risposato e, a quanto gli avevano riferito, s'era tirato in casa una donna di vent'anni più giovane: con uno strumento del genere a portata di mano chissà cosa gliene fregava della fanfara.

«Poteva almeno avvisare», disse.

Se il mercoledì precedente, dopo le prove, l'avesse detto, lui avrebbe avuto tutto il tempo di trovare rimedio a quella defezione.

«Ma come faceva!» obiettò il Boldoni assumendo un tono didattico.

Era il più giovane della fanfaretta, l'ultimo arrivato, l'unico non sposato.

«Che mai si sposerà!» amava dire, strizzando l'occhio e facendo un sorriso da furbo. Lì in fanfara lo chiamavano anche «Libero Amore». Un po' perché era figlio di Boldoni Libero, socialista, un po' perché un'altra delle sue frasi celebri era «amale tutte ma non sposarne alcuna». A suonare il clarino aveva cominciato a quindici anni per via di un colpo di malasorte. Il colpo era stato di mazza ed era calato sulla mano di Libero Boldoni nella primavera del 1919, maciullandogliela. Nell'arco di pochi secondi il Boldoni padre aveva perso il lavoro e la possibilità di suonare il clarino, due dolori che, nel giro di qualche anno, l'avrebbero portato alla tomba. Il Guzzìn era già socialista all'epoca, anche se non lo sapeva. Per gentile concessione del padrone aveva preso il posto di suo padre nella cava di sassi del monte Cornizzolo, e per cercare di lenire le ambasce del genitore s'era messo a lezione di clarino da lui. Ci sapeva fare, nel giro di un paio di anni aveva preso una bella confidenza «col piffero», come lo aveva battezzato. Nel frattempo l'altro piffero aveva cominciato ad avanzare richieste e il Guzzìn non s'era tirato indietro. All'età di vent'anni suonava entrambi gli strumenti con maestria e nel 1925, quando suo padre era morto intristito per la piega che avevano preso gli eventi in Italia, il Guzzìn era già costretto a scorribande fuori paese per cercarsi morose da tenere non più di un mese o due: in Bellano aveva ormai una triste fama. Circa il destino del clarino, l'aveva deciso davanti alla bara ancora aperta con dentro suo padre. Se prima aveva pensato di restituirlo al genitore, che gli facesse compagnia nel viaggio, al momento di chiudere la cassa l'aveva ripreso in mano e ci aveva anche sparato due note, facendo sussultare le dolenti vicine di casa che assistevano al rito. L'aveva tenuto, immaginando che, suonandolo, avrebbe rallegrato il genitore, come da vivo. Con quel clarino era quindi entrato a far parte della fanfaretta. La musica, certo, gli piaceva. Ma gli piacevano di più le donne. E dai battelli ne scendevano parecchie, fossero bionde, brune o more: carne da fulminare con lo sguardo, da corteggiare suonando una marcetta.

«Il fiore è bello quando sboccia», diceva ancora.

E quando sboccia, però, bisogna essere lì.

Quindi, spiegò il Guzzìn quella mattina, era inutile fare il processo al povero Nasazzi, certe cose non si potevano programmare, certi momenti non si potevano prevedere: come frutti, bisogna prenderli quando maturano.

«Cogliere l'attimo», concluse.

E il Leoni, col basso in bocca, soffiò altre due note.

«Basta con 'ste scorregge!» inveì il Vergottini, nervoso.

Ma subito, come in risposta, una terza nota, lontana, ma che sembrava anche lei di basso, si insinuò nel silenzio che era caduto dopo l'uscita del direttore.

Non ci fu bisogno di spiegazioni, tutti compresero da dove veniva: il *Savoia* si stava avvicinando, segnalava il suo prossimo attracco con severi colpi di sirena.

«Cosa facciamo allora?» ribadì il maestro Vergottini.

Un secondo colpo di sirena avvisò l'intera fanfara che il *Savoia*, con la sua larga pancia piatta, aveva ormai doppiato la punta della Puncia. Non era più tempo di discutere. Bisognava decidere, subito, per il sì o per il no. In quest'ultimo caso, però, prepararsi anche a giustificarsi con il podestà che avrebbe potuto esigere spiegazioni.

6.

Da un annetto circa la fanfara, la domenica e le altre feste comandate, riceveva con allegre marcette i turisti che raggiungevano Bellano a bordo del battello.

L'idea dell'accoglienza musicale era stata della Direzione Generale della Navigazione Lariana, che l'aveva passata a tutte le amministrazioni comunali della riviera tramite circolare.

Il podestà di Bellano Gemmo Parpaiola, con la solidarietà dei suoi collaboratori, aveva lasciato cadere la proposta, ritenendola inutile: turisti ne arrivavano comunque, senza contorno di musica. Cosa potevano aggiungere quattro note alle attrattive ambientali e gastronomiche, grazie alle quali le contrade e i locali pubblici bellanesi nei giorni di festa erano sempre pieni di forestieri?

Non così l'aveva pensata Zaccaria Vergottini, suonatore di cornetta per tradizione di famiglia.

Un virtuoso dello strumento, il Zacca. Tanto che, in occasione di concerti importanti, quando c'era da rinforzare l'organico, il Corpo musicale Alessandro Manzoni di Lecco ne richiedeva l'opera. Era stato proprio in un'occasione di quelle, durante il Concerto di Natale del 1927, tenuto presso il Teatro Sociale e al quale aveva presenziato anche sua eccellenza il prefetto di Como, che il Vergottini aveva appreso la novità: in parecchi paesi della riviera, da Onno a Bellagio, da Mandello a Cadenabbia, a Dongo e Gravedona, già quell'estate piccole fanfare avevano accolto i turisti a suon di musica. E spesso quelli, grati per la festosa accoglienza, alla fine del concertino avevano persino sganciato un obolo che era finito per intero nelle tasche dei suonatori.

Oh bella!, aveva pensato il Vergottini.

Subito, il giorno dopo la scoperta, aveva scritto una ossequiosa lettera alla Direzione Generale della Navigazione Lariana per chiedere il permesso di allestire anche lui, a Bellano, una fanfara di accoglienza. Ottenuto il nulla osta, aveva scritto, non gli sarebbe servito altro: i suonatori li aveva già tutti sottomano. Erano quelli che, sotto la sua direzione, formavano il gruppo che seguiva il corteo dei Re Magi la sera del 5 gennaio. Dilettanti in grado di suonare *Teresa di pomm,* l'inno della festa e qualche altra canzone popolare. Ma che, adeguatamente istruiti e allenati, avrebbero potuto ampliare il repertorio. Renderlo, per così dire, internazionale.

La Direzione Generale gli aveva risposto con una cortese lettera a firma di tal ragionier Segantini in cui veniva spiegato che non c'era alcun bisogno di permessi o quant'altro: la Direzione Generale infatti, ritenendo di lavorare a beneficio dell'immagine e dell'economia dei paesi toccati dai propri mezzi di trasporto, aveva messo l'idea a disposizione di tutte le amministrazioni comunali del lago.

Che ne facessero, insomma, quello che volevano. Ma i riscontri favorevoli, registrati agli attracchi là dove l'iniziativa era stata ben accolta e aveva preso piede, la dicevano lunga circa la bontà della stessa.

Il Vergottini aveva allora spostato il tiro: dagli uffici della Navigazione Lariana allo studio del podestà. Questi l'aveva ricevuto una prima volta e l'aveva liquidato promettendo che avrebbe tenuto in conto la proposta. Promessa di marinaio. Il Vergottini era tornato alla carica, il podestà s'era negato un paio di volte. Ma il Zacca aveva la testa di un caprone: l'aveva appostato all'ingresso del municipio, al mattino, presto. Gli aveva strappato la solita promessa. Dopodiché il Parpaiola, per una settimana, era andato in municipio solo verso sera. E una sera appunto, uscendo di casa, era andato a sbattere contro il Vergottini. Così aveva capito che non c'era verso: per toglierselo di torno doveva mollare il permesso. L'aveva mollato. Ma una settimana più tardi il Vergottini era ancora lì, in comune, fuori dal suo studio, con una lettera in mano.

Carta intestata della Navigazione Lariana, aveva notato il podestà.

Cosa c'era ancora?

C'era che Zaccaria Vergottini era uomo rispettoso delle gerarchie e dell'autorità, ossequioso, tutto d'un pezzo, volendo un po' tardo, lento nel capire le cose, a mettersi in movimento. Ma, una volta avviato, impossibile da fermare.

Quindi, ottenuto il permesso verbale da parte del podestà per allestire la fanfara, s'era sentito in dovere di informare del felice esito della sua richiesta il gentilissimo ragionier Segantini della Navigazione Lariana che l'aveva «così ben consigliato». Proprio perché aveva avuto da lui così utili consigli, il Vergottini si era permesso di sottoporre alla sua attenzione un problema di non facile soluzione e che riguardava il luogo dove la costituenda fanfara avrebbe potuto tenere le necessarie prove onde offrire ai turisti un'accoglienza musicalmente degna.

Non pretendeva, il Vergottini, che la Navigazione Lariana si impegnasse a evadere materialmente la sua richiesta: gli sarebbe bastato conoscere come avessero affrontato e risolto il problema, tutt'altro che secondario, negli altri paesi dove le fanfare erano già operanti.

Il gentilissimo ragionier Segantini aveva risposto a stretto giro di posta, insinuando nel tono delle parole scritte una cert'aria scocciata: la Direzione Generale della Navigazione Lariana era responsabile solamente dell'idea e l'aveva fatta circolare alle amministrazioni comunali rivierasche. Ciascuna di queste poi s'era regolata come meglio credeva. Non si poteva pretendere che la Direzione stessa si preoccupasse di scovare locali per ospitare le varie fanfare, essendo quello un problema di diretta pertinenza delle amministrazioni comunali.

Col che il ragionier Segantini aveva chiuso la lettera firmando con un frettoloso svolazzo e augurando ogni fortuna.

«Ho capito!» aveva detto il podestà restituendo la lettera.

Non c'era bisogno che il Vergottini gli ripetesse a voce ciò che aveva appena letto. Il Zacca s'era tappato la bocca e, ossequiando, s'era ritirato.

Quella stessa sera il Parpaiola ne aveva parlato con un paio dei suoi collaboratori.

«Bisogna trovargli un locale, sennò non ce lo togliamo più dai coglioni», aveva concluso.

Gli altri due, il ragionier Bertaccini, impiegato alla filiale del Piccolo Credito Lecchese, e il maestro elementare Elvio Spinosi, s'erano detti d'accordo con lui.

Ma quale locale, dove?

Un'idea il podestà se l'era fatta, aveva avuto tempo per pensarci tutta la giornata: era una stanzaccia di proprietà del comune sita in via Loreti. Locale unico, senza cesso, fatiscente, inutilizzato da almeno un decennio. Poteva andar bene.

«Ma...» aveva detto il Bertaccini.

Il podestà l'aveva fermato con un gesto della mano. Lo sapeva, non c'era bisogno che glielo ricordassero: quel locale l'avevano promesso, da tempo, alle vedove di guerra, che volevano costituirsi in associazione. Se ancora non l'avevano consegnato era perché l'amministrazione stava cercando di reperire i fondi necessari per risistemarlo, renderlo degno di accogliere la sede di rappresentanza di un'associazione così nobile.

Le vedove di guerra però erano cinque contro gli otto elementi che componevano la fanfara: la differenza numerica doveva pur contare qualcosa. Si poteva fare così: assegnare al Vergottini e alla sua compagnia di musicanti il locale nello stato in cui era, impegnandoli a sistemarlo e senza pretendere dalla municipalità il benché minimo contributo. Nessun contratto, poi, niente di scritto.

«Così, alla prima che combinano, diamo un bel calcio nel culo a tutti, li mandiamo via e torniamo in possesso di un locale rinnovato, pronto per l'ingresso delle vedove.»

Né il ragioniere né il maestro avevano trovato di che obiettare al piano del podestà. Anzi, l'avevano giudicato perfetto, non una smagliatura. Non era la prima volta che quell'uomo li stupiva per la sua lungimiranza.

7.

Benché orfana del bombardino, la fanfara uscì.

Non bisognava offrire il destro a critiche, aveva ragionato il maestro Vergottini che si sentiva addosso gli occhi del podestà e della sua giunta. O, peggio, a ritorsioni.

«Ma senza il bombardino come si fa a suonare?» era stata la domanda della seconda cornetta che aveva parlato a nome di tutti.

Era vero.

Fosse mancato un clarino o, appunto, una cornetta, pazienza. Ma senza un solista come il bombardino, e suonato da uno come il Nasazzi... L'assenza si sarebbe sentita eccome. Perché madre natura aveva farcito il Lindo con un sacco di difetti ma a titolo di risarcimento gli aveva dato quell'unica virtù: virtù piena, pura, perfetta, un senso del ritmo che nemmeno un motore nuovo di zecca, nemmeno lo scandire di una pendola, nemmeno il sorgere e il tramontare del sole con le sue leggi eterne potevano eguagliare. Lo vedeva, lo sentiva dappertutto. Anche quando scorreggiava lo faceva a tempo di DO e SOL. Per tutta risposta il maestro Vergottini aveva incassato la testa tra le spalle: nemmeno lui sapeva come se la sarebbero cavata, cosa ne sarebbe uscito.

«Speriamo che nessuno se ne accorga», aveva detto, facendo poi notare, tanto per tirar su il morale alla truppa, che il cielo non era così sereno e la stagione delle scampagnate volgeva al termine: due ottime ragioni per trattenere i turisti nelle proprie case.

Quando la fanfara sbucò in piazza Grossi, il *Savoia* sparò nell'aria il terzo colpo di sirena: significava che era pronto all'attracco e i passeggeri, pochi o tanti che fossero, a sbarcare. A un gesto del Vergottini, i musicisti si misero in fila davanti alla pensilina della Navigazione Lariana.

La plancia del battello era discretamente animata, notò il maestro.

Che tutti, si chiese, ma proprio tutti dovessero scendere a Bellano?

8.

Non tutti.

Alcuni, pochi, erano diretti a Dervio. Scalo di secondaria importanza, turisticamente parlando, quello derviese. Tanto che il *Savoia* non stava a sprecare troppi colpi di sirena: giusto uno, per avvisare i battellotti di prepararsi all'attracco. Quell'unico colpo, però, potente come gli altri che disseminava davanti ai più leggiadri porti del lago di Como. Che sovrastava, per un brevissimo momento, ogni altro rumore. Che faceva alzare il capo a guardar per aria, come se avesse corpo, occupasse spazio.

Il Nasazzi alzò anche lui, finalmente, il capo quando la sirena del *Savoia* si insinuò in casa sua.

La sbornia, le sberle, la notte dormita sul pavimento della cucina: aveva le gambe molli, di marmellata. Con l'impressione di camminare su di un tappeto di uova raggiunse la sua camera da letto e si fermò, per tirare il fiato, aggrappato al comò, davanti allo specchio macchiato di tempo.

Il colpo di sirena gli rammentò l'appuntamento. E bestemmiò.

«Ormai...»

Era la prima volta che dava buca. Anzi, era la prima volta, nella storia della fanfara, che un suo componente mancava all'appello.

Chissà quante gliene avevano dette e ne stavano ancora dicendo i suoi compari. E proprio a lui che, benché abitasse a Dervio per una mera questione di opportunità – il lavoro in segheria, la casa di proprietà della prima moglie – non aveva mai ceduto alle lusinghe di altre bande o fanfare: fedele al proprio paese, Bellano, dov'era nato e cresciuto, solo per lui suonava.

In ogni caso, ragionò, quando infine riuscì a sollevare la testa e a guardarsi nello specchio, con quel bel livido che gli ombreggiava lo zigomo di sinistra non avrebbe avuto il coraggio di mostrarsi pubblicamente. Nemmeno se il *Savoia*, per una sorta di miracolo, avesse invertito il suo giro e passando prima da Dervio gli avesse ricordato l'impegno che lo aspettava a Bellano con quel baritonale colpo di sirena.

Del quale, mentre il Nasazzi ragionava, s'era ormai persa ogni traccia nel cielo sopra Dervio.

9.

I turisti erano sbarcati.

Nessuna grossa compagnia.

Coppie o singoli, piuttosto, a parte un gruppetto, sette, otto, di svizzeri, ticinesi. Rumorosi, gli uomini ancora in braga corta. Il maestro Vergottini ne aveva compresa la provenienza ascoltandone il dialetto. Una ventina di persone in tutto. Frettolose, per di più. Come se fossero sbarcate a Bellano non per godersi le bellezze del paesaggio e una sana pietanza in una delle tante trattorie, ma per lavoro o per qualche altra triste incombenza.

A meno che, a provocare la fretta dei turisti, non fossero state le marcette zoppe che la fanfara, nonostante l'assenza del bombardino, aveva comunque suonato: perché l'assenza del Nasazzi si notava, eccome. A poco erano valsi alcuni virtuosismi che proprio lui, il maestro, aveva messo in atto nel tentativo di coprire l'assenza del necessario controcanto.

Ma, certo, per intendere il difetto ci voleva orecchio, e non era da tutti.

La gente era di bocca buona, aveva cotolette al posto delle orecchie. Come quei tardivi gitanti: un po' di rumore che avesse l'ombra di un'armonia ed erano contenti. La maggior parte di loro era filata via come se avesse i carabinieri alle calcagna, sorridendo appena all'accompagnamento della fanfara. Uno solo invece, sceso tra gli ultimi, privo di compagnia, pelato, preceduto anche dal suo grande ventre, l'occhio azzurro e lucido come se fosse stato brillo, s'era fermato ad ascoltare, andandosene con passo da generale in pensione solo quando la fanfara aveva dato fondo al programma musicale.

Era andata!, aveva pensato il Zacca.

La faccia era stata salvata, avevano stabilito maestro e suonatori riuniti, dopo l'accoglienza al molo, presso la Trattoria del Ponte per bagnare il becco. Pazienza se nessuno dei turisti aveva gratificato di una mancetta i musicanti, nemmeno quell'ultimo che, tutto sommato, la musica se l'era goduta sino alla fine.

«Crepi l'avarizia!» aveva esultato il maestro Vergottini.

A lui, essendo il capo, era toccato il doloroso onere e poi l'onore di saldare, di tasca propria, il conto.

10.

L'uomo dall'occhio lustro e con il ventre prominente faceva Onorato di nome e di cognome Geminazzi. Aveva cinquant'anni e cinque figli. Di busto corto, con le mani in tasca l'avambraccio vi affondava sino al gomito, e dalla camminata larga per non sfregare le cosce una contro l'altra, giungeva a Bellano per la prima volta nella sua vita. Ci veniva controvoglia e con il segreto intento di non ritornarci mai più. Se si era piegato alla necessità di quella gita era stato per ridurre al silenzio la moglie. Decisione strategica. Dopodiché, esaurita la formalità di quel viaggio, non avrebbe sentito ragioni, lui solo avrebbe deciso.

Mentre, ridacchiando sprezzante per il miserevole spettacolo della scalcinata fanfara che gli aveva ricordato gli asini in amore, si avviava alla volta della sua meta, risentiva le note storte di quei musicanti.

Fiato sprecato, per lui che ne sapeva di musica, seconda cornetta nella banda di Loveno!

Bestie che non sapevano da che parte prendere uno strumento. Asini appunto, somari.

E del somaro avrebbe dato a chiunque in quel momento gli avesse pronosticato che di lì a pochi mesi sarebbe diventato, secondo la volontà della moglie, cittadino bellanese. Oltre che primo maestro, o direttore che dir si voglia, del costituendo Corpo Musicale Bellanese.

Per il momento aveva un solo pensiero: liberarsi dell'impegno che l'aveva portato in quel di Bellano il più rapidamente possibile per non mancare l'appuntamento con il battello delle dodici e quindici che l'avrebbe ricondotto a casa. Il movimento sincopato del ventre scandiva il passo corto e svelto. Un vago sorriso gli animava il volto. Non aveva bisogno di decidere, l'aveva già fatto. Perché in casa sua comandava lui.

11.

Pure il Nasazzi ne era convinto.

Oddio, le sberle della Noemi stavano ancora tentando di insinuargli qualche dubbio. Motivo per il quale, ragionò l'Evelindo, era necessario ribadire il proprio primato.

Quando sentì aprirsi e chiudersi la porta di casa, segno che la misteriosa missione della novella sposa presso il Caliprandi era conclusa, il Nasazzi era ancora in piedi, davanti allo specchio macchiato.

Il primato!

Certo... forse... però...

Certo, forse, però non era il momento giusto per ribadirlo.

La nebbia che aveva in testa non si era ancora dissolta del tutto.

Rinviare, decise il Nasazzi.

Di poche ore, eh!, non di più. Non si credesse che lui...

Giusto qualche oretta di sonno ben dormita.

Dopodiché, una volta rimesso in sesto, avrebbe parlato chiaro, risistemato le cose.

Fatto, come si diceva, i conti.

12.

Anche il Geminazzi, che era ragioniere, si occupava di conti.

Una testa quadra, lo definivano i suoi amici, un mago dei numeri, a detta dei più cortesi: non si spiegava altrimenti come facesse a mantenere dignitosamente la pletora di figli e la moglie con il solo stipendio di capocontabile della ditta Varechini Distillati, con sede in Menaggio, produttrice dell'amaro Monte Grona.

E in fin della fiera erano numeri anche quelli che da qualche mese aveva cominciato a dare la moglie del ragioniere, la signora Estenuata Inverni in Geminazzi.

Numeri di alta economia domestica, che faticavano sempre più a quadrare.

E numeri di figli che si inanellavano, come in un rosario, uno dopo l'altro.

Dai numeri a un certo punto la signora Estenuata era passata a minacce vere e proprie, nel giorno in cui aveva scoperto di essere in attesa di un nuovo anello della sua catena.

Minacce di sbarrare la porta di casa al passo del marito. Di andarsene lasciandolo solo con la marmaglia. Di far su in un groppo l'amata cornetta. Di astenersi da qualunque lavoro casalingo. Di chiedere l'aiuto della municipalità o della parrocchia. Di sottrarsi, facendo un voto alla Madonna della Neve, alle voglie future di lui, o di togliersi la vita bevendo un infuso di gramigna. Di mettere in atto, insomma, una qualunque di queste misure se lui non si fosse messo in testa che il cachettico stipendio di capocontabile presso la Varechini Distillati non bastava più.

Il Geminazzi aveva tentato di arginare la furia della moglie. Prima con il ragionamento. Verificatane l'inutilità, anche perché alle giuste motivazioni della donna non opponeva che futili promesse, aveva preso il vezzo di ritirarsi in sé, come una tartaruga, ogni volta che Estenuata dava la stura ai suoi lamenti.

Fino alla sera in cui lei gli aveva comunicato di essere incinta per la sesta volta.

Allora il ragioniere, mantenendo la calma nonostante pure lui avesse tremato alla rivelazione che per l'ennesima volta la benedizione del Signore centrava la sua casa, aveva risposto: «Vedrai!» con un tono di vittoria e negli occhi un luccicore. Lo stesso brillìo delle nuove apparecchiature per la distillazione che da pochi giorni avevano invaso i locali della Varechini Distillati.

13.

Gelsomino Varechini, titolare della omonima ditta, ne aveva avuta notizia mesi prima, leggendo il «Corriere della Sera», e aveva immediatamente deciso che anche il suo amaro avrebbe dovuto partecipare alla grande esposizione dei prodotti italiani che si sarebbe tenuta a Bologna, presso il nuovo stadio del Littoriale, dal 13 al 27 maggio. Aveva scritto al podestà di Como, rinforzando la lettera con qualche cassa dell'amaro Monte Grona, domandando il necessario supporto e facendo notare che il Monte Grona era fatto con italianissime erbe mietute a mano sui monti lariani. Il podestà aveva ben accolto la petizione – in fin dei conti una rappresentanza comasca dava lustro all'intera provincia – e tramite il suo ufficio di segreteria aveva fatto ottenere al Varechini un invito.

A chi, una volta tornato a casa, gli aveva chiesto come fosse andata, Gelsomino aveva dato sempre l'identica risposta.

«*Sucesso* della madonna!» tale e quale, con una sola ci.

Ed era vero.

L'alta qualità e la bontà del prodotto avevano guadagnato all'amaro Monte Grona un diploma d'onore e una medaglia di bronzo. E al Varechini si era accesa la fantasia. S'era messo a ragionare in grande. Ancora in quel di Bologna aveva incominciato ad accarezzare l'idea di lanciare sul mercato nazionale il proprio nome e quello della ditta. Una volta ritornato a Menaggio, si era sentito più deciso che mai: bisognava osare, gettare il cuore oltre l'ostacolo, diventare competitivi, arricchire il catalogo dell'offerta affiancando all'amaro, fiore all'occhiello della ditta, altri liquori, rosoli.

Anche distillati.

Allo scopo aveva cooptato, facendogli un'offerta principesca, tal professore Gustavo Menalander, svizzero di Locarno, botanico di una certa fama, massimo conoscitore della flora che cresceva sul monte Generoso, il «paradiso dei botanici»: il Menalander gli aveva garantito che se avesse seguito i suoi consigli avrebbe sbaragliato ogni concorrenza con prodotti di assoluta novità, come il distillato alla genziana purpurea, quella verna e quella lutea, oppure l'amaro con la dentaria digitata o la cineraria aurantiaca. Si poteva pure pensare, aveva continuato il locarnese infiammando vieppiù la fantasia del Varechini, di mettere in produzione un amaro tonico di sua invenzione dotato di proprietà vermifughe, febbrifughe e anticoleriche. Per realizzare tutto ciò, però, era necessario avere la consulenza di un chimico esperto. Il Varechini aveva abbozzato. Il Menalander l'aveva rassicurato, ce l'aveva lui, sottomano, l'uomo che faceva al caso. Un amico, un vero esperto, il dottor Uberto Wassel. Il quale, dopo un sopralluogo agli impianti della ditta, aveva accettato di collaborare a patto che gran parte dei macchinari esistenti fosse rinnovata e ne venissero acquistati altri, nuovi di pacca.

Nelle settimane successive Gelsomino Varechini, invasato come un missionario, aveva impegnato tutto ciò che aveva e fatto debiti per soddisfare le richieste del chimico. Non aveva avuto un attimo di requie, aveva perduto sonno e appetito, era diventato stitico. Di giorno andava da un locale all'altro dello stabilimento, muovendosi come se avesse il ballo di san Vito, mentre di notte faceva e rifaceva i conti che il ragionier Geminazzi gli passava quotidianamente. Erano stati mesi febbrili. Ma a fine estate, rinforzata anche nell'organico dei dipendenti, la Varechini Distillati era pronta a compiere il gran passo, guardando con fiducia al futuro che stava per cominciare.

14.

Estenuata Geminazzi invece no.

Il futuro, lei, l'aveva sotto gli occhi tutti i giorni e in parte nella pancia. Ed era un futuro che prometteva di diventare sempre più vorace, sempre più famelico di vestiti, scarpe, ricostituenti e purganti. Soldi ci volevano, mica balle. Con i «Vedrai!» che suo marito le metteva davanti non diventava grasso nemmeno il gatto di casa.

Quindi una sera, dopo l'ennesimo «vedrai» del Geminazzi, aveva deciso di darsi da fare per conto proprio.

Dapprima s'era rivolta al parroco di Menaggio. Era una fedelissima parrocchiana sì o no?, così gli aveva chiesto che le desse una mano per trovare un altro posto di lavoro a suo marito.

Ma il sacerdote: «Le raccomandazioni di un prete, oggi, valgono niente».

La tessera contava. E la camicia nera!

Estenuata aveva fatto tesoro del consiglio e s'era presentata a Ernesto Detonati, segretario della sezione di Menaggio del Partito Nazionale Fascista.

Della fervidissima fede fascista di suo marito non c'era da dubitare, aveva esordito. Cinque figli, più uno in arrivo, testimoniavano come le direttive di Mussolini per combattere il celibato e incrementare la natalità avessero trovato, in casa loro, un terreno più che fertile.

«Insomma», aveva detto Estenuata, «non si può certo dire che siamo venuti meno ai nostri doveri... industriali.»

Aveva voluto fare riferimento a una poesiola allora in voga che invitava damigelle e signore «di vivido sangue italiano, con tutto il prescritto fervore» a dare una mano alla battaglia demografica: «Occorre che ognuna si accinga, a questa ch'è industria, si sa, casalinga».

Ma qual era l'industria che stava in piedi senza appoggi?

Quale la macchina che camminava senza benzina?

Quindi aveva chiesto se non ci fosse la possibilità per il suo generoso marito di ottenere un posto di lavoro diverso dall'attuale, che ne migliorasse la posizione e, soprattutto, la condizione economica.

«Cosa volete...» aveva risposto il segretario.

In paese i posti di lavoro scarseggiavano. Soprattutto per un ragioniere non era cosa facile trovare un impiego adeguato quando l'economia locale si basava sulla pesca, l'agricoltura e un po' di turismo.

«Non importa», aveva ribattuto immediatamente Estenuata. «Di Menaggio non me ne frega niente, andrei a vivere anche in Africa pur di non dover più fare i salti mortali per arrivare alla fine del mese.»

«Quand'è così...» aveva borbottato il segretario, stringendo gli occhi e guardando in aria come se quella fosse piena di posti di lavoro vacanti.

«È così!» aveva affermato la signora Geminazzi.

«Ci sarebbe...» aveva ancora soffiato il segretario.

«Sì?»

«Ma è un posto ambìto!»

Estenuata aveva fatto tanto d'occhi.

Ambìto?

E cosa significava?

Cosa voleva dire?

In pratica, aveva risposto il Detonati, significava che un posto siffatto non veniva via per niente.

«Perché?» aveva chiesto Estenuata.

15.

Perché da un paio di mesi la moglie del Detonati stava tritando i coglioni al Detonati medesimo.

Con metodo, con perfidia. Come se fosse un lavoro.

Gli rinfacciava quotidianamente ciò che lui da un anno a quella parte, praticamente da quando era diventato segretario, le aveva assicurato: cioè che se il fratello di lei, Porfirio, fosse riuscito a diplomarsi ragioniere avrebbe pensato lui a piazzarlo in qualche posto.

E che cazzo! Era o non era il segretario del Partito?

Il Porfirio s'era diplomato dopo aver vivacchiato sette anni presso l'Istituto Tecnico Caio Plinio Secondo di Como, stiracchiando penose sufficienze e dimostrando che certe mani non andrebbero mai sottratte alla vanga. Il Detonati s'era allora messo in campo, ma aveva sempre trovato ditte con personale al completo: risposta di comodo con la quale gli avevano fatto capire che la fama di ignorante e scansafatiche del cognato era ben solida.

Ecco perché il posto che aveva sottomano era così ambìto.

16.

«Perché ambìto», aveva spiegato il Detonati con tono didattico, «significa appetito da molti. È un posto di alta responsabilità e di consona remunerazione.»

Era ben quello che cercava lei, aveva interloquito Estenuata.

«Un posto ambìto!»

«Già!» aveva confermato il segretario.

Ma un posto così faceva gola a molti. E per averlo non bastavano solo curricula eccellenti, meriti personali...

«Ci vuole anche...»

La Geminazzi si era perduta un'altra volta. Aveva appena capito il significato di posto ambìto e quel diavolo di segretario le metteva in testa un altro mistero. Dove voleva andare a parare, cosa ci voleva?

Al Detonati non era sfuggita la nuova perplessità della donna.

Che non andasse a pensare chissà cosa!

Dieci anni prima non l'avrebbe disprezzata. Ma adesso, con tutte quelle gravidanze sulle spalle, doveva essere molle come la pelle di un fico. S'era affrettato a risolvere l'equivoco.

«Intendo dire», aveva spiegato, «che servirebbe qualche appoggio, una spintarella...»

E c'era qualcosa di male in ciò?, aveva chiesto Estenuata.

No. Però, chi si esponeva, chi dava garanzie poteva, a sua volta, volere una gratifica, un riconoscimento.

«Soldi?» aveva chiesto la Geminazzi.
«Un *do ut des*», aveva risposto il segretario. «Mi sono spiegato?»
E no!, era sbottata Estenuata.
Capiva un accidente!
Spiaceva al segretario spiegarsi meglio, andare, come si diceva, al nocciolo della questione?
Dirle, tanto per cominciare, in cosa consisteva questo posto ambìto, e soprattutto dove stava?

17.

Stava di là, aveva risposto il Detonati spingendo in avanti la mandibola per indicare la sponda orientale del lago.

A Bellano, paese di servizi: uffici di pretura, avvocati, il tribunale, il carcere mandamentale, il notaio, le Regie Poste, gli altrettanto Regi Carabinieri e l'ospedale.

Un ospedale che, edificato vent'anni prima, s'era andato via via ingrossando sotto gli occhi increduli di fondatori, medici e suore, i quali mai avrebbero pensato che la fama del loro ospedaletto potesse valicare i confini del lago e delle valli vicine sino a raggiungere la città, Lecco, ma anche più oltre, Monza, Como e perfino Milano. Ora capitava spesso che, stante l'afferire di forestieri, gli indigeni, per le cui necessità l'ospedale in fin dei conti era stato realizzato, non trovassero posti liberi e dovessero così piegarsi alla necessità di cercarlo altrove.

Assurdità, certo.

Cosa da ridere addirittura, se non ci fosse stata di mezzo la salute.

Insomma, tutto quel traffico di genti forestiere aveva creato un vero e proprio garbuglio amministrativo. Perché un conto era avere a che fare con le amministrazioni locali, un altro invece era dover trattare con municipalità di grossi centri o, peggio ancora, di centri piccoli, dispersi nella bergamasca o nell'immensa terra di Brianza. Non era più, insomma, come qualche anno prima, quando bastava uno che sapesse far di conto e, al momento buono, andasse a batter cassa presso questo o quel comune della riviera per ottenere il saldo delle spese sanitarie deliberate dalle giunte. Adesso bisognava scrivere, esibire ineccepibili conteggi, tenere massimamente ordinata la contabilità, saper ribattere cifra su cifra a inevitabili contestazioni. In sostanza, all'ospedale bellanese necessitava una mente dirigente, un cervello superiore, un uomo che fosse in grado di navigare tra i numeri come se scivolasse sull'acqua del lago e che dirigesse come un direttore d'orchestra i suoi sottoposti, affinché il lavoro procedesse senza intoppi.

Un ragioniere ci voleva, aveva sottolineato il segretario.

Ma con la erre maiuscola.

Appunto lì stava il nocciolo del problema, nella erre maiuscola del ragioniere in oggetto. Il Detonati era venuto a conoscenza di quel posto da poche settimane, giocando a bocce, durante una sfida che l'aveva visto opporsi al collega segretario di Bellano nel corso del Trofeo Igino Fiaschi, alla memoria, svoltosi un mese prima presso la sede della società bocciofila di Figino Serenza. Da quando la moglie lo assediava con la richiesta di sistemare il fratello da qualche parte, non perdeva occasione per gettare l'amo. L'aveva fatto anche in quell'occasione, tra una bocciata e un tiro a punto.

Cazzo, aveva detto il bellanese, ce l'ho io un gran posto!

E, aveva aggiunto, glielo poteva garantire. Una sua parola e, zac!, il gioco era fatto: bastava che il soggetto, oltre che ragioniere, naturalmente, fosse anche buon fascista. Del qual fatto non si permetteva di dubitare, aveva subito aggiunto, visto che era suo cognato.

Ci penserò, aveva risposto il menaggino dopo aver sentito di che posto si trattava.

Ma era inutile pensarci. Aveva compreso subito che

non era cosa da fare. Nemmeno da dire, soprattutto a sua moglie.

Perché se quello di capocontabile presso l'ospedale di Bellano era un gran posto, e non c'erano dubbi, era anche vero che suo cognato, il neo ragioniere, era una gran testa di cazzo, uno smidollato fiaccamarroni, schienadritta e, pareva a lui, mica tanto sveglio di comprendonio: in un posto del genere, dove ci volevano spirito di sacrificio, competenza e voglia di lavorare, non ce lo vedeva proprio.

Va bene tutto, s'era detto: la fedeltà al Partito, la camicia nera, i rapporti di parentela... Ma in coscienza non se l'era sentita di tirare un pacco del genere a quelli di Bellano, ben sapendo che la cosa gli si sarebbe ritorta contro: aveva una faccia e una credibilità da preservare.

Quindi aveva lasciato cadere la cosa.

Invece, adesso...

18.

Adesso poteva finalmente tappare la bocca a sua moglie. Il posto di ragioniere presso la Varechini Distillati era l'ideale per un lifrocco come suo cognato: tranquillo tran tran, partita doppia, qualche lettera commerciale. Il posto giusto per tirare a campare, l'ideale per uno che aveva voglia di fare una mazza.

La signora Estenuata, al sentire la proposta del segretario, il posto di Bellano in cambio di quello alla Varechini, aveva fatto tanto d'occhi.

Tutto qua?, aveva chiesto.

Non poteva dirlo subito, invece di menarla con i paroloni, i sottintesi, eccetera?

S'era immaginata... non lo sapeva dire nemmeno lei cosa.

Comunque, affare fatto!

19.

Quando Onorato Geminazzi s'era trovato sotto gli occhi, firmata dal cavaliere del Regno Filiberto Amati, presidente del consiglio di amministrazione dell'ospedale bellanese Umberto I, la lettera che, facendo seguito alla sua, lo invitava a un primo abboccamento in quel di Bellano per definire i particolari del suo impiego presso il nosocomio, era trasecolato.

Lui, di lettere, non ne aveva mai scritte, men che meno a quell'Amati e al suo consiglio. Ed era vero per quanto lo concerneva. Ma non per quanto riguardava l'affermazione del cavaliere del Regno.

La lettera c'era, eccome. Era stata scritta dal segretario menaggino, sotto gli occhi della signora Estenuata, la quale era intervenuta solo alla fine apponendo in calce una firma in vece del marito. Il segretario s'era rifiutato di prestarsi sino a quel punto. Né aveva chiesto perché mai non si potessero fare le cose alla luce del sole: aveva anche lui, ormai, speso una parola d'onore con sua moglie e il cognato era già stato avvisato di prepararsi a occupare, di lì a breve, un posto di tutto comodo. Corredata da un enfatico curriculum che dipingeva il ragionier Geminazzi quale mago dei numeri e luminoso esempio di fede fascista, la lettera era partita alla volta di Bellano e, dalle mani del segretario locale, era giunta sul tavolo del consiglio dell'Umberto I cui premeva risolvere presto e bene tutta la faccenda, poiché il bilancio ansimava e solo il pugno di ferro di un inflessibile amministratore avrebbe potuto riportarlo a galla.

Estenuata aveva avuto tutto il tempo di prepararsi all'inevitabile battaglia.

Questi sono pazzi!, era stato il commento di Onorato una volta letta sino alla fine la missiva.

No, aveva ribattuto lei.

Pazzo era lui.

Pazzo e incosciente.

Cinque bocche da sfamare, sette con loro due. Otto in totale di lì a pochi mesi. E chissà cos'altro riservava il futuro.

Se ne rendeva conto? Fino a quando avrebbe tenuto la testa sotto terra?

Ma... aveva balbettato il ragioniere sventolando la lettera.

Ebbene sì, aveva confessato Estenuata.

Era stata lei. Lei s'era presa la briga di chiedere, indagare. Lei, stufa di fare conti da pitocchi, di rivoltare paltò, di mettere pezze ai pantaloni. Lei aveva deciso che, per il bene della famiglia, o si dava una sterzata decisiva alla faccenda oppure meglio sarebbe stato farla finita.

«Ma la sterzata sta per arrivare», aveva risposto il Geminazzi.

La Varechini Distillati si stava preparando al gran salto di qualità, si lanciava a conquistare il mercato nazionale.

«E dei benefici economici godranno tutti, in primo luogo i dipendenti!»

Estenuata non s'era lasciata incantare.

«Non ho niente in contrario al fatto che la Varechini Distillati si lanci nel mercato nazionale e aumenti lo stipendio ai suoi dipendenti», aveva detto.

Il ragionier Onorato Geminazzi aveva sentito un timido sorriso fiorirgli sulle labbra. La moglie s'era subito preoccupata di troncarglielo.

«Non ho niente in contrario», aveva ribadito.

Nel frattempo, però, suo marito le avrebbe fatto la cortesia di accettare l'abboccamento con il cavaliere del Regno Amati.

Va bene, vedremo, aveva divagato il marito.

«Ci penserò.»

No, aveva dettato Estenuata, macché vedremo, ci penserò... Il 14 ottobre, alle ore undici del mattino, domenica. Come da accordo che aveva preso lei personalmente, così da non fargli perdere nemmeno una giornata di lavoro presso la beneamata Varechini Distillati.

20.

Nel sogno il silenzio sembrava quello di un bosco, il rumore quello di un ramo secco che si spezzava sotto i piedi. Invece il silenzio era quello della sua camera da letto, il rumore era la voce della Noemi.

L'Evelindo aprì gli occhi e non vide il buio che si aspettava ma una luce indecisa, come se nell'aria galleggiasse umidità.

«Sveglia!» aveva appena gridato la Noemi.

Il Nasazzi si sentiva le ossa e i muscoli come fatti in un groppo. Cercò di rivolgere alla donna uno sguardo che significasse superiorità: in casa comandava lui, poteva alzarsi quando più gli faceva comodo.

Ci sarebbe mancato, poi, la domenica!

Si girò sul fianco.

«Allora!» ribadì la Noemi.

Il Lindo la immaginò nella stalla a comandare con lo stesso tono, le stesse parole, una vacca indocile. Le avrebbe fatto pagare anche quella, le avrebbe fatto cambiare tono e parole.

Per adesso che andasse a preparare la tavola, lui sarebbe arrivato di lì a poco.

«La tavola?» chiese Noemi. «Che tavola?»

Cristo, pensò il Nasazzi. Magari la Noemi era una di quelle abituate a mangiare così come capitava, la scodella in mano, seduta davanti al camino, senza tovaglia, tovaglioli, una sola posata buona per tutto...

Annusò nell'aria, percepì odore di muffa. E sì che la

cucina era lì attaccata, cosa diavolo aveva fatto da mangiare per il dì di festa?

Glielo chiese.

La Noemi sbottò in una risata.

Mangiare? Giorno di festa?

Ma se lo voleva mettere in testa, lo voleva capire che era lunedì mattina? Aveva dormito tutta la domenica russando come un animale! Era lunedì, ed era ora di andare a lavorare!

«Sveglia!» ripeté la donna.

«Davvero è lunedì?» chiese il Nasazzi, poco dopo, al figlio. Ma poteva farne a meno. Il malatino aveva davanti la scodella fumante di latte, i vetri della finestra della cucina piangevano la solita umidità del mattino, la luce dell'alba stentava ancora a farsi largo. La schiscèta con gli avanzi del lesso domenicale era già pronta sul tavolo. La Noemi, dopo aver aperto la finestra della camera da letto per dare aria al locale impregnato dalle esalazioni alcoliche dell'Evelindo, ricomparve in cucina. Il Nasazzi era ancora disorientato, un po' i postumi della sbornia, un po' la novità di quello che gli stava capitando. Fece per aprire la bocca, era da sabato sera che tentava di dire qualcosa.

«Un'altra volta impari a ubriacarti», lo anticipò la donna che, subito dopo, gli mise in mano il pranzo e lo spinse verso la porta di casa.

«Avanti, dai, sciò. Sennò arrivi tardi al lavoro», aggiunse.

L'Evelindo si trovò per la strada senza quasi rendersene conto.

Ocristo, mormorò.

Erano successe troppe cose, e troppo in fretta. Doveva mettere ordine nella testa e poi pensare a quello che doveva fare. Prima di tutto zittire lo stomaco che continuava a reclamare, groop groop, vuoto com'era.

Un grappino, pensò il Nasazzi. Ci voleva un grappino. Lo beveva sempre, tutte le mattine, prima di entrare in segheria, all'osteria del Pinìn, che era di strada.

Un grappino doppio, ordinò quella volta. L'oste Bormida Pinìn cacciò la mano sotto il bancone e tirò fuori un bottiglione privo di etichetta: la grappa la distillava lui e la serviva in bicchieri normali, da vino. Il grappino doppio arrivava sino all'orlo. Il Pinìn trattava bene i propri clienti. Dopo il primo sorso l'oste chiese al Nasazzi come andava.

«Bene», mentì il Nasazzi, e buttò giù la seconda sorsata.

«Quant'è?» chiese dopo aver posato il calice sul bancone.

Lo sapeva, fin troppo bene. L'aveva chiesto giusto per dire qualcosa, tant'è che il Pinìn non gli rispose. Quando aprì il portafoglio il Nasazzi restò a bocca aperta. Anche il Pinìn si sporse dal bancone per guardare.

«Segnalo», disse l'Evelindo quando riuscì a mettere sotto controllo la meraviglia: il portafoglio era vuoto, glielo avevano ripulito.

Che fosse stata lei?

«Va' là che te lo offro io», disse l'oste: ogni tanto a certi clienti bisognava fare un omaggio.

Il Nasazzi ringraziò balbettando e uscì dall'osteria più confuso che mai. Nella testa pensieri come uccelli di passo che non riuscivano a trovare un ramo sul quale tirare il fiato.

21.

Non si poteva rifiutare un'offerta del genere, sentenziò Estenuata la sera di domenica 14 ottobre quando Onorato terminò di metterla al corrente circa l'esito dell'incontro con i rappresentanti del consiglio di amministrazione dell'ospedale Umberto I.

«Vero», ammise lui in un primo tempo.

«A meno di non averne un'altra uguale e qui, sulla porta di casa», aggiunse subito dopo.

Con il che Estenuata era rimasta senza parole per ribattere.

Poi, già sotto le lenzuola, nel caldo del solito nido che ricavava stando sdraiato sul lato destro e accartocciandosi come se fosse ancora nel ventre materno, al Geminazzi venne quasi da ridere.

Raddoppiato?

Ma il Varechini glielo avrebbe triplicato lo stipendio, non appena fosse stato informato che, proprio alla vigilia del gran salto, lui stava valutando la proposta di un nuovo posto di lavoro.

Certo, la cosa aveva un vago sapore di ricatto. Ma era a fin di bene. Non si poteva negare che Estenuata aveva la sua parte di ragione.

Nonostante la notte passata in un dormiveglia inquieto, il Geminazzi si alzò con impresso in testa il limpido discorso che avrebbe tenuto al suo datore di lavoro.

Quando si avviò, alle otto della mattina, il sole già baciava la riva occidentale del lago, mentre su quella orientale, dove stava Bellano, regnavano ancora freddo e ombra.

22.

Vereconda Ortalli, segretaria senza età della Varechini Distillati, innamorata persa del principale fin dal 1924, anno della sua assunzione, non era mai stata bella. Ma brutta come gli apparve quel lunedì mattina, il Geminazzi non l'aveva mai vista. Era forse in conseguenza, rifletté il ragioniere, dell'aria nuova che spirava sulla ditta? Del fatto che, affacciandosi sul panorama nazionale, loro, tutti, erano costretti a guardare ogni dettaglio con spirito critico?

Che effetto avrebbe fatto su un qualunque visitatore il viso pietoso e severo della segretaria, con quei baffetti che cominciavano a dare sul grigio?

L'immagine, ragionò il Geminazzi. Non doveva dimenticarsi di sottoporre la questione al Varechini.

«C'è il padrone?» chiese alla Ortalli.

Quella, come se non l'avesse sentito.

«Il padrone», ripeté.

Vereconda allungò un indice scarnificato in direzione dell'ufficio del Varechini. Il Geminazzi rabbrividì. Le mani della segretaria gli avevano sempre fatto impressione: magre, le vene gonfie in evidenza, nodi d'artrosi alle articolazioni delle falangi. Quell'indice puntato aveva un che di sinistro. Così storto, tra l'altro, indicava tutto e niente.

«Avete perso la lingua?» chiese indispettito.

«Molto di più», rispose la segretaria con una cantilena da ufficio funebre.

Il Geminazzi fece le corna e s'avviò. Bussò discretamente.

«Si può?» chiese mentre si ricomponeva: tirò la giacca verso il basso, spazzolò con la mano le spalle, semmai vi fosse forfora.

Sono qui a importunarvi... il discorso l'avrebbe cominciato così, e con un mezzo sorriso sulle labbra.

Ribussò.

«Posso?» e spinse un poco la porta.

Sbirciò.

Il cranio pelato del Varechini era puntato verso di lui, sostenuto da due mani strette a pugno alle tempie.

Posa drammatica, diagnosticò il ragioniere.

Nell'ufficio non c'era nemmeno odor di fumo. Strano, il Varechini fumava come una locomotiva.

«È permesso?» osò.

Ormai era entrato. La pelata si mosse, il Varechini lo guardò.

«Voi?» mormorò.

Il Geminazzi corrugò la fronte, fiutando stranezze. La segretaria prima, il padrone adesso... C'era un'aria... un'aria...

Non certo l'aria più consona a uno che, come lui, stava per chiedere, con l'intenzione di ottenerlo, un sostanzioso aumento dello stipendio.

«Sono qui a impor...» cominciò a dire.

Nonostante tutto doveva andare fino in fondo, non poteva rimandare: quella stessa sera sua moglie Estenuata gli avrebbe chiesto conto della giornata. E lui doveva risponderle con la bella notizia del nuovo, ricco stipendio.

«Sono qui a importunarvi», quindi.

Il Varechini tornò a chinare il capo, pinzò una lettera che aveva sul tavolo. La sventolò, sparendo per un istante dietro di lei.

«Guardate», disse.

«Cos'è?» chiese il ragioniere.

«Leggete», lo invitò il padrone.

«Era tra la posta di venerdì», aggiunse.

23.

La posta.

Una questione sulla quale il ragionier Geminazzi aveva sempre avuto le idee chiare. Ne aveva lungamente dibattuto con il Varechini senza, peraltro, venire mai a capo di nulla. Secondo il Geminazzi la posta, lettura e smistamento, era compito preciso del ragioniere, cioè suo: a lui toccava vedere, leggere, smistare a chi di dovere.

Il Varechini s'era sempre opposto. Mentalità dell'altro secolo, la posta la voleva sul suo tavolo. Lui doveva vedere, leggere, smistare.

Così la posta di venerdì era arrivata sul suo tavolo il giorno stesso, ma c'era rimasta sino a lunedì mattina poiché il Varechini quel giorno non s'era fatto vivo in ditta: aveva passato la giornata a Locarno con il Menalander e il chimico a discutere certi particolari del catalogo.

E se ci fosse una questione urgente in ballo?, s'era lamentato proprio venerdì sera il Geminazzi, con Vereconda, mentre assieme uscivano dagli uffici.

La segretaria non aveva osato dire niente. Mai avrebbe contraddetto il Varechini. Nell'intimo però sapeva che il ragioniere aveva ragione.

«Buonasera, Vereconda», aveva salutato, chiudendo la questione, il ragioniere.

«Buonasera ragioniere», aveva risposto la segretaria. «Salutatemi la signora Estenuata.»

«Sarà fatto», aveva ribattuto lui.

«A lunedì.»
Lunedì.
Cioè, adesso.

24.

Adesso non restava che chiamare il dottore, disse il Caliprandi della segheria.

Era sudato, rosso in viso, rauco a furia di bestemmie.

Il sangue finalmente s'era fermato, il Nasazzi aveva ripreso colore: pensare che fino a un minuto prima era smorto, un bianco d'uovo, sembrava sul punto di morire.

«L'ha scampata bella», disse il Caliprandi: sarebbe bastato che la sega circolare, anziché affettargli il palmo della mano com'era successo, gli avesse tagliato un'arteria e il gioco, anzi il disastro, era fatto.

«Dissanguato», fece il Caliprandi.

Il Nasazzi tornò a impallidire.

Ma com'era potuto accadere?

Ostia, il Nasazzi era uno dei più anziani della segheria.

Da quanti anni era lì?

Lo sapeva bene che con la sega circolare non c'era da scherzare!

Non era mica normale, disse quello che stava lavorando insieme con l'Evelindo, tal Benvenuto, quando era successo l'incidente.

Come mica normale?, chiese il Caliprandi.

Strano, rispose quello.

Come se avesse sonno o la testa chissà dove. E intorno tutto un odore di grappa. Tanto che lui era stato sul punto di piantar lì, perché quando aveva visto che il Nasazzi era impreciso nei gesti, lento nei movimenti e non faceva nemmeno finta di sentire i suoi suggerimenti, aveva pensato che una mano, un dito o una fetta di qualcosa non voleva lasciarla sull'altare della sega circolare per colpa dell'Evelindo. Poi era successo il guaio e a momenti la mano ce la lasciava proprio il Nasazzi.

E avvisarmi?, interloquì il Caliprandi.

Se l'avesse saputo, avrebbe preso il Nasazzi e l'avrebbe messo a scopare la segatura finché quello che aveva addosso gli fosse passato.

Il Benvenuto sorrise.

«E quando gli passa?» chiese.

Il Lindo, spiegò, aveva una sola cosa in testa, quella. Lo sapeva o no, il sciòr padrone, che la domenica non l'avevano visto in nessuna osteria?

E allora?, chiese il Caliprandi.

Ma gesùcristo, la moglie, no? La moglie giovane, vent'anni meno di lui...

Ah!, fece il Caliprandi, era vero! L'aveva anche vista, una bella...

«Io non l'ho vista», lo interruppe il Benvenuto.

Ma gli avevano detto che era una bella manza, stagna come un tronco, sana come un corno.

Chissà che pelle ne stava facendo l'Evelindo!

Il Caliprandi ghignò.

«Quindi gli tocca fare gli straordinari», disse.

Ghignò anche il Benvenuto.

E già, commentò, quello lì è mica un lavoro che si può dare in appalto!

«Si sa mai», rise il Caliprandi.

«Se vuole una mano...»

Il Caliprandi aveva quasi le lacrime agli occhi.

Ma 'sto dottore, disse continuando a ridere, quand'è che arriva?

Qualcuno l'aveva chiamato?

Ostia, no.

25.

Dov'era finito tutto il suo sangue?

Onorato Geminazzi si sentì come un pesce, agone o lavarello non c'era differenza. Secondo lui i pesci non ne avevano di sangue. Come lui in quel momento. Non se ne sentiva addosso più nemmeno una goccia.

Fuggito via dal viso, smorto come la cera.

Le gambe, molli e fredde: due alghe che sembravano sul punto di piegarsi.

Sedette.

E senza chiedere il permesso al Varechini, come avrebbe fatto in condizioni normali.

Ma di normale ormai non c'era più niente.

Il Geminazzi si sporse appena dalla sedia per restituire al Varechini la lettera nella quale, con prosa svelta e asciutta, il vicedirettore dell'Ufficio Brevetti di Como, Petrucci p.i. Arrigo, informava la Varechini Distillati che, dopo gli opportuni controlli presso la direzione centrale, era emerso come non fosse possibile registrare quale brevetto d'uso esclusivo la ricetta per la produzione dell'amaro Monte Grona, in quanto una ricetta quale la presentata era già stata depositata, e come tale registrata, dalla ditta Biavasanti con sede legale in Bologna e stabilimenti di produzione in Roncobilaccio, di recente affacciatasi sul mercato nazionale con l'amaro Lupo dell'Appennino. Spiacente per quanto si era visto costretto a comunicare, lo scrivente Petrucci p.i. Arrigo si permetteva di ricordare che la legislazione concernente le licenze di brevetto era piuttosto chiara e severa e augurava alla Varechini Distillati le migliori fortune.

Il Geminazzi fissò lo sguardo sulla pelata del suo ex padrone.

Chi era, si chiese, quell'antico che s'era rivolto a un calvo dicendo: «Plaudo ai capelli che hanno abbandonato una testa tanto malvagia»?

Malvagio, forse, il Varechini non era. Ma ingenuo e zuccone certamente, fino all'inverosimile. L'esposizione di Bologna, la medaglia, il diploma, il successo dell'amaro, tutti quei complimenti: s'era lasciato prendere dall'entusiasmo, era tornato a casa con la testa ingolfata di progetti, aveva speso, investito fino all'ultimo centesimo tutti i soldi che aveva, comperato macchinari, affittato, per dieci anni, seguendo il consiglio del Menalander, pagamento anticipato, le aree montane dove raccogliere le erbe, aveva in corso la costruzione di un nuovo magazzino, c'erano in arrivo tre, non uno!, tre camion nuovi di zecca per la distribuzione, aveva firmato contratti di esclusiva con fior di penali in caso di mancato rispetto degli stessi e s'era dimenticato invece che nel mondo degli affari nuotano squali.

Così, mentre lui sognava un futuro di gloria, quel Biavasanti o come diavolo si chiamava gli aveva copiato l'amaro: chissà, magari il Varechini l'aveva incontrato all'esposizione, magari gli aveva offerto un bicchierino del liquore e nessuna meraviglia se gli avesse addirittura svelato la ricetta.

Chissà com'era andata!

Sta di fatto che, adesso, il disastro era completo. Esposta per tutto quello che aveva in cassa e anche di più, la Varechini Distillati era seduta sopra una mina e sarebbe stato un bel fuoco d'artificio quando fosse scoppiata. Questione di una, due, forse tre settimane. Non appena la voce del disastro avesse cominciato a circolare. Allora i sorrisi dei creditori sarebbero diventati ringhi.

Ma lui, il ragionier Onorato Geminazzi, non sarebbe stato lì a vederli.

E no, rifletté.

Qualcuno, lassù, gli voleva bene e gli aveva impedito di commettere un grossolano errore strategico: se il giorno prima avesse seguito l'istinto e avesse risposto no, se avesse detto che il posto all'ospedale di Bellano non gli interessava per niente, adesso sarebbe stato in un bel guaio, topo anche lui su quella nave che stava affondando.

Il Geminazzi diede un colpo di tosse per attirare l'attenzione del Varechini. Questi alzò appena gli occhi.

«È un disastro», mormorò.

«Completo», approvò Onorato.

«E adesso?» chiese l'ex padrone.

Non era affar suo, pensò il ragioniere che si considerava, da un quarto d'ora circa, estraneo alla ditta e ai suoi guai.

«Consideratemi dimesso», disse.

Il Varechini non ebbe reazioni.

26.

Nemmeno il podestà di Bellano ebbe reazioni di sorta, s'aspettava qualcosa del genere.

«Si fa come s'era detto», comunicò a Vanesio Merlin, assessore con delega al bilancio.

«E la lettera a protocollo», aggiunse. Di modo che, date alla mano, avrebbe potuto dimostrare a chiunque che lui e la sua amministrazione non perdevano tempo.

La lettera era ancora tra le mani dell'assessore.

Era a firma di Mariole Ferrivecchi, N.D., nobildonna, presidentessa provinciale dell'Associazione Vedove di Guerra e Madri Vedove. Confidava, la scrivente, che il signor podestà si impegnasse per risolvere rapidamente l'impaccio in cui le vedove di guerra bellanesi le avevano confessato per iscritto di trovarsi, e cioè non avere ancora una sede idonea ove riunirsi e dove dare vita a formative iniziative di beneficenza.

La Ferrivecchi non si nascondeva la difficoltà di reperire simili spazi «nei nostri piiiccoli, deliziosi paesi affacciati sul lago». Ma alle vedove bellanesi, essendo in numero di cinque, sarebbe bastato poco. Con poco quelle «pooovere donne» sarebbero state accontentate e sarebbero ritornate a guardare con fiducia alla vita. Dopodiché, magari – continuava la Ferrivecchi nella sua missiva – una volta trovata la sede, cosa ne diceva il signor podestà se lei se ne fosse salita a Bellano per una festa d'inaugurazione, assieme, perché no?, al signor prefetto che pure aveva molto a cuore le vedove, le madri vedove e gli orfani di guerra, avendo avuto egli stesso un fratello morto sulle pietraie del Carso che s'era lasciato alle spalle un'inconsolabile fidanzata alla quale erano occorsi ben tre anni prima di trovare pace, convincersi che la vita comunque continuava, accettare la disgrazia insomma e, anche, la corte del signor prefetto stesso sino a diventarne la moglie per poi dedicarsi, con l'autorità che le derivava da quel matrimonio, a opere di carità in favore di orfani, vedove e disperati tra i più vari che la guerra aveva creato?

Pugno di ferro in guanto di velluto, commentò l'assessore Merlin dopo aver preso visione dello scritto della Ferrivecchi.

«Comunque sia», tagliò corto il podestà, «quelli della fanfara vanno fuori dalle balle e lasciano il posto alle vedove.»

Tanto più che ormai la stagione era finita.

27.

Il Nasazzi non comparve nemmeno quella sera. Aveva mandato a dire che s'era fatto male. Alla notizia, il basso aveva soffiato le due solite note: nessuno ci credeva.

Gli si consumerà, aveva commentato il secondo clarino.

Risate. Ma il maestro Vergottini aveva imposto il silenzio. Non aveva voglia di scherzare. Doveva fare comunicazioni importanti.

Esordì annunciando, come se fosse una novità, che la stagione era ormai finita.

«Domenica prossima», disse, «il *Savoia* approderà per l'ultima volta, quest'anno, al molo di Bellano scaricando gli ultimi turisti.»

Dopodiché lo aspettava il lungo inverno del letargo e della manutenzione in attesa di una nuova stagione di corse su e giù per il lago. Chiudeva, quindi, anche la stagione della fanfara. E il maestro Vergottini s'era fatto l'idea di una chiusura con il botto. Magari, dopo l'arrivo del *Savoia* e la solita accoglienza, un giro per le contrade del paese, una sorta di saluto festoso alla bella stagione che finiva, un messaggio di allegria che permettesse a tutti di affrontare con animo lieve la cupezza dell'inverno.

Ma, senza il bombardino...

«Non che non lo capisca, anzi...»

Capiva che il Nasazzi era infoiato di quella moglie giovane.

Ma, perdio!, non poteva staccarsi per quel paio d'ore

che servivano alla fanfara per lasciare un degno ricordo di sé?

La sua domanda cadde nel silenzio. Nessuno rispose, nemmeno il basso osò sparare le sue note.

«Sarà meglio capire che intenzioni ha per l'anno prossimo», suggerì la seconda cornetta.

A proposito, disse il maestro Vergottini.

Doveva dare comunicazione anche di ciò che li aspettava per l'anno a venire. Dalla sede bisognava andar via, il podestà l'aveva destinata alle vedove di guerra.

«E noi?» chiese il trombone.

Calma, invitò il maestro.

C'è tutto l'inverno per trovare una soluzione, aveva detto il podestà. Che un'idea l'aveva già in testa.

Con l'anno nuovo l'ufficio delle Regie Poste si sarebbe trasferito: avrebbe abbandonato l'umido, angusto e buio locale, nel quale, tra l'altro, gocciolava acqua anche dal soffitto, non sempre e non solo nei giorni di pioggia, situato nello slargo che stava dietro il palazzo scolastico, per insediarsi al piano terra del palazzo municipale.

Di un locale così mal combinato non si riusciva a immaginare destinazione alcuna: ma, se la fanfara avesse accettato, il podestà era pronto a offrirlo in comodato d'uso gratuito in cambio dei lavori di bonifica.

Bestemmie in coro si levarono alla fine della comunicazione, qualcuno appellò malamente le vedove di guerra. Il maestro Vergottini tirò il fiato, quella reazione così violenta significava che i suoi musicisti avevano accettato, avrebbero lavorato gratis una seconda volta.

28.

«Fonogramma!» scandì ad alta voce il ragionier Geminazzi lunedì sera.

«Hai scritto la lettera a quelli di Bellano?» gli aveva appena chiesto Estenuata.

Fonogramma urgente, altro che lettera!

Nel quale s'era pregiato di comunicare la propria entusiastica accettazione del posto di capocontabile che era stato oggetto di discussione durante l'incontro domenicale e che sarebbe stato orgoglioso di occupare a partire dal lunedì prossimo venturo: dovevano concedergli giusto il tempo di provvedere al trasloco delle sue masserizie e della numerosa famiglia.

Le masserizie non erano molte. I pochi mobili di proprietà stavano in piedi per miracolo: visto che la casa che li attendeva a Bellano era già ammobiliata, il ragioniere, di comune intesa con la moglie, aveva deciso di abbandonarli in loco.

Stoviglie, lenzuola, vestiti, qualche foto di famiglia, pochi libri, altrettanto pochi giocattoli dei bimbi: venne tutto impacchettato nelle giornate di martedì e mercoledì, pronto per il trasferimento in quel di Bellano che ebbe luogo, tramite comballo, nella giornata di giovedì. Un solo viaggio, sotto l'occhio attento del ragioniere che se ne stette in prua per tutto il tempo della traversata, avvenuta sotto un cielo sereno e con pochissima onda. Dopo aver sovrinteso allo scarico della merce, consumato il pranzo con il barcaiolo presso l'Osteria del Ponte, il Geminazzi tornò sull'altra sponda e trovò ad attenderlo la moglie, con due problemi.

Il primo.

Estenuata cercò di affrontare la prima questione. Temeva una furibonda reazione del marito. Invece quando, rinunciando a usare giri di parole all'interno dei quali si perdeva lei stessa, andò giù piatta, Onorato non batté ciglio. Gli disse che aveva barattato la raccomandazione per il posto a Bellano con un'altra, sua, per il posto alla Varechini Distillati, garantendo sul felice esito del baratto.

«Non preoccuparti, andrà tutto a posto», disse lui.

Estenuata tirò un sospiro di sollievo talmente ampio che il petto, già di per sé abbondante, spinto in avanti fece saltare un bottone della camicetta. E, felice, passò al secondo problema, la cornetta. Fu allora che vide calare un'ombra sul viso dell'uomo, un crepuscolo improvviso, la traccia di un dolore ancora vivo: stante la nuova vita che li aspettava, il Geminazzi aveva dovuto dimettersi dalla banda di Loveno. L'aveva fatto tramite lettera, con parole struggenti, l'animo triste come se stesse facendo testamento.

Un'altra seconda cornetta avrebbe preso il suo posto!

Addio concerti, addio trasferte, addio applausi!

Estenuata voleva sapere cosa fare dello strumento che considerava ormai inutile.

«Lei viene con noi», fu la risposta.

29.

La domenica nacque sotto cattivi auspici: cielo grigio, temperatura bassa, umidità nell'aria. Un vecchio reuma che albergava da tempo nella mano destra del maestro Vergottini si risvegliò al richiamo dell'imminente autunno. Sulla porta del locale dove la fanfara stava preparando l'ultima uscita faceva già bella mostra di sé la targa con l'incisione «Associazione Vedove di Guerra – Sede di Bellano». Assente ancora il Nasazzi, per colpa dell'incidente in segheria, il maestro Vergottini aveva cassato l'idea del finale con il botto: i soliti quattro pezzi, la solita bicchierata all'Osteria del Ponte e poi ognuno a casa propria a riflettere sul futuro della fanfara. Del loro passaggio in quel locale non doveva restare niente, né spartiti né altro.

E il bombardino?, chiese il primo clarino poco dopo il secondo colpo di sirena del *Savoia*.

Già, il bombardino.

Stava ancora sulla sedia che di solito era occupata dall'Evelindo. Da due settimane nessuno lo suonava o lo puliva, un lieve strato di polvere s'era adagiato sulle sue cromature. Il maestro Vergottini, la mano destra in continuo movimento per tenerla calda così da evitare che gli s'incriccasse proprio mentre suonava, non ebbe esitazioni.

«Portiamolo con noi», disse.

Qualcuno, poi, si sarebbe incaricato di recapitarlo al legittimo proprietario perché potesse continuare a tenersi in allenamento, sempre che avesse ancora l'intenzione di suonare con la fanfara e non si fosse invece dedicato anima e corpo alla giovane sposa.

Fu lo stesso maestro Vergottini a caricarselo in spalla, quando uscì per primo. Non si girò, non diede un ultimo sguardo a ciò che si lasciava dietro. Gli altri musicisti seguirono il suo esempio: nessuno si girò, tranne il trombone che, dovendo chiudere a chiave, si vide costretto a farlo. Poi consegnò le chiavi che il maestro si infilò in tasca.

Il *Savoia* sparò il terzo colpo di sirena, era pronto all'attracco.

Sconsolante anche lo spettacolo della piazza Grossi, notò il maestro. Pochi e sempre i soliti a curiosare chi saliva e chi scendeva dal battello. Nessuno alle finestre delle case lì intorno, come invece spesso capitava durante la bella stagione. Le due vetrine del Caffè dell'Imbarcadero erano cieche, le serrande abbassate. La bella stagione era finita anche per il proprietario del Caffè.

Il maestro Vergottini guidò la sua truppa sino alla pensilina della Navigazione Lariana, posizionò gli uomini, depose il bombardino del Nasazzi su una panchina, ripeté ad alta voce l'ordine delle marcette – sempre quello, non c'era nessun bisogno che lo facesse ma ormai era una sorta di rito – e poi diede un'occhiata al *Savoia* che si stava avvicinando placido come un antico mostro d'acqua soddisfatto di sé. Allora non poté fare a meno di notare una sorta di agitazione a bordo del battello, un muoversi frenetico di alcuni passeggeri: un segno di vita, era vero, ma che gli sembrò stonare nella cornice uggiosa del panorama che stava intorno e forse anche dentro di lui.

30.

Il battaglione Geminazzi si era appostato a prua. Dopo tre giorni, giovedì venerdì sabato, passati in un bivacco, il grande momento era arrivato.

Sabato sera il genitore, alla famiglia riunita per l'ultima cena in quel di Menaggio, aveva comunicato l'ora della partenza per la nuova destinazione. A scatenare l'entusiasmo era stata la notizia che il trasferimento sarebbe avvenuto in battello, con il *Savoia.*

Nessuno, tranne il Geminazzi che l'aveva preso per la prima volta la domenica precedente, c'era mai salito. Il ragazzo più grande, Federico, quattordici anni, e il mezzano, Oreste, dieci anni, avevano cominciato a urlare di gioia, narrando meraviglie di quel battello che avevano sempre spiato dalla riva o all'attracco del molo menaggino. C'era voluto poco perché anche gli altri si entusiasmassero alla prospettiva di un viaggio che stava assumendo i contorni dell'avventura. I più piccoli, Cesira, cinque anni, Geremia, quattro anni, Corradino, due anni, s'erano esaltati altrettanto, pur non capendo niente: ma l'allegria dei più grandi era stata contagiosa. Quella notte nessuno aveva dormito. Soprattutto, perché il buio non era riuscito a sopire le curiosità dei ragazzi, che sino alle ore piccole avevano intrecciato domande e ipotesi stravaganti sul prossimo viaggio.

Domenica mattina, una volta imbarcati, i figli del Geminazzi, tranne il piccolo Corradino, avevano guadagnato la prua del *Savoia* e non l'avevano più mollata nonostante le preghiere della madre Estenuata, che li invitava a entrare nel locale passeggeri dove sarebbero stati al riparo dall'aria. Prima Bellagio, poi Varenna. I cinque scatenati avevano gridato come selvaggi la loro gioia nei due paesi che il *Savoia* aveva toccato prima di fare, finalmente, prua su Bellano. Con un bordo verso il centrolago, il battello aveva doppiato la punta di Morcate. Era stato allora che Bellano era comparsa sotto i loro occhi. Il Geminazzi padre, uscendo dal locale passeggeri, s'era unito ai figli e aveva indicato loro il posto dove di lì a poco sarebbero sbarcati per cominciare una nuova vita. Nonostante urlassero da oltre mezz'ora, i Geminazzi non ebbero alcun calo di tono. Anzi, raddoppiarono energie ed entusiasmo, cominciarono ad agitare le braccia in segno di saluto, a saltellare in segno di felicità.

Fu questo lo spettacolo che colsero gli occhi del maestro Vergottini.

31.

Scesero disciplinati e in silenzio. In fila indiana, ordinati per età. Davanti Estenuata con Corradino in braccio. Poi gli altri. Chiudeva la fila il ragionier Onorato Geminazzi.

La fanfara aveva appena attaccato una mazurchetta. Il ragioniere teneva sottobraccio la custodia, lucidissima, della sua cornetta. Conosceva quel motivo: una mazurca di Chopin adattata, fin troppo, alle esigenze di una fanfara. Voleva gli accenti sul terzo tempo. Anzi, li avrebbe voluti ma di quelli non c'era traccia. E poi mancava il controcanto.

Che bestie!, mormorò tra sé.

All'uscita dalla pensilina si fermò. La mazurca era appena finita. I musicisti si stavano stirando le labbra prima di ricominciare. La truppa dei Geminazzi aveva imboccato al traverso piazza Grossi. In quel momento Estenuata si avvide che il marito s'era fermato davanti alla fanfara e impose l'alt. La fila indiana si bloccò. La fanfara riattaccò.

Valzerino, questa volta. Il ragionier Geminazzi incrociò le braccia sul petto. Il *Savoia* si staccò dal molo. Un volo di gabbiani si levò dalla superficie del lago. Il maestro Vergottini cercò di non guardarlo. Cercò di evitare lo sguardo di quell'uomo piccolo e tondo che s'era fermato davanti a lui e ai suoi musicisti e che lo guardava in tralice, con occhio indagatore.

Cercava, ma non ci riusciva. Ne era attirato. Come se fosse magnetico.

In più la mano destra aveva ricominciato a fargli male. Si incriccò su un DO, ne uscì una scorreggia. L'uomo piccolo e tondo scosse la testa, abbandonò le braccia lungo i fianchi, mormorò qualcosa. Solo il maestro sentì.

Non si può, aveva detto, è una vera vergogna.

Era vero, il maestro Vergottini lo sapeva. Come se avesse vita propria, la cornetta gli si scollò dalle labbra. Smise di suonare, lasciò cadere anche lui entrambe le braccia lungo i fianchi. Gli altri lo seguirono a ruota. Smise per ultimo il basso, che generalmente suonava a occhi chiusi.

«Non si può, non si può», ripeté il ragionier Geminazzi.

Adesso lo sentirono tutti. Ernesto Pini, genis, fece per scattare.

Cosa voleva quel botolo lì, andasse a rompere i coglioni da un'altra parte!

Era così il Pini, scattante, nervoso, agitato da mille tic-chi. Lo chiamavano «Masticabrodo» per via dell'incessante movimento di mandibole, come se avesse sempre qualcosa da masticare. Era stata proprio quella anzi la ragione per la quale dal clarino, strumento con cui aveva imparato a suonicchiare, era passato al genis: triturava, con quel movimento continuo di denti, un'ancia dopo l'altra. Il passaggio a un ottone gli aveva pertanto consentito un risparmio non indifferente, visto che le ance se le doveva pagare di tasca propria.

Il maestro Vergottini lo frenò: toccava a lui rispondere, ma non aveva ancora ben chiaro l'atteggiamento da assumere.

«Senza bombardino non si può», chiarì il Geminazzi.

«Il bombardino ce l'abbiamo», rispose il maestro indicando con un gesto del capo lo strumento che aveva appoggiato su una panchina. Mancava il suonatore, però: assente per malattia.

Il Geminazzi fece cenno di aver compreso. Poi si avvicinò alla panchina, prese lo strumento, lo guardò, lo soppesò, se lo mise a tracolla, pulì il bocchino dalla polvere. Nessuno della fanfara osò dire qualcosa. Nel caso, toccava al maestro.

Il Geminazzi soffiò due note nello strumento.

«Posso sapere...», attaccò il maestro Vergottini.

«Mi presento», lo interruppe il ragioniere.

«Ragionier Onorato Geminazzi, prima cornetta della banda di Loveno e maestro di musica.»

Due piccole bugie: era seconda, non prima cornetta, e non era maestro. Ma per insegnare musica a quella banda di scardinati uno come lui bastava e avanzava.

«La banda di Loveno?» fece il Vergottini sgranando gli occhi.

Il Geminazzi confermò con un contenutissimo sbatter di ciglia.

«Avanti», disse poi.

«Come?» chiese il Vergottini.

«Suoniamo», chiarì il ragioniere.

Il Vergottini rivolse ai suoi uno sguardo interrogativo. Gli altri non ebbero esitazioni, mettiamolo alla prova.

«Va bene», disse il maestro, «stavamo suonando...»

«La conosco», troncò il Geminazzi.

32.

Il Caliprandi pagava a quindicina: a mezzogiorno preciso del quindicesimo giorno faceva mettere in fila gli operai, sette, della sua falegnameria sita in Dervio e a ciascuno contava il soldo sotto il naso. Naso suo, perché lo aveva carnoso e protuberante come il getto di uno dei tanti tronchi che dentro il suo capannone diventavano legname per opera.

«Pane per i tuoi figli», diceva sempre alla fine del conteggio.

Grazie, rispondevano gli operai. Avevano imparato a farlo anche quelli che di figli non ne avevano. Un giovane da poco assunto una volta aveva obiettato di non essere nemmeno sposato. Il Caliprandi gli aveva subito sottratto una lira.

«Multa.»

Al padrone non si ribatteva.

La mattina di sabato 27 ottobre 1928, giorno di paga, quando l'Evelindo Nasazzi si presentò per riscuotere la sua quindicina, il Caliprandi fece no con la testa.

«Tì, no!»

Il Nasazzi guardò il naso del padrone, sul quale ogni giorno sembrava crescere sempre qualcosa di nuovo, macchie di colore o gobbe.

Io no?, chiese, la mano subito in tasca a palpare il falcetto: un colpo e il naso sarebbe volato via.

Il Caliprandi estese la testa e piegò il collo a sinistra per guardare bene l'operaio Evelindo Nasazzi che aveva osato ribattere: era monocolo sin da bambino, una scheggia l'aveva orbato dell'occhio destro e se non faceva così, stante il nasone, non aveva mai una visione completa del panorama.

«Ordine di tua moglie», comunicò.

Riscuoteva lei.

Il nominare la Noemi fu sufficiente, il Nasazzi levò la mano dalla tasca. I due operai che erano dietro di lui in attesa del proprio turno si misero a ridere. Ma erano scapoli, non avevano la minima idea di cosa volesse dire avere moglie. E nemmeno dei segni che le sberle della Noemi lasciavano qua e là.

Il Lindo mugugnò e si avviò verso casa. Percorse la strada a testa bassa, immerso in mille pensieri.

Come diavolo doveva comportarsi?

Il suo orgoglio gemeva stille di umiliazione, meditava vendette. Ma doveva fare i conti con i muscoli della Noemi: quella donna aveva sangue di quercia nelle braccia. L'altra volta l'aveva abbattuto con due soli sganassoni. Va bene, era ubriaco. Ma non aveva nessuna voglia di scoprire quante sberle ci volevano per stenderlo da sobrio.

Davanti alla porta di casa si fermò, non aveva ancora deciso cosa fare, cosa dire. Sbuffò, rimpianse la moglie di prima, quella che aveva vessato per vent'anni.

«Abbiamo visite», gli disse il malatino non appena fu entrato.

Un odore di ammoniaca soffiò sul viso del Nasazzi, che spazzò l'aria con un gesto della mano. Dalla penombra della cucina emerse il trombone Carletto Pianìn.

«Uèi, Lindo!»

Gli aveva riportato il bombardino.

«Ormai la stagione è finita», disse.

Ma era lì anche per un'altra ragione. Il maestro Vergottini voleva sapere come stava e se si sentiva in grado di partecipare, oltre alle celebrazioni per l'anniversario della Marcia su Roma, alla processione del giorno di Ognissanti e alle solenni manifestazioni per l'anniversario della Vittoria, il 4 novembre.

La Noemi entrò in cucina in quell'istante, sul volto aveva un mezzo sorriso. Guardò l'Evelindo per un momento e fece un breve cenno del capo: voleva dire che le cose da quel momento in avanti sarebbero andate così, la cassa la teneva lei. Il Nasazzi comprese. Comprese anche che non avrebbe mai trovato il coraggio di ribellarsi. Meglio occuparsi di Santi e 4 novembre.

«Il programma è sempre lo stesso?» chiese.

Sì, confermò il Pianìn: marcia funebre al cimitero, *Giovinezza* e la *Canzone del Piave* al parco della Rimembranza. E naturalmente il maestro Vergottini avrebbe fatto l'assolo con il *Silenzio* fuori ordinanza.

33.

Il giorno di Ognissanti la processione dei fedeli che dalla prepositurale di Bellano salì verso il cimitero si svolse sotto un cielo che sembrava un inno alla vita: nessuna traccia di nuvole, un azzurro denso e profondo. Secondo alcuni quel cielo marcava vento. Le note pesanti della marcia funebre di Chopin soffiate dai musicisti della fanfara sembravano palle di piombo che, cadute fuori dagli strumenti, rotolavano tra i piedi della gente. A sera cominciò davvero a tirare il vento. I fiori freschi che erano stati portati al cimitero volarono in giro e il dolore nella mano destra del maestro Vergottini riprese vigore. La mattina del 2 novembre la mano del Zacca era rossa, gonfia, dolente e calda.

«E la *functio*?» chiese il dottore al maestro.

«Come?»

«Intendo, la muovete, riuscite a usarla?»

Macché, niente da fare.

Ci siamo, disse il dottore che poi riassunse: *rubor, calor, tumor, dolor.*

«E *functio* lesa.»

Un'infiammazione reumatica con i fiocchi.

Braccio al collo e gamba a letto, disse il dottore, rifacendo il verso agli antichi. Oltre, naturalmente, ad applicare la Mosca di Milano e a bersi l'acqua di bollitura della salvia e della malva, che sfiammava. Il maestro Vergottini cercò di estorcere al dottore una prognosi.

Sarebbe guarito entro dopodomani?

Il dottore lo guardò chiedendosi se valesse la pena rispondere o meno. Decise di farlo, lo sguardo del Vergottini era serio.

Macché dopodomani, dichiarò.

«Sarete fortunato se le cose andranno a posto in un paio di settimane, sempre che non vi venga anche una bella infezione.»

Il maestro impallidì.

E il 4 novembre?

34.

E il 4 novembre?, chiese anche il podestà Parpaiola.

La notizia dell'infermità del Vergottini gli era stata comunicata dal Pianìn in quanto guardia municipale, quindi dipendente dell'amministrazione pubblica: soggetto vicino al podestà, insomma, e con lui in una certa confidenza. Un pezzo di pane, il Pianìn. Lo chiamavano «Copertone» per la tendenza a fare da paciere, a mediare, a mettere il diavolo d'accordo con l'acqua santa. Suonava il trombone proprio in virtù di quel carattere: nessuno l'aveva voluto e se l'era beccato lui. Il podestà gli mollò uno sguardo intenso, seccato.

Non gli piaceva per niente l'idea di celebrare il giorno della Vittoria senza la fanfara. Un po' perché la *Canzone del Piave* e le altre davano un tono di sacralità alle celebrazioni, tanto che al sentirle molti dei presenti si commuovevano fin quasi alle lacrime. Lui stesso doveva ammettere che gli costava un certo sforzo non cedere alla commozione quando il Piave mormorava che lo straniero non sarebbe passato.

Ma anche perché l'infastidiva l'idea che il prevosto l'avesse avuta al seguito due giorni prima e lui, cui in fin dei conti andava il merito di aver favorito la costituzione della fanfara stessa, dovesse invece farne a meno per uno stupido attacco di reumi.

«Come si fa?» ribadì.

A quel punto la guardia municipale si lasciò scappare un colpo di tosse.

«Cosa c'è?»

Forse il signor podestà non lo sapeva, ma da un paio di settimane all'incirca il paese ospitava il ragionier Onorato Geminazzi, capocontabile dell'ospedale Umberto I.

Lo so, disse il podestà.

Bene, continuò il suonatore di trombone.

Quello che forse il signor podestà non sapeva era che il suddetto Geminazzi, per quanto gli risultava, era seconda cornetta nella famosissima banda di Loveno, benché affermasse di essere la prima.

Al podestà lo sguardo s'infiammò. Aveva capito dove voleva andare a parare il Pianìn.

«Sapete dove abita?» chiese.

Non poteva non saperlo, rispose oscuramente la guardia.

Il podestà non disse niente. Lo guardò soltanto. Ma interrogativamente.

Che maniera di parlare era quella?

Non poteva non saperlo, rispose la guardia, poiché, da quando era arrivato a Bellano, il Geminazzi non aveva smesso un giorno di esercitarsi con la cornetta rompendo i coglioni a tutto il vicinato, visto che abitava proprio in centro al paese, in via Manzoni, con finestre e ballatoio che davano su piazza Santa Marta, e provocando tutta una serie di proteste che erano state indirizzate proprio a lui. Tanto che, aggiunse la guardia, quattro giorni prima s'era deciso a far visita al Geminazzi per cercare di indurlo a ragionare, facendogli capire che non poteva mettersi a suonare la cornetta quando i bambini andavano a letto e i vecchi già dormivano. Il Geminazzi aveva risposto che, stante la mole di lavoro che doveva evadere durante il giorno, non gli restavano che le ore della sera per mantenersi in esercizio.

«Esercizio quotidiano!» aveva esclamato.

Senza il quale l'orecchio, le dita e i polmoni si sarebbero arrugginiti. Poi, dando mostra di avere anche una memoria, oltre che un fiato, di ferro, aveva fatto appello alla sua coscienza di musicista.

«Voi», aveva detto. «Voi che, se non sbaglio, suonate nella fanfara di questo paese, dovreste saperlo meglio di me: l'esercizio quotidiano è fondamentale per noi musicisti!»

Con il che aveva considerato chiusa la questione e congedato la guardia.

Ora, l'idea che era baluginata nella testa di Carletto Pianìn ma che ancora non aveva avuto il coraggio di tradurre in parole, era di chiedere al Geminazzi di sostituirsi al maestro Vergottini. C'era però di mezzo la questione morale: come l'avrebbe presa il Vergottini? Si sarebbe offeso?

«Me ne frego!» fu la drastica presa di posizione del podestà. Che all'istante ordinò al Pianìn di partire con la missione di cooptare il ragionier Geminazzi per le celebrazioni del 4 novembre.

Sembrava fatta.

Invece il Geminazzi non accettò.

35.

Non era stato sprezzante, superbo o presuntuoso.

Con molta semplicità, scegliendo con cura le parole per evitare di offendere, il ragionier Geminazzi aveva detto alla guardia che non se la sentiva di unirsi alla fanfara.

Ringraziava il signor podestà Parpaiola del pensiero.

Gli garantiva, nel caso un domani ci fosse stato anche a Bellano un Corpo Musicale di un certo livello, che non avrebbe mancato di offrire la propria esperienza e la propria collaborazione.

«Ma cosa vuol dire?» chiese il podestà.

«In soldoni», spiegò il suonatore di trombone, «vuol dire che ci considera una banda di pistola.»

«E io», aggiunse trascorso qualche istante, «se posso permettermi di dirlo, sono abbastanza d'accordo con lui.»

Insomma, spiegò, quando uno aveva visto, aveva sentito la banda di Loveno, capiva cosa significa suonare. Ma, soprattutto, quando uno aveva suonato per dieci anni in una banda siffatta, così come aveva fatto il Geminazzi, non poteva arrendersi a compromessi di sorta: era stato ai massimi livelli e non poteva accettare retrocessioni. Meglio il silenzio. Soprattutto se l'alternativa erano le scorregge della fanfaretta.

Per quanto vaga, il podestà aveva un'idea di dove fosse Loveno. Ma che quella di Loveno fosse la banda più famosa dell'intero lago di Como, lustra di una fama che andava oltre i confini della provincia, addirittura nel Canton Ticino, proprio non aveva mai avuto notizia. A dirla tutta, non gliene fregava niente, la musica lo infastidiva più di ogni altra cosa...

Ma che quello...

«Come si chiama?»

«Geminazzi!» suggerì il suonatore di trombone.

Ecco, sì, Geninazzi...

No, interruppe la guardia, Ge-*mi*-nazzi!

Con la emme.

Va bene, con la enne o con la emme faceva lo stesso, era pur sempre un cognome del cazzo.

Senza dubbio, ammise il Pianìn.

Quindi, era intollerabile che questo Gemicazzi disobbedisse a una richiesta che veniva, oltre che da lui in persona, dalla comunità tutta!

In fin dei conti era a Bellano da due sole settimane, e cosa si credeva di essere?

S'era forse dimenticato che occupava quel posto anche grazie al suo determinante intervento sul consiglio dell'ospedale?

Oppure credeva che fosse stata sufficiente la parola di un qualunque segretariucolo di partito per metterlo a sedere su quella poltrona?

La guardia fu d'accordo con le parole del podestà.

Adesso, però, la questione era un'altra.

Come si poteva fare?

Come si poteva costringere il Geminazzi a suonare la cornetta per il 4 novembre? Con la forza, con il ricatto, pagandolo?

«Con la lusinga», suggerì il Pianìn.

«Sarebbe a dire?»

«Offritegli di fondare una banda anche qui a Bellano», disse il Pianìn.

Bel colpo, osservò il podestà.

Il Pianìn reagì con stupore. L'aveva buttata lì quasi per scherzo. Dare vita a un Corpo Musicale non era certo cosa da poco.

Il Parpaiola scrollò le spalle.

Cosa mai sarà!

Tanto più che una mezza banda c'era già.

Una semplice fanfara, osservò il Pianìn.

Ma sì, fece il podestà, fanfara, banda...

E no, interloquì il suonatore: era evidente che il podestà non aveva che una vaga idea della differenza che correva tra una banda e una fanfara.

«Tra banda e fanfara...» salì in cattedra il Pianìn.

Voleva entrare nel dettaglio, spiegare.

Il Parpaiola glielo impedì.

«Andate», disse.

Non era il caso di perdere altro tempo: il 4 novembre si avvicinava sempre più e lui voleva a tutti i costi la fanfara presente alla cerimonia e qualcuno che suonasse il *Silenzio*.

36.

Il Pianìn era furbo la sua parte. Faceva la guardia comunale da troppi anni, tutta esperienza, aveva una discreta conoscenza dell'umanità. Annusava i tipi, pesava i caratteri. Quello del ragionier Onorato Geminazzi, intuiva, era sensibile all'adulazione. Un'adulazione astuta, che si basasse su parametri, per così dire, musicali.

Quando tornò a visitarlo, la guardia Pianìn aveva bello e pronto un discorsetto che sparò senza la minima esitazione, come se stesse eseguendo un assolo.

Disse che il signor podestà Gemmo Parpaiola, venuto a conoscenza del fatto che il paese ospitava da un paio di settimane la prima (disse così, anche se era assolutamente convinto che fosse seconda) cornetta della famosissima banda di Loveno, si era deciso a dar vita a un progetto al quale pensava da tempo e che non aveva ancora trovato la sua strada per la mancanza dell'uomo giusto. Ora, invece, aveva detto il signor podestà, l'uomo giusto c'era, nella persona del ragionier Onorato Geminazzi e il progetto di dotare il paese di una vera e propria banda poteva prendere corpo, se solo il ragioniere avesse accettato di assumere il comando di quella nave.

Gli occhi del ragioniere brillarono d'orgoglio.

Quello sì che era un parlare, pensò.

La guardia intanto gli stava dicendo che al signor podestà avrebbe fatto immensamente piacere di averlo presente, lui e la sua cornetta, alle celebrazioni del 4 novembre, dove avrebbe avuto l'opportunità di presentarlo anche alla folla quale primo maestro del costituendo Corpo Musicale Bellanese.

Gli occhi del ragioniere si strinsero, due fessure.

Che non fosse un giochetto, un tranello, un modo come un altro per fargli suonare il *Silenzio* e poi arrivederci e auguri?

Verba volant!

«Che me ne dia il mandato», disse il ragioniere.

La guardia non comprese bene. Il Geminazzi si spiegò: «*Scripta manent*».

Un mandato per iscritto, dove il signor podestà Gemmo Parpaiola, oltre ad affidargli ufficialmente quel compito, si impegnasse per conto della pubblica amministrazione ad affrontare tutti gli oneri che concernevano l'allestimento di un Corpo Musicale degno di questo nome.

«I quali non sono pochi», disse il ragioniere chiudendo il discorso.

Mica stupido, rifletté la guardia.

«Riferirò», disse.

37.

Era il decimo anniversario della Vittoria.

Le celebrazioni vennero aperte la sera della vigilia con un concerto di campane. Diede il LA la prepositurale di Bellano, cui si accodarono quelle di tutte le frazioni, Ombriaco, Lezzeno, Bonzeno, Biosio, Oro. Fu un momento suggestivo, di intense e contrapposte emozioni. I bambini, contagiati dal frastuono che dominava l'aria sopra il paese, si unirono allo scampanio con versi, ululati, grida. Non ci fu modo di convincerli che per alcuni, lungi dall'essere un momento di festa, quella era piuttosto l'occasione di ricordare coloro che non c'erano più, che avevano lasciato pelle e speranze sul Carso, sull'Isonzo, ovunque. Tra gli adulti, ricordi, racconti e lacrime si sprecarono. Quando il concerto cessò, i timpani continuarono a essere rintronati per un po'. Così come i bambini, elettrizzati, senza più traccia di sonno. Per convincerli ad andare a letto, i genitori dovettero ricorrere alla minaccia di consegnarli in casa il giorno dopo, escludendoli da una giornata memorabile che non avrebbe lasciato un attimo di respiro.

Ore 9.30: adunata davanti al palazzo municipale, corteo al parco della Rimembranza, lettura del Bollettino della Dichiarazione di Guerra e, dopo tre minuti di silenzio, di quello della Vittoria, deposizione di una corona, corteo alla chiesa prepositurale, Santa Messa in suffragio dei Caduti, processione al cimitero, deposizione di una seconda corona.

Ore 12: rancio (militarmente inteso).

Ore 15: cerimonia di commemorazione dei Caduti del Mare (in riva al lago), con lancio di una terza corona.

Ore 17: proiezione di una pellicola patriottica nel salone dell'oratorio.

Ore 19: fiaccolata dei Mutilati (due soli veri, una mano e un tocco di orecchio), appello dei Caduti (troppi comunque) al parco della Rimembranza.

Ore 20: commemorazione della Vittoria nel salone dell'oratorio maschile tenuta dal molto reverendo don Ettore Moscardini, cappellano militare.

Le aggiunte tra parentesi su uno dei manifesti furono, VIGLIACCAMENTE!, anonime.

38.

Nel momento in cui il ragionier Onorato Geminazzi, dopo la lettura della Dichiarazione di Guerra e prima dei tre minuti di silenzio previsti dal programma, attaccò a suonare il *Silenzio*, cominciò a piovere.

Il ragioniere aveva appena fatto due passi avanti per staccarsi dal resto della fanfara. Il podestà Parpaiola, con un gesto della mano, l'aveva invitato a salire fin dove era lui, davanti alla stele che ricordava i caduti bellanesi della Grande Guerra. Il Geminazzi aveva accettato con un inchino. Così, finalmente, la gente lo poté vedere.

Ai più fece un po' specie: come potevano quelle note vibranti, energiche, vere frustate, uscire da quel groviglio di lardo?

Eppure era così, lo stavano sentendo con le proprie orecchie.

Anche poco prima, la *Canzone del Piave* – tàttaratattatà tàttaratattaaaaa – non era sembrata la stessa degli anni precedenti.

Cadevano gocce grosse, pastose, rumorose nell'impatto sulla terra: ma nessuno si mosse, nessuno aprì l'ombrello, nessuno fiatò. Anche i morti uscirono dalle tombe per ascoltarlo. Ogni nota era una corda tesa, una palla di moschetto lanciata verso chissà dove. La schiena del podestà, per tutta la durata del pezzo, fu un brivido continuo. Il maestro Vergottini, presente tra la folla con il braccio al collo, arrossì e comprese che la sua carriera di prima cornetta nella fanfara era ormai finita. Al termine, quando il Geminazzi si tolse la cornetta dalle labbra e, con gesto militaresco, se la mise sotto l'ascella, ci fu un tentativo di applauso che il maestro stesso frenò con un imperioso alt della mano destra protesa in alto, che alcuni interpretarono come un saluto romano.

Molti risposero.

Il podestà invece si chinò verso di lui e gli sussurrò all'orecchio: «Complimenti».

Il Geminazzi incassò con signorilità.

«Presto vi farò avere una lista con le prime, indispensabili richieste», disse in risposta.

39.

Gli toccò stare al gioco, mercoledì sera.

Il Nasazzi non poté fare altro.

Piuttosto che raccontare la verità, subì le inevitabili battute: la moglie giovane, il consumo dell'affare, se voleva una mano, e via di questo passo.

Non avendo ancora una sede dove riunirsi, il ragionier Onorato Geminazzi aveva convocato i suonatori della fanfara presso il Caffè dell'Imbarcadero, che offriva la comodità di una saletta dove si poteva stare tranquilli a bersi il tè.

Ma quelli della fanfara non erano uomini da tè.

In verità, non erano neppure tipi da Caffè dell'Imbarcadero, con quel suo profumo dolciastro di pasticceria, misto all'odore di ascelle, che stagnava nell'aria. Si sentivano tutti in grande imbarazzo dentro quell'ambiente di mezze luci e odori indescrivibili.

Per fortuna il Nasazzi non aveva disertato la riunione e, con la sua presenza, fornì un ottimo argomento di conversazione sino al momento in cui, scusandosi per il ritardo, giunse il ragionier Geminazzi. Subito, senza por tempo in mezzo, tenne un discorso preciso ai componenti della fanfara: dichiarò che quelli lì riuniti sarebbero stati le fondamenta su cui avrebbe edificato il futuro Corpo Musicale Bellanese.

«Voi infatti», proseguì, «avete già una certa confidenza con le note.»

Note, disse, non musica. La musica era un'altra cosa, lui lo sapeva.

«A voi quindi mi rivolgo chiedendo spirito di sacrificio e forza di volontà: un esempio da proporre a coloro che andranno a ingrossare le nostre file sino a trasformarci in un Corpo Musicale come Dio comanda.»

Quindi pregò vivamente gli otto presenti di farsi un bell'esame di coscienza e di rispondere in tutta sincerità a una domanda.

Erano disposti ad accollarsi l'impegno di imparare a suonare «VERAMENTE»!?

Chi non se la fosse sentita, avrebbe fatto bene a dare dimissioni immediate.

Chi avesse accettato doveva invece sapere sin da quel momento che lui, nell'esercizio della sua funzione di maestro, non avrebbe tollerato ritardi, assenze, proteste, discussioni o atteggiamenti comunque non in sintonia con le sue direttive le quali, per quanto dure potessero sembrare, erano necessarie per formare il carattere di un suonatore. Lo poteva dire senza tema di smentita lui che per dieci anni era stato la prima cornetta della banda di Loveno.

«Se ci sono domande fatele adesso», concluse il Geminazzi.

Nessuno ne aveva.

Il maestro Vergottini, nelle cui orecchie rintronavano ancora le limpide note sparate dalla cornetta del Geminazzi tre giorni prima, alla commemorazione del 4 novembre, aveva solo una curiosità: in confidenza il Pianìn gli aveva detto che secondo lui il ragioniere era seconda cornetta. Se era vero, perché insisteva a dire prima?

Giudicò il momento inopportuno. L'occasione giusta, rifletté, sarebbe venuta.

Accettarono tutti, levando il braccio in alto, il destro. Solo il maestro Vergottini alzò il sinistro: l'altro l'aveva ancora al collo, secondo la prescrizione del dottore.

40.

La mattina seguente il ragionier Geminazzi redasse la prima lettera di richiesta indirizzata al podestà in qualità di incaricato della costituzione di un Corpo Musicale.

Oggetto: sede idonea.

In obbedienza all'incarico da Voi datomi con mandato scritto in data 3 novembre 1928, avente oggetto la richiesta di provvedere alla creazione di un Corpo Musicale, si fa presente la urgente necessità di disporre di un locale idoneo ove allestire l'indispensabile scuola di musica per i neofiti e riunire nel contempo i musicisti esperti per le necessarie prove.

Certo di un Vostro rapido riscontro, con osservanza

Geminazzi rag. Onorato.

41.

La sera prima, quando il Geminazzi aveva sciolto le righe e l'ex maestro Zacca Vergottini, parlando a nome di tutti, aveva proposto la solita bicchierata all'Osteria del Ponte, il Nasazzi s'era negato.

Sapeva, così facendo, di esporsi a nuove contumelie, che infatti gli erano piovute in capo. Ma non aveva un centesimo in tasca, non avrebbe potuto pagare il giro quando fosse scoccato il suo turno. Quindi aveva fatto buon viso a cattiva sorte e dichiarato, per la gioia di tutti, che avere una moglie di vent'anni più giovane era come avere un doppio lavoro. Gli avevano ribadito che, se voleva una mano, tutti loro erano ben disposti a farlo.

Potevano organizzare anche dei turni! Più di così...

Il riferimento alla mano aveva immediatamente richiamato alla memoria del Nasazzi le sberle che aveva preso qualche settimana prima e quelle minacciate successivamente ogniqualvolta aveva tentato di mettere in discussione la gestione della cassa domestica.

Nell'arco di quel periodo la filosofia della Noemi si era andata chiarendo.

Era semplicissima: a lei spettava il compito di non fargli mancare niente, panni puliti e cibo in tavola, a lui quello di metterla in condizione di poter svolgere quel lavoro. Su altre eventuali necessità si poteva ragionare. Ma che lui pretendesse di avere soldi in tasca per andarli a spendere in giro per osterie o gozzoviglie, se lo doveva togliere dalla testa. Lei, Noemi Nasazzi, non voleva fare la fine della sua prima moglie.

Di fronte all'impeto di quella donna, la laringe dell'Evelindo perdeva ogni energia. Era umiliante!

E a umiliazione si aggiungeva umiliazione, a causa delle occhiate grondanti ammirazione che il malatino, sempre presente, rivolgeva alla matrigna.

Tutto questo e altro l'Evelindo Nasazzi era andato rimasticando mercoledì sera, mentre se ne tornava a Dervio pedalando lentamente. Non vedeva possibilità di uscirne, ormai il danno era fatto. E se l'era tirato addosso lui, quel guaio, con le proprie mani.

Ma si poteva andare avanti così?

Insomma, che un uomo di cinquant'anni non potesse nemmeno permettersi di bere qualche bicchiere di vino con gli amici...

Doveva escogitare qualcosa per farsi piovere in tasca un po' di soldi all'insaputa della Noemi.

Altrimenti, meglio crepare!, aveva pensato entrando in casa con una mezza idea che già gli ballava in testa.

42.

Il podestà prese atto della richiesta del ragionier Geminazzi e sorrise.

Lo stile, soprattutto, gli aveva messo allegria.

Asciutto, secco, severo.

Proprio uno stile da contabile. E che probabilmente andava d'amore e d'accordo con la testa che l'uomo si ritrovava: testa da ragioniere, quadrata, impermeabile ad altro che non fossero numeri.

«Di certo è uno che sa quello che vuole», commentò la guardia municipale che ormai era il tramite fisso tra il podestà e il Geminazzi.

Va bene, concluse il podestà.

«Dite pure al Gemicazzi che avevamo già pensato a questa necessità. Siamo abituati a prevedere le cose e quindi, di qui a un mese, giorno più giorno meno, quando l'ufficio delle Regie Poste traslocherà al piano terra del palazzo municipale, potrà disporre a proprio piacimento di quel locale. Che, se è vero che necessita di qualche lavoro di bonifica, è altrettanto vero che questa amministrazione è disposta a concederlo a titolo gratuito. In comodato d'uso, insomma.»

Riferirò, disse il Carletto Pianìn. Ma non sembrava convinto.

Tanto che, anziché girare sui tacchi e partire per riferire, non si mosse.

Anzi, per attirare l'attenzione del podestà, soffiò tra le

labbra un «Ma...» profondo come le note che era abituato a sputare nel proprio strumento.

C'era un ma?, chiese il podestà.

«Ci sarebbe», disse il Pianìn.

E si spiegò.

A lui pareva di aver capito come fosse fatto il ragionier Geminazzi. Credeva quindi di poter affermare che avrebbe gradito, più delle parole, uno straccio di carta, due righe scritte e firmate dal signor podestà Gemmo Parpaiola.

Il podestà la prese bene. Disse che non metteva in dubbio l'affermazione della guardia municipale. Era convinto, anzi, che il Gemicazzi avrebbe gradito due righe scritte e firmate.

«Ma siccome io sono abituato ad avere una sola parola e a mantenerla, tanto gli deve bastare.»

Con il che, affermò, riteneva conclusa la questione e la guardia municipale poteva andare a fare la sua ambasciata.

43.

Passato qualche giorno il maestro Geminazzi diramò una seconda convocazione. All'ordine del giorno un solo punto: sede inidonea.

Terminata la cena il Nasazzi entrò in camera da letto, prese dall'armadio il bombardino, se lo mise a tracolla e si ripresentò in cucina.

«Avete le prove?» chiese la Noemi.

No, rispose lui. A voce bassa e scuotendo la testa. Il malatino, ridendo, chiese se allora lo strumento gli servisse per suonare in curva. Il genitore sorvolò sulla battuta.

«Non mi serve più», comunicò il Nasazzi.

«Come?» chiese la Noemi.

«Mi dimetto», rivelò lui.

«Perché?» chiese lei.

«Perché sì.»

«Ma nemmeno per sogno!» sbottò la Noemi.

Nemmeno per sogno, ribadì.

L'Evelindo restò senza parole. Era una donna o un diavolo quella che aveva sposato? Come aveva fatto a capire il suo piano, gli aveva forse letto nel pensiero?

Lungi dall'essere capace di leggere il pensiero degli altri, la Noemi aveva il senso della misura, gliel'aveva insegnato la vita in montagna. Quindi, una volta raggiunta la certezza di aver domato suo marito, cosa che s'era rivelata più facile del previsto, aveva capito che era giunta anche l'ora di fermarsi. Non voleva rincretinirlo, sottometterlo, trasformarlo come certi uomini che non erano più in grado di muovere un passo senza la moglie al fianco.

Anche il Lindo doveva avere una sua libertà. Certo non quella di andarsi a ubriacare. Ma la banda le sembrava un'ottima occupazione, dopo il lavoro, per stare alla larga da osterie e tentazioni varie.

No e poi no, disse quindi.

Un uomo che si consideri tale doveva pur fare qualcosa, oltre a lavorare. Suonare in una banda le sembrava una cosa bella che... non le venivano le parole ma insomma che dava un tocco... qualcosa...

«In ogni caso tu non ti dimetti», concluse.

L'Evelindo uscì di casa convinto che tra le antenate della Noemi ci fossero delle streghe, quelle messe al rogo nel medioevo. Pedalò con rabbia verso Bellano, prima tappa del piano che aveva in mente e che la Noemi gli aveva mandato all'aria: lasciare la fanfara, mettere in vendita il bombardino e intascare i soldi.

Ciao piano, invece, e crepasse, magari!, la Noemi.

44.

Oggetto: sede inidonea.

Il ragionier Geminazzi diede lettura ai sette musicanti bellanesi della lettera che aveva preparato e che, l'indomani, doveva essere consegnata al signor podestà.

A seguito dell'invito da Voi fatto pervenire tramite ambasciata riguardante l'offerta di utilizzo da parte dei musicisti del costituendo Corpo Musicale Bellanese dei locali ove attualmente sono allogati gli uffici delle Regie Poste si fanno presenti a seguire le ragioni, emerse nel corso di un'ispezione effettuata dal sottoscritto Geminazzi ragionier Onorato, incaricato di sovrintendere alla formazione del Corpo Musicale di cui sopra, cui ci appelliamo per sostenere il giudizio di inidoneità dei locali individuati come possibile nuova sede del complesso bandistico:

a) è innanzitutto erroneo parlare o scrivere di locali poiché l'offerta riguarda un unico ambiente ove, allo stato, la presenza di un banco posto allo scopo di separare gli impiegati dai clienti delle Regie Poste, crea l'illusoria immagine di due locali posti uno di seguito all'altro;

b) la conformazione del locale in oggetto appare anomala, essendo sviluppato sul lato lungo, quindi in profondità, e molto meno sul lato corto, quindi in larghezza, fatto che ostacolerebbe, ove non impedirebbe, la corretta disposizione (fiati con fiati, bassi con bassi, i solisti davanti et coetera et coetera) dei componenti del Corpo Musicale durante le sedute di prove, vanificando il senso della prova stessa;

c) non solo la forma ma anche la dimensione del locale stesso è da giudicare inidonea allo scopo, tenendo conto che se una fanfara può avvalersi, e svolgere con soddisfazione il proprio compito, di sei, sette elementi, un Corpo Musicale propriamente inteso non può essere costituito da meno di quaranta, trenta, volendo ridurlo all'osso, elementi: appare evidente, anche a una valutazione superficiale, che quaranta, ma anche trenta, soggetti troverebbero spazio con molta difficoltà nel locale di cui sopra;

d) volendo ammettere, peraltro, la teorica possibilità di ospitare quaranta, o trenta che dir si voglia, musicisti nel locale offerto si porrebbe in maniera drammatica il problema dell'acustica: non va dimenticato infatti che i quaranta, o trenta, soggetti sono musicisti che si riunirebbero per concertare assieme brani musicali da proporre al pubblico. Le anguste dimensioni del locale, cui vogliamo aggiungere anche un soffitto troppo basso, sono quanto di meno adatto per garantire una perfetta acustica, conditio sine qua non *per avere perfette esecuzioni;*

e) le strutture murarie presentano tracce sin troppo evidenti di uno stato di cattiva manutenzione, esemplificate da larghe chiazze di umidità che infiltrano il soffitto e scrostano l'intonaco, lasciando nell'aria un fastidioso lezzo di muffa ma soprattutto facendo temere per la conservazione degli strumenti non di proprietà che venissero tenuti in sede.

A fronte degli elementi sopra elencati e dopo attenta valutazione degli stessi si chiede alla Signoria Vostra di riformulare l'offerta circa il locale ove ospitare la sede del costituendo Corpo Musicale Bellanese.

Con osservanza, Geminazzi ragionier Onorato.

Seguono firme.

45.

Nessuno dei presenti comprese bene il significato delle parole che erano uscite dalla bocca del Geminazzi. La lettera era stata scritta con indubbia maestria. Ma la prosa involuta, arcaica del maestro era un rebus.

Il Geminazzi stesso annusò l'imbarazzo dei suoi musicisti e fu esplicito.

In pratica, spiegò, si chiedeva al podestà un'altra sede perché quella offerta non rispondeva alle caratteristiche.

«Motivando il perché e secondo lo stile che si usa nelle comunicazioni tra uffici pubblici», disse.

Seguono firme cosa significa?, chiese il Pianìn con una vaga nota di inquietudine nella voce.

Significava che tutti loro avrebbero dovuto sostenere la legittima richiesta firmando, spiegò il Geminazzi, e dando così alla petizione la forza dei numeri.

Un'espressione di disagio calò sul viso del suonatore di trombone.

«Io sono anche guardia municipale», disse.

«E con ciò?» chiese il Geminazzi.

«Con ciò intendo dire che il podestà è il mio diretto superiore. Dipendo da lui, insomma, e non mi sognerei mai di andare contro un suo ordine.»

«Qui non si tratta di ordini...» interloquì il Geminazzi.

Ordini, disposizioni, suggerimenti o consigli. Qualunque cosa dicesse il signor podestà per lui era legge, affermò la guardia municipale.

«Quindi cosa intendereste fare?» chiese il Geminazzi.

«Non firmo», comunicò il Pianìn.

Sul viso del ragioniere calò la notte. Il suo sguardo fulminò il resto della compagnia. L'ex maestro Vergottini, che non vedeva l'ora di vendicarsi per essere stato degradato, si accodò alle parole della guardia municipale: «Nemmeno io firmo».

E gli altri?

Gli altri, nel silenzio della propria coscienza, stavano soppesando le parole del Pianìn. Che, d'accordo, era il più esposto essendo dipendente della pubblica amministrazione.

Ma anche a loro, cittadini bellanesi residenti e aventi attività in paese, conveniva correre il rischio di alienarsi le simpatie del podestà? Non si poteva mai sapere.

L'occhio del Geminazzi si posò su Aurelio Leoni, suonatore di basso, il più anziano della compagnia, per averne solidarietà. Pacioso come lo strumento che suonava, il Leoni usava spesso il basso invece della lingua. Se infatti l'aveva tra le mani, alle domande che gli venivano rivolte rispondeva con un SI o con un DO. Non solo durante le prove, anche in casa.

In risposta allo sguardo del maestro il Leoni si portò il basso alle labbra.

«DO!»

Il Geminazzi ne prese atto con un secco scatto del capo.

«Sappiate allora che considererò chi non firma dimesso d'autorità», annunciò il Geminazzi.

Le sue parole caddero nel silenzio. Solo il Nasazzi ebbe una scossa. Ciò che il maestro aveva appena detto delineava nuovi orizzonti: era ben convinto anche lui, come gli altri, che non convenisse firmare.

Ma così, adesso, se non l'avesse fatto avrebbe corso il rischio di incrociare le ire della Noemi che gli aveva severamente proibito di dimettersi. Rifletté che poteva contare su una posizione defilata, risiedendo a Dervio. Si alzò e con voce malcerta dichiarò: «Io firmerei».

46.

La guardia Pianìn fece rapporto la mattina seguente. Parlò anche a nome dei colleghi che non avevano firmato la petizione del Geminazzi.

Ne avevano ragionato dopo, tutti insieme, una volta sciolta la riunione. E avevano concordato che se da una parte c'era il rischio di irritare il podestà associandosi alle parole non prive di una certa arroganza scritte dal Geminazzi, di contro si ergeva un altro rischio: era stato lo stesso podestà a ordinare la costituzione di una banda. Loro, pur se dimissionati d'autorità, sarebbero passati per disobbedienti?

Dopo aver ragionato a fondo, e dato fondo pure a numerosi bicchieri, avevano chiesto al Pianìn di farsi latore delle loro ragioni presso la massima autorità del paese.

La quale ascoltò la relazione senza batter ciglio: era uomo che sapeva tenere a bada le emozioni.

Ma se avesse avuto tra le mani quella palla di lardo del Gemicazzi ne avrebbe fatto mondeghini!

La testa di cazzo che era!

Cosa si credeva di fare, il duce lì a Bellano?

Calci in culo, calci in culo fino a Menaggio, altro che banda!

Della quale, a lui podestà, continuava a fregare uno zero tondo. Non ne aveva mai avuto bisogno sino ad allora, avrebbe continuato a farne a meno.

C'era quel particolare, purtroppo: aveva speso, pubblicamente, e per iscritto la sua parola. Parola di podestà. Non poteva rimangiarsela. Bisognava, invece, che fosse il Gemicazzi in persona a rinunciare al progetto, che si facesse da parte di propria volontà.

Ringraziò il Pianìn per la puntuale relazione.

«Ci penserò», disse.

Ci stava già pensando.

Ci voleva qualcosa che mettesse quel cagacazzi nell'angolo, lo strozzasse.

Un'accusa di truffa poteva servire allo scopo?

47.

La moglie del segretario menaggino Detonati aveva ricominciato a tritare i coglioni. Sempre per via del fratello. Il Detonati non aveva altra scelta che starla a sentire e allargare le braccia.

Ma cosa poteva farci lui se la Varechini Distillati era saltata per aria?

Alle reprimende della moglie doveva poi aggiungere la mezza certezza di essere stato preso per il culo alla grande. Si guardava bene dal dirlo, ma non poteva fare a meno di pensare che l'Estenuata e relativo marito l'avessero messo in mezzo come un pistola qualunque, lasciandolo poi al suo destino: mosche in pugno e moglie incazzata.

In ogni caso ormai era fatta, indietro non si poteva ritornare: il Varechini titolare era sparito dalla circolazione, i suoi creditori si aggiravano come cani affamati attorno allo stabilimento. Lo stabilimento stesso era stato posto sotto sequestro dalla Regia Procura, che indagava e acquisiva elementi sul disastro.

Nonostante il Detonati cercasse di spiegare alla moglie come la cosa fosse sfuggita alle mani di tanti, non solo alle proprie, quella non voleva sentire ragioni: non c'era solo la Varechini Distillati al mondo, tutti chiedevano e ottenevano favori e prebende, l'unico che non riusciva a ottenere qualcosa per sé era lui, era solo capace di promettere senza mai mantenere, e intanto suo fratello si avvicinava alla soglia dei trent'anni e non aveva ancora un posto di lavoro confacente al suo titolo di studio...

Una sinfonia, uno strazio, tutte le sere la stessa solfa. Giorno dopo giorno, il Detonati si andava saturando, gli sembrava di essere farcito di quei continui lamenti. A volte poi gli toccava anche sopportare la vista della faccia di suo cognato, una vera faccia da idiota, quando, e capitava sempre più spesso, cenava da loro, mangiando come un maiale e poi dando man forte alla sorella nelle sue geremiadi. Era un tormento dell'anima ma anche del corpo, perché quando calava la sera e si faceva l'ora di tornare a casa, al segretario venivano i crampi allo stomaco.

Pensava continuamente a come venirne fuori.

E quanto più ci pensava, tanto meno vedeva una via d'uscita.

Così quando improvvisamente ne trovò una, gridò al miracolo.

48.

Gabriella Tenevelli era moglie di Fabrizio Bettola, professione dichiarata fabbro ferraio. Ma, nella pratica e soprattutto, contrabbandiere.

La donna aveva una faccia da tonta: una tiroide mal funzionante sin dalla più tenera età le aveva plasmato un viso a luna piena, flaccido, senza mimica. Gli occhi infossati sembravano due buchi, le orecchie due foglie morte.

Era piccola, grassa, ma di un grasso molle, quasi pelata. Integrava il bilancio domestico facendo mestieri a domicilio. Parlava poco ed era lenta nell'eloquio. Per questo era spesso preferita ad altre più svelte di mano ma anche di lingua.

Tra i suoi clienti c'erano, da tempo, i Regi Carabinieri della stazione di Menaggio, che non avevano ancora capito come mai i reati e gli arresti per contrabbando fossero sensibilmente diminuiti nel territorio di loro competenza da quando la Tenevelli teneva in ordine la caserma.

Non immaginavano che le orecchie, benché appassite, della Tenevelli fossero sempre all'erta. Fingeva di niente ma ascoltava tutto. Se c'erano in ballo blocchi, retate, sortite, agguati o quant'altro, avvisava il marito, che faceva correre la voce.

Il segretario Detonati era un buon cliente del Bettola poiché fumava sigarette egiziane, ripiegando sulle Nazionali solo quando il sedicente fabbro gli diceva che per qualche giorno bisognava stare a cuccia. A un certo punto aveva voluto sapere dal Bettola come facesse a prevenire le trappole di carabinieri e milizia confinaria. Il Bettola glielo aveva confidato, pregandolo di tenere il segreto per sé, e lui lo aveva fatto: gli fregava niente infatti che la donna spifferasse al marito i segreti di caserma, fosse stato per lui i contrabbandieri, anziché perseguirli, li avrebbe inquadrati in una categoria di normali lavoratori.

Ma aveva chiesto alla Tenevelli di tenere le orecchie ben aperte anche riguardo a notizie che non fossero direttamente collegate all'attività di suo marito. Lui e il maresciallo non si usmavano mica tanto. Forse quello era antifascista. O forse era solo una questione di antipatia personale. Sta di fatto che quando lo vedeva cambiava strada e, quando non poteva evitarlo, lo trattava freddamente. In ogni caso si rifiutava recisamente di collaborare con il Partito e con la sua milizia.

La Tenevelli aveva accettato: in fin dei conti avere dalla propria il segretario del Partito era una garanzia in più sull'incolumità del marito. Ma, nonostante la sua buona volontà, non era mai riuscita a carpire informazioni che potessero essere di qualche utilità al Detonati. Anche nel crimine, diceva la donna, Menaggio dimostrava di essere quello che era: un paesucolo di gente perlopiù tranquilla che badava ai fatti propri. Cosa voleva che succedesse?

Ma quella sera la Tenevelli aveva le orecchie rosse per l'emozione, talmente rosse da parer gonfie. Era successo di tutto in caserma.

«Maresciallo incazzato!» disse.

«Incazzato?» ribatté il Detonati.

«Un bìs!» chiarì la donna.

«E perché?»

49.

Per un fonogramma.

Fonogramma che si era smarrito nei meandri del comando di Como.

«O forse qualcuno se l'è mangiato, eh!» aveva gridato per mezza mattina il maresciallo.

Il botto della Varechini Distillati aveva ben presto dimostrato di non avere i semplici colori del fallimento. C'era ben altro! Altrimenti non se la sarebbe presa così calda il comando di Como, con la procura alle calcagna, che aveva ordinato alla stazione di Menaggio di espletare immediate e accurate indagini, di arrestare il colpevole, di interrogare tutti i responsabili.

Ma quando era arrivato l'ordine il Varechini era già uccel di bosco. Scappato, si mormorava. Salamadonna dove, però. Forse in Svizzera o addirittura, secondo alcuni bene informati, in Francia. Il maresciallo menaggino aveva fatto quanto era in suo potere. Aveva innanzitutto interrogato la segretaria Vereconda, una rincoglionita. Poco c'era mancato che se la facesse addosso alla vista della divisa.

In quanto al secondo testimone, il Geminazzi, aveva immediatamente...

«Im-me-dia-ta-men-te!»

...avvisato il comando che il ragioniere si era trasferito da qualche giorno in quel di Bellano. Quindi ben al di fuori dalla sua competenza territoriale, addirittura sulla sponda opposta del lago.

Che fine aveva fatto il fonogramma con quella comunicazione?

«Eh?» aveva gridato il maresciallo per l'altra mezza mattina quando era giunto in caserma un nuovo fonogramma da Como che lo sollecitava a comunicare rapidissimamente l'esito dell'interrogatorio del Geminazzi. Ove l'interrogatorio non fosse ancora avvenuto, proseguiva il testo, bisognava lestamente procedere all'arresto del Geminazzi in persona in quanto sospettato del reato di complicità in truffa aggravata.

Solo dopo mezzogiorno al maresciallo le vene del collo s'erano un po' sgonfiate. E allora aveva dettato l'ennesimo fonogramma di quel rosario in cui ribadiva l'irreperibilità del Geminazzi causa cambio residenza, cavandosi pure lo sfizio di postillare che la cosa doveva già da tempo essere nota al comando provinciale.

Che ci pensassero i colleghi di Bellano quindi, aveva ridacchiato in fine di giornata, ad arrestarlo, interrogarlo, eventualmente torturarlo.

50.

Il maresciallo maggiore Giuseppe Giunti, comandante la caserma di Bellano, uscì alle prime luci dell'alba per dare seguito all'ordine ricevuto nottetempo: arrestare il ragionier Onorato Geminazzi.

Incredulo, l'aveva letto e riletto. Ma gli ordini non si discutevano. Non c'era tempo da perdere.

51.

Nemmeno il segretario menaggino, dopo la rivelazione della Tenevelli, aveva perso tempo. Doveva immediatamente comunicare la notizia al collega bellanese Attilio Bongioanni: con il Geminazzi in galera, quel posto di ragioniere tornava libero. Che se lo pigliasse il cognato allora, che l'ospedale andasse a rotoli, che cazzo gliene fregava, qualunque cosa pur di tappare la bocca a sua moglie!

Quella stessa sera aveva chiamato tre volte senza ottenere risposta. La mattina seguente si era rimesso in pista verso le dieci.

«Non c'è», gli aveva risposto una vocetta tremebonda.

«A che ora lo posso trovare?» aveva chiesto lui.

«Non lo so», aveva pigolato quella. Lei era solo la donna delle pulizie, due ore tutte le mattine. Per il resto, di dove andasse e cosa facesse il segretario lei non sapeva niente.

Metodicamente, il Detonati aveva chiamato casa Bongioanni ogni ora. Quando ormai aveva perso ogni speranza di trovarlo quello aveva risposto.

«Che cazzo vuoi ancora?» gli aveva sparato nell'orecchio non appena aveva capito chi ci fosse all'altro capo del filo.

Il Detonati aveva appena fatto in tempo ad aprire la bocca.

Sapeva da dove arrivava?, l'aveva aggredito il Bongioanni.

No, aveva risposto lui.

Da Lecco.

Ah, bene...

Bene un cazzo! Sapeva perché stava tornando da Lecco?

No... non lo sapeva... come poteva...

Allora che aprisse bene le orecchie, glielo stava per dire. Era andato a Lecco perché il segretario della sezione di lì l'aveva convocato d'urgenza per comunicargli che da quel giorno era sospeso, «SOSPESO, capito?» dalla carica di segretario della sezione bellanese, in quanto la Federazione di Como aveva chiesto di prendere severi provvedimenti contro coloro che, mettendo di mezzo il Partito e di conseguenza esponendolo a figure di merda, appoggiavano il conferimento di incarichi di prestigio a personaggi di dubbia moralità, così come stava accadendo in quei giorni a seguito dello scandalo scoppiato intorno alla Varechini Distillati con il titolare uccel di bosco, le maestranze con il culo per terra, debiti a non finire e, udite udite, tal ragionier Onorato Geminazzi, ricercato per bancarotta fraudolenta, a occupare il posto di capocontabile dell'ospedale Umberto I di Bellano grazie alle garanzie offerte dal segretario bellanese che, per iscritto, s'era detto sicuro del ragioniere come di sé stesso.

Gli avevano fatto ripassare la proprietà transitiva!

«Cioè?» aveva chiesto il Detonati.

«Vattela a vedere, che magari ti ci ritrovi anche tu!»

In ogni caso per il momento era sospeso, in attesa che un'apposita commissione valutasse se non ci fossero gli estremi per il ritiro della tessera e relativa espulsione dal Partito.

Quindi, aveva concluso il bellanese, cosa cazzo voleva ancora?

52.

La casa dove abitava il Geminazzi era un labirinto di corridoi, scale, rientranze, angoli bui, terrazzini, ripostigli, cubicoli e fondi ciechi.

Il Giunti si infilò nel portone, che dava su piazza Santa Marta, accompagnato dal carabiniere scelto Mandruzza. Il prestinaio Barbieri stava aprendo al pubblico in quell'esatto momento. Per i due carabinieri le difficoltà cominciarono subito.

Dove stava il Geminazzi? Al primo, al secondo, al terzo o al quarto piano dell'immenso palazzo?

Li ispezionarono tutti, senza cavare un ragno dal buco. Su nessuna delle porte c'era uno straccio di nome e cognome. Dopo tre quarti d'ora, sconfortato, rifece capolino al portone seguito dal carabiniere Mandruzza. Gli venne in mente di chiedere delucidazioni al fornaio.

Sapete dove abita il ragionier Geminazzi?

Il fornaio fu laconico.

«Sì», rispose, «lì.» E indicò con un cenno del capo il labirintico caseggiato.

Il maresciallo represse un moto di stizza e ringraziò. Quindi ordinò al carabiniere Mandruzza di tornare in caserma, controllare sul fascicolo del Geminazzi se ci fossero note che potevano chiarire dove abitasse, e in caso contrario, alla più disperata, andare direttamente a casa della guardia municipale, a suo giudizio l'unica persona in grado di dar loro un aiuto concreto.

53.

La guardia municipale s'era appena svegliata. Al mattino offriva un aspetto complessivamente sfasciato. Aveva un viso triste, da cane bastonato. Borse sotto gli occhi. Era lento. Disse al carabiniere Mandruzza, che intanto nel fascicolo del Geminazzi non aveva trovato niente di niente, di dargli qualche minuto per sistemarsi.

Passò mezz'ora prima che il Pianìn ricomparisse, vestito di tutto punto e con – finalmente – la curiosità di sapere come mai i carabinieri cercassero il ragioniere.

Ma il carabiniere Mandruzza, ligio alle consegne, non disse niente.

Si avviarono: davanti il carabiniere, dietro la guardia che camminava in chiave di SOL e che giunse al portone di casa del Geminazzi con un distacco di circa duecento metri.

Fu Estenuata ad accogliere i due carabinieri e la guardia.

Cosa desideravano?, chiese, incrociando le mani davanti al pancione e sgranando gli occhi bovini quando il maresciallo Giunti le disse che volevano il ragioniere suo marito.

«Mio marito», rispose, «è uscito.»

Da più di mezz'ora, specificò.

Cascasse il mondo, alle sette in punto lui era nel suo ufficio.

Il maresciallo Giunti fece una smorfia, masticò una parolaccia, girò sui tacchi senza salutare, ordinando al carabiniere Mandruzza di seguirlo: gli parve subito evidente che il Geminazzi, avvisato da chissà chi, o in qualche modo comunque avvertito, fosse fuggito, che la moglie fingesse di non sapere niente e tentasse di fargli guadagnare tempo.

Probabilmente la donna avrebbe anche gradito un interrogatorio, così, tanto per trattenere ancora un po' i carabinieri: magari, addirittura, marito e moglie si erano messi d'accordo sulle risposte da dare. Ma non era così facile mettere nel sacco il maresciallo maggiore Giuseppe Giunti.

Nel momento in cui il maresciallo sbucò in piazza Santa Marta fermandosi un istante per raccogliere le idee, il ragionier Geminazzi, che era uscito di casa come tutte le mattine dalla porticina della legnaia che dava direttamente su piazza Grossi, angolo via Cavour, scorciatoia che gli permetteva di risparmiare quasi mezzo chilometro di strada a piedi, atterrava col suo grosso deretano sulla sedia della scrivania di capocontabile dell'ospedale Umberto I.

54.

Raccolte le idee, il maresciallo maggiore Giunti ordinò al carabiniere Mandruzza di piantonare l'ingresso del palazzo dove abitava il Geminazzi: non era per niente convinto della sincerità della signora e giudicava opportuno tenerla d'occhio, seguirne le eventuali mosse. Allo scopo ordinò al carabiniere di infrattarsi nell'antiporta che dava accesso alla chiesa di Santa Marta. Da lì poteva vedere senza essere visto. Per rispetto al luogo sacro, gli consentì di togliere il cappello. La consegna fu quella di seguire la signora Estenuata senza azzardare iniziative e poi riferire. Quindi riprese la strada della caserma poiché, prima di ogni altra cosa, doveva comunicare alla tenenza di Lecco, che a sua volta l'avrebbe comunicato al comando di Como, il mancato arresto del Geminazzi per temporanea irreperibilità dello stesso: dopodiché avrebbe atteso nuovi ordini.

Sennonché, mentre attraversava piazza San Giorgio, gli venne incontro il flusso dei fedeli che uscivano dalla chiesa dopo aver assistito alla messa delle sette. Tra costoro c'erano anche la moglie del podestà Parpaiola e la moglie del Malcelati, il direttore sanitario dell'ospedale.

Due civette. Ma non per vezzo o vanità. Men che meno per meriti di fascino personale. Civette vere e proprie, in gara di bruttezza l'una con l'altra, era difficile stabilire a chi spettasse il primato. Prime cugine, coetanee, amiche fin dall'infanzia, frutto di incroci di patrimoni di famiglia più che di amori, non frequentavano altri che sé stesse e se ne andavano in giro appollaiate l'una all'altra. Vedendo il maresciallo, emisero entrambe uno squittio.

Che ci faceva a quell'ora il comandante nella piazza della chiesa?

Contava sulla discrezione delle signore, rispose il Giunti. Poi lo spiegò.

Era a pochi metri dalla caserma quando la notizia, fresca come una michetta, si riversò nelle orecchie dei due cucù che le avevano sposate.

«Il coglione!» ridacchiò tra sé il podestà.

E si fregò le mani.

«C'è da essere contenti?» gli chiese la moglie.

L'uomo evitò di rispondere, chiese il caffè.

«So io!»

Il direttore sanitario Malcelati trasecolò. Sbiancò in viso.

«Scandalo!»

«Scandalo?» fece eco, golosa, la moglie.

Ma quello lasciò a metà il caffè, si vestì in fretta e furia e partì a razzo per raggiungere il nosocomio.

Nel frattempo la signora Estenuata, lenta e un po' piegata all'indietro per controbilanciare il gran peso della pancia, usciva di casa.

55.

All'interno del nosocomio regnava la calma di ogni inizio giornata.

Odore di caffellatte nell'aria, rumori soffusi, voci che si chiamavano.

Calma apparente, pensò il direttore sanitario, cogliendo tra gli odori anche il sottofondo d'incenso che veniva dalla cappelletta.

Calma apparente, quella che di solito precedeva le tempeste. Era preoccupato, sudato, contratto, e avvertiva un fastidioso prurito alla pianta dei piedi, come sempre quando entrava in ansia. E ne aveva motivo, con uno scandalo alle porte.

Quando la notizia si fosse diffusa, ci sarebbe stato da piangere. E i malvagi avrebbero avuto di che ridere per la figura da fessi che avevano fatto tutti loro del consiglio di amministrazione.

Figurarsi, un ospedale costruito con il contributo dell'intera comunità, dal cittadino più ricco a quello più povero, con l'intero corpo infermieristico formato da suorine dell'ordine delle Madri Addolorate, visitato non più tardi di un anno prima dal cardinal Eugenio Tosi che ne aveva benedetto, piano per piano, tutti i reparti, intitolato a sua maestà Umberto I, il re freddato a Monza dall'anarchico Bresci: insomma, un ospedale dove da sempre erano state regole ferree il rigore morale, il rispetto dell'individuo, la cura dei mali del corpo non mai disgiunta da quella dei mali dell'anima, rischiava di essere trascinato nello scandalo a causa dell'immoralità del capocontabile cui loro, incautamente, con cieca fiducia, turlupinati come bambini dell'asilo, avevano affidato un posto di così alta responsabilità.

Se il ragionier Geminazzi era un poco di buono, chi avrebbe dovuto accorgersene se non il consiglio?

E adesso, cadendo, il Geminazzi chi avrebbe trascinato con sé?

Erano queste le domande che assillavano il direttore sanitario Malcelati mentre saliva le scale diretto alla volta del suo studio, che stava dirimpetto a quello del furfantesco capocontabile: tra quelle pareti sperava di poter trovare la calma e la concentrazione necessarie per riflettere e prendere le decisioni più opportune.

Non si aspettava altre sorprese per quella mattina.

Invece dovette incassarne una seconda. Se possibile ancora più incredibile della prima.

Il ragionier Onorato Geminazzi era lì, come al solito, come tutte le mattine, nel suo ufficio, seduto al tavolo di lavoro, la testa china, immerso in chissà quali carte e conti e non si accorse del direttore sanitario che, profittando del fatto di non essere stato visto, ritornò lemme lemme sui propri passi, deciso a raggiungere l'astanteria dov'era installato il centralino telefonico.

56.

Il maresciallo maggiore Giunti era sempre in caserma, sempre in attesa di istruzioni.

Da Lecco gli avevano detto di restare a disposizione mentre loro si consultavano con Como.

«Faccio presente che il soggetto potrebbe essersi dato alla fuga», aveva detto sul finire della telefonata.

«Va bene», gli era stato risposto.

Comunque bisognava attendere istruzioni, la competenza del caso era della Regia Procura di Como. E, nell'eventualità in cui fosse stata disposta una battuta a largo raggio, sarebbero stati necessari rinforzi. Non si capiva bene se fornirli sarebbe toccato a Lecco o a Como.

Dalla telefonata era passata mezz'ora.

In quella mezz'ora carica di attesa il Giunti non aveva perso tempo e aveva cercato di immedesimarsi nel Geminazzi: dove sarebbe fuggito, se fosse stato nei panni del fraudolento ragioniere?

Infine squillò il telefono, interrompendo le sue riflessioni.

Lecco in linea, pensò il Giunti.

Invece no.

Una vocetta fessa, sottile, che sembrava contraffatta.

«Chi parla?» sbottò il maresciallo che non aveva tempo da perdere e men che meno voleva tenere occupata la linea telefonica.

Proto Malcelati declinò le generalità. Il maresciallo

Giunti modificò il tono della voce, meno brusco, meno secco ma comunque sbrigativo, perché Lecco doveva avere la precedenza assoluta.

Poteva essere utile in qualcosa?

Il direttore sanitario sputacchiò un sì.

Se era vero, disse, come aveva sentito...

«Sì?» fece il maresciallo.

...che i carabinieri stavano ricercando, al fine di arrestarlo...

«Chi?»

...il ragionier Geminazzi... ebbene...

Il maresciallo Giunti scattò in piedi.

Non volle credere a quello che il direttore sanitario finì di comunicargli.

«L'ho appena visto con i miei occhi», confermò il Malcelati.

Cosa doveva fare?, implorò poi.

Al maresciallo furono sufficienti pochi secondi per riflettere ed elaborare un piano d'azione.

«Non fate niente!» ordinò. «Comportatevi come se fosse una normale giornata.»

«Di norma lo vado a salutare tutte le mattine», ribatté il direttore.

«E salutatelo allora!» chiuse il carabiniere.

57.

Furbo.

Furbissimo.

Il Geminazzi era andato a nascondersi là dove nessuno si sarebbe mai sognato di cercarlo: sul posto di lavoro. Proprio vero che le cose più evidenti, le verità che abbiamo sotto gli occhi tutti i giorni sono le più difficili da comprendere. Il maresciallo Giunti si preparò a uscire. All'appuntato Scola ordinò, nel caso avessero richiamato dalla tenenza di Lecco, di dire che lui era uscito per urgentissime ragioni e una volta rientrato avrebbe fatto immediatamente rapporto.

In quel momento il carabiniere Mandruzza fece ritorno in caserma e relazionò puntualmente al superiore. Disse che la signora Estenuata era uscita poco dopo la partenza del signor maresciallo e aveva compiuto un lungo giro in paese, toccando vari negozi, la forneria, la pizzicheria, la macelleria, la merceria, la latteria, l'ortofrutta e infine era anche passata per un pateravegloria nella chiesetta di Santa Marta, dopodiché aveva fatto ritorno a casa. Senza, a suo giudizio, aver dato adito a ipotesi che nel suo comportamento si celassero intenzioni segrete o criminose.

«Va bene», disse il maresciallo maggiore Giunti che non era nemmeno stato a sentire.

«Vieni con me», ordinò.

Uscirono dalla caserma mentre un timido sole cominciava a indorare la riva occidentale del lago.

58.

Il Malcelati eseguì alla lettera l'ordine impartitogli telefonicamente dal maresciallo.

Salì, in punta di piedi, sino al piano dov'era l'ufficio del ragioniere.

Controllò che il Geminazzi fosse ancora presente.

C'era, immerso nel lavoro.

Salutò.

Ebbe in risposta un buongiorno mezzo masticato, perché quando il Geminazzi era a bagno nei numeri non esisteva nient'altro.

Quindi chiese il permesso di chiudere la porta dell'ufficio, inventando di sana pianta che di lì a poco sarebbero passati a pulire i corridoi, con il corollario dei relativi rumori: secchi che sbattevano, stracci strizzati, colpi alle pareti.

Il Geminazzi manco alzò la testa dai fogli che aveva sott'occhio, probabilmente nemmeno comprese quello che il direttore sanitario gli aveva detto, né si rese conto che quello lo aveva inchiavardato nel suo ufficio con due lentissimi colpi di polso.

59.

Non si sarebbe mai accorto che il Malcelati l'aveva messo sotto chiave.

Mai, se il suo ufficio fosse stato altrove e non dove invece era. Cioè confinante con il quartierino riservato alle suore infermiere, separato dal resto dell'ospedale da un muro di semplici mattoni forati, edificato per volontà della madre superiora onde dare alle sorelle nella fede un isolamento consono alla vocazione che le animava.

Al quartierino si accedeva tramite una porta di cui tutte le suore possedevano una copia della chiave, poiché era regola che tale porta restasse sempre invalicabile agli estranei.

Nessuno s'era mai lamentato di questa disposizione. Né il Geminazzi aveva avuto da dire, rispettando il bisogno di privatezza delle religiose. Sennonché, da un paio di giorni, dalla stanza adiacente l'ufficio del Geminazzi, che era occupata da suor Emerita, proveniva chiaramente, stante la sottigliezza di quel muro costruito in economia, l'eco dello sgocciolio di un rubinetto che perdeva.

Se perdesse anche durante la notte rendendo agro, quando non vano, il sonno della suorina, il Geminazzi non poteva dire.

Ma di giorno l'ossessivo ripetersi del ritmo delle gocce che sfuggendo alla guarnizione andavano a spiattellarsi nel lavandino, tic tac, come obbedissero a un metronomo, era presente nell'aria del suo ufficio. Gli penetrava nelle orecchie alla prima occasione, quando sollevava il capo dagli ardui conti per tirare un istante il respiro, e da quel momento in avanti non lo mollava più.

Una vera tortura.

Anche perché quello sgocciolamento continuo dopo un po' faceva nascere in lui la necessità di pisciare a tutti i costi. Tentava di resistere. Riusciva per un tempo variabile. Poi cedeva di schianto. Si alzava, imbufalito, e si recava al cesso.

Successe così anche quella mattina.

Con la differenza che, al momento di aprire la porta per uscire, la trovò chiusa e, dopo averle dato un paio di scossoni, cominciò a gridare come un ossesso temendo, sopra ogni altra cosa, il rischio di farsela addosso.

60.

Proto Malcelati era fuori, sul corridoio, a debita distanza dall'ufficio del ragioniere, quando costui cominciò a tempestare di pugni la porta e a inveire. S'era messo in posizione strategica: di lì teneva d'occhio sia la porta del ricercato sia la scala per la quale avrebbe dovuto salire il maresciallo dei carabinieri, che infine giunse.

«Meno male», disse il direttore sanitario, «ancora un po' e buttava giù la porta. Sembra impazzito!»

Il maresciallo sorrise.

Con ironia spiegò che, per intanto, la caserma di Bellano non aveva in dotazione che due soli mezzi di trasporto, la bicicletta e il cavallo di san Francesco.

«Secondo voi potrebbe essere armato?» chiese il Malcelati.

Il Giunti manco gli rispose. Invece, avvicinandosi alla porta, intimò al Geminazzi di allontanarsene. Dopodiché, fattosi consegnare le chiavi dal direttore, diede un primo giro.

«Era ora!» esplose il Geminazzi quando sentì muovere la chiave nella toppa. Era pronto a riversare su chiunque si fosse trovato davanti una ramanzina con i fiocchi. Però, trovandosi faccia a faccia il maresciallo maggiore Giunti restò interdetto.

«Buongiorno maresciallo», disse.

A cosa doveva...?

Il Giunti assunse un'espressione indifferente, come se

fosse passato di lì per caso: non bisognava eccitare ulteriormente il ricercato, men che meno provocarlo nel caso, improbabile ma da tenere pur sempre in considerazione, fosse armato.

«Dovreste venire con me, è cosa lunga, ve la spiegherò in caserma», rispose conciliante.

Il Malcelati si era tenuto prudentemente nascosto dietro il carabiniere per paura che il pazzo potesse avere un'arma. Fece capolino per chiedere se il maresciallo avesse ancora bisogno di lui.

«No», rispose il carabiniere.

Ma avvisò che da quel momento e sino a nuove disposizioni l'ufficio del Geminazzi doveva ritenersi sotto sequestro.

Gli era scappata, puttanaeva, quella non la doveva dire! Così, parlando, aveva messo in allarme il Geminazzi.

Il quale infatti capì di essere in mezzo a un guaio. Quale fosse non ne aveva la più pallida idea.

Ma la paura lo strinse al punto che, indebolendo la sua proverbiale capacità di resistenza e concentrazione, perse un paio di gocce.

61.

Dopo aver lungamente rimirato i pantaloni del pigiama di suo marito, che giacevano ancora sul letto così come li aveva messi lei e benché mezzogiorno fosse passato solo da una decina di minuti, Estenuata decise di mandare il maggiore della truppa, Federico, a vedere perché Onorato non fosse ancora rientrato per il pranzo.

Quello del pigiama era un vezzo del ragionier Geminazzi che disponeva di due soli vestiti buoni e cercava di risparmiarli da ogni insidia: non appena rientrato in casa si toglieva i pantaloni e indossava il pigiama, in modo che le eventuali macchie di olio, sugo e quant'altro non andassero a lordare gli abiti che usava sul lavoro.

Il giovane partì di scatto, animato dal vento di novità che sembrava nascondersi dietro il ritardo paterno e senza minimamente sospettare che, di lì a poco, l'aria di casa si sarebbe tinta di tragedia.

Presso il nosocomio bellanese la notizia dell'arresto del capocontabile aveva fatto il giro di tutti i reparti, comprese le cucine e il magazzino.

Ma quando Federico si presentò in astanteria e chiese al custode notizie del genitore, questi non ebbe cuore di spiattellargli in faccia la verità. Mandò a chiamare la madre superiora, la quale si negò al penoso compito ma incaricò suor Celestina, che a tutti gli effetti era la sua vice, di informare il direttore sanitario della triste necessità.

Il Malcelati comprese che non poteva sottrarsi ai doveri del ruolo che occupava: spettava a lui, insomma, dare la notizia al ragazzo.

Non trovando però le parole, e soprattutto mancandogli il coraggio, riferì solo quello che aveva visto, tacendo ciò che sapeva: cioè che il ragioniere suo padre era uscito dall'ospedale qualche ora prima in compagnia del signor maresciallo e che, non avendolo più visto rientrare, aveva motivo di supporre che i due fossero ancora insieme, magari in caserma.

Dove il ragazzo, consigliò, avrebbe fatto bene a cercarlo.

Partito il giovanotto, il direttore sanitario valutò tra sé il proprio grado di infamia e non lo trovò troppo degradato: in effetti, ragionò, aveva detto la verità, non aveva udito uscire dalle labbra del maresciallo alcuna formula di arresto in nome della legge né aveva visto comparire ceppi, manette, catenelle o altri aggeggi usati di norma per immobilizzare i prigionieri.

Nel frattempo il maresciallo maggiore Giunti, che era uomo discreto e non amava dar spettacolo, aveva accompagnato il ragioniere presso la caserma da lui comandata e solo una volta all'interno aveva comunicato al Geminazzi che si trovava in stato di arresto per il reato di concorso in truffa concernente il fallimento della Varechini Distillati.

Alla notizia il Geminazzi aveva reagito cadendo in una sorta di stupore catatonico, con grande piacere del maresciallo che invece s'era aspettato urla e schiamazzi. Il Giunti ne aveva immediatamente approfittato per comunicare al ragioniere che altro non gli poteva dire perché altro non sapeva.

Il necessario interrogatorio che lo attendeva in qualità di imputato sarebbe avvenuto in data e in luogo che dovevano ancora essere fissati, poiché non era ben chiaro se di tutto l'affare si sarebbe occupato il Regio Pretore di Menaggio oppure il Regio Procuratore di Como: pareva infatti che tra i due fosse in atto una nervosa disputa di competenze, una battaglia combattuta a colpi di codici, pandette e precedenti. Nemmeno era chiaro se l'interrogatorio sarebbe avvenuto presso il carcere di Pescarenico, quello di San Donnino o addirittura lì, a Bellano.

Tutto, insomma, era ancora da stabilire e lui restava in attesa di ordini dalla tenenza di Lecco, che faceva da tramite col comando di Como.

Effettuate quelle comunicazioni, il maresciallo Giunti aveva affidato il ragioniere al carabiniere Mandruzza, che l'aveva rinchiuso nella cella di sicurezza.

Una volta lì il Geminazzi era andato via via riprendendosi, arrivando a rendersi pienamente conto dell'assurdo che gli era piombato addosso.

Allora aveva cominciato un concerto di urla, schiamazzi e imprecazioni che durava ancora quando il figlio Federico, seguendo il consiglio di Proto Malcelati, aveva suonato al portone della caserma chiedendo notizie del genitore.

Per il Giunti fu un fulmine a ciel sereno. Se n'era dimenticato anche lui! Nessuno vi aveva provveduto!

Nessuno aveva pensato di avvisare la famiglia Geminazzi dello stato e delle condizioni in cui si trovava il capofamiglia. Fu cura del maresciallo stesso rinviare a casa il ragazzo. Accompagnato però dall'appuntato, cui era affidato lo spinoso incarico di rendere edotta la signora circa gli avvenimenti della mattinata.

Il maresciallo chiese anche all'appuntato di scusarlo con la signora per aver tralasciato di avvisarla prima, pregandola peraltro di prendere atto che le incombenze di un comandante di caserma erano infinite e insomma non poteva mica pensare a tutto solo e sempre lui.

62.

Alla notizia Estenuata Geminazzi ebbe un malore. Si accasciò a terra, ma pancia all'aria, che faceva impressione con quell'ovoide proteso verso l'alto.

L'appuntato Scola, pur non sapendo che pesci pigliare, fece una cosa giusta: volò a chiedere aiuto a una vicina di casa.

Subito però ne fece una sbagliata: nella foga di reclamare l'aiuto, svelò alla vicina che la moglie del Geminazzi era svenuta dopo aver appreso la notizia che il marito era stato arrestato.

La vicina di casa si chiamava Armellina Banchieri. Non si negò al soccorso, anzi. Con un bottiglione di aceto di vino rosso al seguito, l'unico rimedio contro gli svenimenti che le fosse noto, ottenne di riportare sulla terra la Geminazzi. Poi, esaurito il compito, si fece un punto d'orgoglio di spargere per l'intero condominio, oltre al pungente odore dell'aceto come se fosse appena uscita da un carpione, la straordinaria notizia. I condomini reagirono con stupore. L'Armellina invece esibì saggezza: sin dall'arrivo di quei Geminazzi qualcosa non le era quadrato, aveva fiutato le uste di un guaio. In poche parole, l'aveva sempre saputo che doveva succedere qualcosa di grosso anche se non aveva mai detto niente a nessuno.

Nel frattempo all'appuntato Scola era bastato accertare che la donna non fosse morta stecchita.

Glielo aveva chiesto: «State bene?».

La Geminazzi aveva risposto con un cenno del capo.

E lui, allora, via!

Il suo compito era esaurito, l'ordine eseguito. Le malattie gli facevano paura, le donne incinte impressione.

Sola, l'Estenuata riannodò lentamente i fili della storia.

Suo marito era in galera.

Ma perché, che cosa aveva fatto?

Bisognava saperlo per pensare come muoversi, cosa fare. L'unico in grado di dirglielo era il signor maresciallo.

Pensò, sulle prime, di rimettersi immediatamente in piedi e correre in caserma.

Ma, ciao!, niente da fare.

Le gambe si rifiutavano di camminare, facevano giacomo giacomo, i fumi dell'aceto che l'Armellina le aveva fatto salire nel naso l'avevano come ubriacata. Inoltre quello che aveva nella pancia aveva cominciato a menare calci, ubriaco di aceto pure lui.

Dovette aspettare sino alle cinque.

A quell'ora Estenuata Geminazzi uscì di casa con il codazzo dei suoi cinque figli. Nere ombre, che simulavano buche immaginarie, tappezzarono il selciato di piazza Santa Marta. La processione dei Geminazzi si diresse verso l'omonima chiesetta e vi entrò. Ne uscì dopo dieci minuti circa. La piazza era ormai una nera voragine. A coloro che spiavano nascosti dietro tende e persiane parve che i Geminazzi stessero ritornando verso casa. Quelli, invece, davanti al portone del condominio voltarono a sinistra e imboccarono via Manzoni. Poi, passando sotto un arco, girarono a destra e sbucarono in via Cavour. Marciavano compatti e ordinati, silenziosi, cauti. Sembravano, stanti il buio e il gioco delle ombre, uno strano animale, un antichissimo dinosauro. In fondo a via Cavour svoltarono a sinistra e fu chiaro che la meta della marcia era la caserma dei carabinieri.

Estenuata Geminazzi suonò, si aprì lo spioncino, comparvero due occhi, scuri, resi cupi da folte sopracciglia, lo sguardo dell'appuntato Scola cui toccava il turno di piantone, notte compresa.

Estenuata non lo riconobbe.

«Cosa volete?» chiese il carabiniere.

«Il signor maresciallo», rispose Estenuata.

Ma il maresciallo non c'era.

63.

Non c'era. Era già a casa sua.

Era uscito da meno di un quarto d'ora. Ma prima di andarsene aveva dettato ordini precisi.

Isolamento assoluto del prigioniero: la categorica consegna era maturata presso la tenenza di Lecco ed era stata poi trasmessa al maresciallo maggiore Giunti. Il Geminazzi, sino a che non si fosse risolto il litigio di competenze tra procura e pretura, non doveva avere contatti con nessuno al di fuori dei carabinieri della caserma di Bellano, e pochi anche di quelli. Soprattutto, non doveva avere alcuna possibilità di intralciare, interferire o, addirittura, sviare le indagini sul caso di cui era l'unico, preziosissimo testimone, oltre che indagato. In obbedienza all'ordine, il maresciallo Giunti, prima di andare a casa, aveva fatto applicare all'unica finestra della cella di sicurezza, che dava su via privata dell'Achille, due assi al fine di chiudere così l'unica via di comunicazione con l'esterno.

Non voleva correre rischi di sorta, stava tra l'incudine e il martello.

Che procuratore e pretore litigassero pure, se volevano. Ma che si sbrigassero.

64.

Il procuratore del Regno Salvatore Sinussi era a Como da meno di due mesi e già tutti quelli che lo conoscevano, senza farsi sentire, lo chiamavano «Mììì».

Piccolo, secco, sicuro di sé, se non cominciava, o finiva, una frase con «minchia» non era lui a parlare. Era un uomo vanitoso, elegante e galante, sempre profumato, frequentatore dei salotti buoni della città dove il suo vezzo di spargere minchie a destra e a sinistra era stato accolto come un tocco di estrosità, tanto che molti dei giovanotti e delle signore che lì incrociavano le loro bellezze, fresche o trapassate, avevano adottato quella parola e la usavano impunemente.

Il maresciallo maggiore Giunti l'aveva visto una sola volta in vita sua e ne aveva tratto l'impressione che fosse soggetto dal quale era meglio stare alla larga. Era successo verso la metà di agosto quando Sua Eccellenza il prefetto di Como aveva visitato la Muggiasca e Vendrogno, comune che stava nel territorio di competenza della caserma di Bellano. Avevano accompagnato Sua Eccellenza la nobildonna Mariole Ferrivecchi, in qualità di presidente dell'Associazione Vedove di Guerra e Madri Vedove, il giudice cavalier Jacarone e il professor Sbarbini, entrambi legati all'Associazione, e appunto il Sinussi, che s'era unito alla compagnia non si sa a che titolo. Seguendo il protocollo il maresciallo Giunti, con un paio dei suoi uomini, aveva atteso gli illustri ospiti al cancello dell'Istituto Giglio, che accoglieva centottanta orfane di guerra, e s'era accodato a loro nella visita all'edificio. Quindi li aveva seguiti nella successiva visita alla Casa comunale e poi nella villa dove risiedeva il podestà di Vendrogno: lì la padrona di casa aveva signorilmente allestito un vermouth d'onore. Quando il vassoio era passato sotto il naso dei tre carabinieri e il Giunti aveva fatto il gesto di allungare una mano per servirsi, il procuratore era intervenuto.

«Mììì, i militari in servizio non possono bere», aveva sibilato, sconcertando la signora podestà e il maresciallo stesso.

Entrambi, sulle prime, avevano creduto a una battuta scherzosa del Sinussi. Guardandolo negli occhi, invece, il maresciallo Giunti aveva capito che non c'era aria di allegria nelle parole del procuratore. Aveva ritirato la mano e con dispiacere aveva visto allontanarsi il grosso posteriore della signora podestà: dispiaciuto per il vermouth naturalmente, poiché un goccetto rinfrescante l'avrebbe bevuto volentieri.

Se quello, quindi, era il carattere del procuratore, pensava il maresciallo Giunti, erano cazzi per il pretore di Menaggio: era dura spuntarla contro una tal testa di sasso.

Comunque a lui fregava niente, chi avesse ragione e chi torto... la competenza del caso... La facessero fuori a colpi di codice o a testate, affari loro. Ma si sbrigassero.

Lui obbediva, del resto non gli importava.

Non aveva bisogno di grane.

Perché ci voleva poco a trasformare il Geminazzi da indagato a puro oggetto di contesa tra due primi della classe. E poi c'era anche un altro rischio. Che, nel caso qualcosa fosse andato storto, toccasse a lui pagare il conto. Non si poteva mai dire, in situazioni simili. Se il Geminazzi era il delinquente che si sospettava, benché il fisico facesse pensare a tutt'altro, poteva avere alle spalle un'organizzazione criminale di tutto rispetto. Magari in grado di forzare i sistemi di sicurezza della caserma e liberarlo. E la responsabilità sarebbe ricaduta su di lui. Oppure qualcuno avrebbe potuto cercare di farlo fuori, affinché non parlasse. Idem come sopra. Lo stesso ragioniere poteva, allo stremo, togliersi la vita.

Cazzo, gliel'avevano portata via la cintura dei pantaloni?

E le stringhe delle scarpe?

Con quei pensieri in testa il maresciallo nemmeno si illuse di poter dormire.

Contò le pecore facendo voti che l'indomani gli portasse la bella notizia che la contesa era risolta liberandolo dall'ingombrante ragioniere.

Così quando, la mattina successiva, si trovò faccia a faccia con il collega menaggino Gaetano Bovolé ebbe il pensiero che il suo pregare non fosse stato vano e i suoi voti fossero stati, oltre che ascoltati, anche esauditi.

65.

Prima di ricevere il collega nel suo ufficio, il maresciallo Giunti, borse sotto gli occhi per la notte insonne e barba mal fatta con due taglietti, uno sull'apice del mento, l'altro all'angolo destro della mandibola, ordinò al Mandruzza di sottrarre al ragioniere cintura e stringhe. Poi interrogò puntigliosamente l'appuntato Scola su come fosse trascorsa la nottata.

«Movimenti sospetti all'esterno della caserma?»

No, l'unica cosa notevole era stata la visita serale della consorte del Geminazzi, che s'era tirata dietro l'intera teoria della figliolanza e che voleva parlare con il maresciallo. Avvisata che il maresciallo non era più in caserma, aveva sostato per quasi un'ora all'esterno della caserma cercando di individuare quale fosse la finestrella che corrispondeva alla cella di sicurezza nella quale era rinchiuso il marito.

Non individuandola e fattasi certa che non c'era alcuna possibilità di comunicare con lui, Estenuata aveva ripreso la strada di casa proprio nel momento in cui alcuni curiosi avevano fatto le mosse di avvicinarsi a lei con l'evidente intento di indurla a raccontar loro particolari di quanto era accaduto.

Nel qual caso, affermò l'appuntato, lui s'era tenuto pronto a intervenire per sciogliere l'indebito assembramento; ma non se n'era determinata la necessità.

La donna, infatti, aveva inveito contro i curiosi e s'era

allontanata a passo di marcia, sempre seguita dal codazzo dei figli.

Insomma, il detenuto aveva passato una notte tranquilla.

Se, naturalmente, si poteva definire tranquillo un uomo che non aveva fatto altro che passeggiare su e giù, borbottando tra sé e facendo gesti come se parlasse con un'altra persona. L'appuntato, che di tanto in tanto, senza farsi sentire, aveva spiato il prigioniero, si permise di dire che a suo giudizio l'imprigionato stava già cominciando a dare segni di squilibrio e che se lo avessero interrogato non avrebbe offerto resistenza alcuna.

Il maresciallo sorvolò sull'osservazione del sottoposto, si limitasse a rispondere alle domande, lasciando perdere le sue personali considerazioni.

Quelli di Lecco, concluse dunque l'appuntato, non s'erano ancora fatti vivi.

«E con questo è tutto.»

«Bene», rispose il Giunti.

Merda! pensò.

Dopodiché ordinò di far accomodare il collega.

«Bovolé, che c'è?» gli chiese non appena quello si fu accomodato.

Gaetano Bovolé era un uomo e un maresciallo triste.

«Cazzi», rispose.

«Amari?» chiese il Giunti.

Il Bovolé fece cenno di sì.

Non poteva essere altrimenti, standoci di mezzo il Monte Grona.

66.

Cazzi.

Perché mica solo il Sinussi, anche il pretore di Menaggio aveva il suo bel caratterino.

Vent'anni più del procuratore, quaranta passati a girare per le procure del Nordovest, aveva chiesto e ottenuto di poter chiudere la sua carriera in quel di Menaggio dove, quale ufficiale riservista del Genio Militare, era capitato nel 1917, durante la costruzione della cosiddetta linea Cadorna, il complesso di fortificazioni voluto dal capo di stato maggiore dell'Esercito per proteggere il suolo italiano da un'eventuale invasione austriaca che passasse dalla Svizzera.

Scapolo, amante della buona tavola, straordinario giocatore di scopa, era da tempo convinto che una giustizia in senso assoluto non esistesse. Era anche quella, insomma, una materia malleabile, e quanto più abili erano le mani che la plasmavano tanto più sorprendenti erano i risultati. Lui ci sapeva fare. Non sarebbe stato il temibile avversario che era nelle partite a carte, se non si fosse lungamente allenato a giocare anche con codici, leggi e leggine, interpretandole e tirandole fuori al momento opportuno.

Sapeva, quindi, che il procuratore di Como aveva ragione: il reato di truffa spettava per competenza a lui. Era infastidito però dall'atteggiamento supponente del Sinussi e, come in una partita a scopa che si metteva male, aveva deciso di vendere cara la pelle.

Non vedeva la ragione per la quale il Geminazzi dovesse giacere nella cella di sicurezza della caserma di Bellano anziché in quella di Menaggio. Per cui, visto che non doveva chiedere permessi a nessuno, aveva firmato un ordine di trasferimento del Geminazzi da Bellano a Menaggio e l'aveva consegnato al maresciallo Bovolé nel tardo pomeriggio di venerdì con la preghiera di evaderlo quanto prima.

Il maresciallo non aveva avuto niente da eccepire, ma dentro di sé gli era montato un dubbio. S'era consultato con il capitano Oliviero Randacci, del comando di Como, il quale, per tutta risposta, gli aveva detto che loro dovevano obbedire e basta.

E poi: «Vedete di non farvelo scappare, almeno questo», aveva aggiunto, facendo riferimento al Varechini titolare che era ancora uccel di bosco.

Pure il maresciallo Giunti però aveva i suoi begli ordini, ai quali doveva obbedire, da bravo carabiniere.

«E quindi?» chiese al collega Bovolé.

67.

«Quindi vedete bene che vostro marito e la sua famiglia, cioè voi, non siete più miei amministrati», concluse con una punta di pepe il podestà Parpaiola.

E: «Se volete accomodarvi e lasciarmi continuare a lavorare...» suggerì a Estenuata Geminazzi, indicando la porta del suo studio che la donna aveva varcato per entrarvi poco meno di mezz'ora prima.

Mezz'ora prima. Con passo largo e pesante. Non aveva piedi propriamente femminili.

Il parquet dello studio aveva fatto cric crac sotto la sua mole. Con la schiena eretta per controbilanciare il peso del pancione e le mani ai fianchi, la Geminazzi aveva oscurato la scrivania del podestà. Pure sul viso del Parpaiola era scesa un'ombra di dispetto quando la donna, con un tono che gli aveva fatto saltare la mosca al naso, gli aveva detto che era lì per chiedergli un diretto, rapido e personale intervento presso il maresciallo dei carabinieri che le permettesse di capire per quale motivo suo marito fosse finito in cella e cosa si preparasse nel futuro della sua famiglia.

Il Parpaiola s'era morsicato la lingua: avrebbe voluto rispondere che, con quel tono, poteva parlare in casa sua, ma non nello studio in cui si trovava. Diplomaticamente, aveva invece ribattuto che non si sarebbe mai permesso di interferire sull'operato dei tutori dell'ordine, ritenendolo un atto di indebita ingerenza.

«Tutto ciò che riguarda un vostro amministrato in difficoltà deve riguardarvi», aveva sentenziato Estenuata.

E il Parpaiola, allora, aveva lasciato ad altri la diplomazia.

«Può darsi», aveva ghignato.

Ma si dava il caso che suo marito il ragioniere, oltre che trovarsi attualmente sotto chiave e a disposizione della giustizia, poteva anche ritenersi senza fissa dimora.

«Perché?» soffiò la Geminazzi.

Ma al podestà era sembrato che, a pronunciarlo, fosse stata una vocina sottile sottile, forse quella dell'affare che stava ancora dentro il pancione della donna.

«Perché l'appartamento da voi occupato è di proprietà dell'amministrazione dell'ospedale», aveva cominciato a spiegare il Parpaiola.

68.

Il consiglio di amministrazione dell'Umberto I aveva ricevuto l'appartamento di via Manzoni in donazione da Prinzio Melli, che era morto ottantaquattrenne in uno dei suoi letti, contornato dai figli, cinque, i quali, credendolo in coma e quindi incosciente, avevano immediatamente cominciato a litigare a voce neanche tanto bassa su come spartirsi l'immobile.

Il Melli aveva ascoltato tutto per bene, continuando a fingersi comatoso. Poi, una volta solo, aveva avuto la bella pensata di mettere d'accordo tutti: aveva fatto chiamare il notaio e steso una dichiarazione davanti a tanto di testimoni con la quale lasciava l'appartamento conteso all'ospedale, affinché lo destinasse a dipendenti del nosocomio.

Poiché, però, non si sapeva mai, il Melli, dietro consiglio dello stesso notaio, aveva fatto aggiungere allo scritto una postilla in cui nominava garante della propria volontà il podestà in carica e tutti coloro che gli fossero succeduti. Se, per qualunque ragione, il destino dell'appartamento non fosse stato in linea con il suo dettato, il Melli aveva disposto che, quale proprietaria, sarebbe subentrata l'amministrazione comunale bellanese.

La volontà del Melli, che era morto un mese dopo la stesura del legato, era sempre stata rigorosamente rispettata. L'appartamento era stato occupato, in quei cinque anni, da un chirurgo, tale dottor Puccini, che poi era emigrato verso la Valtellina causa matrimonio; da un altro medico, il dottor Pastrenghi, un cremasco che aveva dato a vedere di trovarsi molto bene sulle rive del lago di Como ma che, dalle acque dello stesso lago, era stato inghiottito e mai più restituito nell'estate del 1925; e infine da tre suore dell'ordine delle Madri Addolorate nell'attesa che presso l'ospedale venissero approntate le loro stanze.

Dopo di loro era subentrato il ragionier Geminazzi, una volta nominato capocontabile.

La mattina stessa dell'arresto di costui il direttore sanitario Malcelati aveva intuito il pericolo ed era corso a sottoporre la questione al cavaliere del Regno Filiberto Amati, presidente del consiglio di amministrazione. Il pericolo stava nell'attuale posizione del ragioniere.

«Indagato e in stato di detenzione.»

Di fatto, aveva ragionato il Malcelati ottenendo l'approvazione dell'Amati, non ci sarebbe stato niente da dire se qualcuno avesse contestato che l'amministrazione ospedaliera stava dando ospitalità alla famiglia di un soggetto criminale. In aperto, apertissimo contrasto con le disposizioni del lascito Melli.

«Un podestà svelto di mano», aveva aggiunto il Malcelati, «potrebbe cavalcare con facilità questa ragione e soffiare all'ospedale l'immobile ereditato con tanto di benedizione notarile.»

Il cavaliere del Regno Filiberto Amati non aveva perso tempo. Forte dei poteri che gli consentivano di agire senza consultare il consiglio qualora si fosse presentata una situazione di emergenza, aveva immediatamente scritto, «*Scripta manent!*», al podestà Parpaiola, assicurandolo di essere attivamente al lavoro per risolvere la crisi dovuta all'arresto del Geminazzi e di avere già provveduto affinché fosse revocato il contratto d'affitto alla famiglia Geminazzi, essendo venuti meno i presupposti del contratto stesso.

Naturalmente, aveva aggiunto magnanimo, bisognava considerare il lato umano della faccenda, la famiglia numerosa, i figli in tenera età eccetera eccetera.

Insomma, l'amministrazione ospedaliera era disposta a concedere qualche giorno ai Geminazzi affinché vedessero di provvedere altrimenti: senza che in ciò, naturalmente, si dovesse leggere una palese violazione degli accordi previsti nel lascito originario firmato dal Melli di buona memoria.

69.

«Quindi», concluse il Parpaiola, «pur concedendovi il tempo necessario per pensare ad altra sistemazione, di fatto voi e la vostra famiglia siete da oggi senza fissa dimora, non più residenti in buona sostanza e, soprattutto, fuori dal novero dei miei amministrati!»

All'uscita del podestà, Estenuata Geminazzi restò senza parole.

Rispose, per conto suo, quello che aveva nella pancia con una serie di calci ben piazzati che le animarono l'addome al punto che persino il Parpaiola se ne avvide e sgranò gli occhi.

Il nascituro voleva andare via da quell'ufficio! Via da quel paese di pazzi!

Estenuata non riuscì a spiccicare parola. Compì una rivoluzione su sé stessa, si incamminò, cric crac, e uscì. Nel corridoio incrociò la guardia municipale che la salutò guardandole il pancione.

«Sembrava piuttosto turbata», disse il Pianìn subito dopo al podestà.

«Chi?» chiese il Parpaiola.

«La moglie del maestro Geminazzi», chiarì la guardia.

Il Parpaiola colse la palla al balzo.

«Già che me ne ricordo», disse, «di' pure agli altri che di quel progetto per il Corpo Musicale non se ne fa più niente.»

70.

Tra cazzi e scazzi non c'era quasi differenza: questo pensavano il maresciallo Bovolé e il Giunti, ognuno nella solitudine dei propri ordini; il bellanese aveva ricevuto quello di mantenere il Geminazzi sotto stretta sorveglianza e nell'isolamento più assoluto, il menaggino invece aveva quello di tradurlo sulla sponda opposta del lago.

Quindi?

«Per prima cosa vediamo di non pestarci le corna», propose il Giunti.

Il Bovolé fu d'accordo.

«E per seconda vediamo se a Lecco sanno qualcosa e hanno ordini nuovi.»

Ma a Lecco probabilmente avevano un altro fuso orario, il giorno non era ancora spuntato, dormivano, perché il telefono squillò a vuoto.

«Mettiti comodo, va', che qui si fa lunga», consigliò il maresciallo Giunti.

Il Bovolé, accennando un sorriso, accentuò la tristezza naturale del suo viso.

«Non vorrei essere d'intralcio...» disse.

«Scherzi?» ribatté il Giunti.

Il Bovolé sembrava sul punto di piangere.

«Allora», disse, «se non ti dispiace, prima di mettermi comodo me ne andrei a bere un bel caffè. Mi fai compagnia?»

Il collega rifiutò.

«Magari dopo», disse.

Intanto, mentre si beveva il caffè, lui avrebbe riprovato a chiamare Lecco, caso mai fossero ritornati in vita.

«Buongiorno», salutò il Giunti quando finalmente gli risposero.

Buongiorno, e picche per quanto riguardava il Geminazzi: nessuna novità, il prigioniero stava bene lì dov'era in attesa che il suo futuro si chiarisse e che cazz'è 'sto mandato di trasferimento?

Provare a informarsi?, suggerì il Giunti.

Certo, ma ci sarebbe voluto del tempo, non bisognava avere fretta.

«E chi ce l'ha?» concluse il bellanese riaggacciando la cornetta.

Il Bovolé aveva un baffo di caffè quando rientrò.

«Pazienza ci vuole», lo accolse il Giunti, invitandolo di nuovo ad accomodarsi nel suo ufficio e mettersi comodo.

«Fa' come se fossi nel tuo.»

Preso in parola.

Il maresciallo menaggino era un accanito fumatore. Dalle quaranta alle sessanta Serraglio al giorno. Si applicava al fumo come se fosse un dovere. Dopo una mezz'oretta, l'ufficio era invaso da una nebbia novembrina e un odore d'osteria. Con grazia, senza intenzione di offendere, il maresciallo Giunti aprì la finestra per cambiare l'aria.

Anche, volendo, per far intendere al collega che un conto era fumare e un altro intossicare il prossimo.

Niente da fare.

Il Bovolé continuò, imperterrito, ad accendersi una sigaretta con il mozzicone di quella appena finita.

Erano le undici della mattina quando il Giunti vide, e ne prese atto con viva soddisfazione, che accartocciava il pacchetto vuoto. Tirò un respiro di sollievo, tossì, poiché così facendo aveva inalato il fumo che stagnava nell'aria e mormorò subito dopo tra sé una maledizione. Perché il menaggino ne aveva già aperto uno nuovo che era andato a pescare in una tasca interna della giacca. E, sorridendo, aveva ricominciato a fumare.

Il Giunti aveva tentato di contare le sigarette che il collega inceneriva una via l'altra. Quindici, diciotto, ventuno... A mezzogiorno aveva perso il conto.

Forse ventidue quando il Mandruzza si presentò per comunicare che il Geminazzi si rifiutava di mangiare reclamando, gli occhi fuori dalle orbite, il diritto di sapere perché veniva trattato come se fosse il pericolo pubblico numero uno e chiedendo fino a quando quella storia sarebbe andata avanti.

Il comandante fu lapidario.

«Vorremmo saperlo anche noi», rispose, ottenendo la tacita approvazione del Bovolé che si andava accendendo l'ennesima sigaretta, forse la numero ventitré.

«Cosa faccio?» chiese il Mandruzza.

Il Giunti osservò che se quello non voleva mangiare loro non potevano mica imboccarlo.

«Viste le misure», aggiunse, «saltare uno o due pasti non gli farà certo male.»

Lui, però, aveva fame.

Alle dodici e trenta disse al collega che se avesse gradito mangiare qualcosa era ben felice di invitarlo a casa sua.

«Va' tu», rispose il Bovolé, giallo in viso. Lui preferiva restare lì in caserma, a piantonare il telefono nel caso in cui giungesse finalmente qualche novità.

Tanto più che non aveva fame, chiarì.

Vero, tutto quel fumare gliela aveva segata.

Però, sigarette a parte, il Bovolé cominciava a paventare l'idea di doversene tornare a Menaggio a mani vuote e presentarsi senza regali al signor pretore.

Il Giunti abbozzò.

Pure lui non aveva appetito, disse.

Balla della madonna. Aveva una fame becca, si sarebbe mangiato anche una betulla. Ma era pur sempre un carabiniere, pagato per sospettare. Gli spiaceva farlo, ma non poté fare a meno di considerare la probabilità che, lui assente, il collega avrebbe potuto inventarsi un colpo di mano, pigliarsi il Geminazzi e via!

E no!

Ordinò ai crampi della fame di mettersi a riposo.

Poi sorprendentemente chiese al Bovolé una sigaretta.

«Ma fumi, tu?» ribatté quello.

«No, mai fumato», rispose il bellanese.

Però vedendo come il collega ci si applicava, e visto che non avevano niente di meglio da fare, aveva deciso lì per lì di provare, di capire che diavolo di gusto ci trovasse uno a suggere veleno da quel cilindretto.

«Sì...» fece il bellanese dopo due tiri e subito spense la sigaretta.

Adesso, fatte due boccate, poteva anche capire il gusto del tabacco... però... così come faceva lui, una dietro l'altra...

«Insomma, cosa ci trovi?»

«È una soddisfazione», rispose il Bovolé.

Delle soddisfazioni il Giunti aveva un altro concetto, e lo spiegò.

Dio, Patria, Famiglia.

Una famiglia lui ce l'aveva? Una moglie, figli?

«Sì», rispose il Bovolé.

Una moglie, un figlio.

Una vedova, affondò il Giunti, e un orfano potenziale, se continuava così!

Il menaggino approvò, la sigaretta tra le dita.

«La ragione si dà ai matti», citò il bellanese.

Il Bovolé, per tutta risposta, spense la sigaretta. Poi consegnò al collega due altri pacchetti di Serraglio saltati fuori da chissà dove e lo pregò di distruggerli.

«Se ti interessa», comunicò assumendo un tono ufficiale, «ho appena smesso di fumare!»

Per un paio d'ore tutto filò liscio.

Verso le due però nel maresciallo Bovolé vennero a galla tutti i sintomi dell'astinenza: irrequietezza, tremori, una specie di appetito – di fumo, però. L'assenza di novità da Lecco non lo preoccupava più. Rimpiangeva unicamente di aver preso una decisione avventata, avrebbe dato l'intero stipendio al collega in cambio di una sola Serraglio.

Al Giunti non era sfuggita la tribolazione del Bovolé. Fece finta di niente. Cercò di distrarlo con banali conversazioni ma quello rispondeva appena tenendo gli occhi fissi sulle dita della mano destra, gialle di fumo. Erano le quattro quando decisero entrambi di tentare una nuova telefonata, che sortì l'identico risultato: ancora niente. E, in più, la raccomandazione dettata con tono scocciato, di piantarla lì con quelle telefonate: non c'erano novità, gli ordini erano sempre quelli, isolamento assoluto, badasse a eseguirli e arrivederci.

Mancava mezz'ora alla partenza dell'ultimo battello per Menaggio. Il Bovolé tirò un respiro di sollievo e si preparò ai saluti. Il collega insisté per accompagnarlo. Il menaggino fece di tutto per dissuaderlo.

Cazzo, voleva uscire in beata solitudine e infilarsi nella prima tabaccheria che trovava!

Ma il maresciallo Giunti aveva sgamato il segreto pensiero del collega e aveva deciso che lo avrebbe aiutato a mantenere la promessa di non fumare mai più.

Uscirono, il Bovolé più triste che mai.

Quando, però, fu sul battello e dopo aver lanciato un ultimo saluto all'indirizzo del collega, cominciò subito a guardarsi in giro. Infine vide una brace brillare nella cabina di guida. Salì con passo leggero e facendosi forte della divisa che indossava entrò, benché ai passeggeri fosse proibito. Poi chiese al capitano se fosse così gentile da offrirgli una sigaretta. Quello offrì con un sorriso: Turmac.

Il Bovolé accese e tirò avidamente, aspirò fino in fondo, cercando di spremere da quell'aromatico tabacco un gusto che assomigliasse a quello forte, duro, aspro delle Serraglio. Niente da fare. Tre, quattro tiri e fu al filtro, la lingua in fiamme.

Serraglio, Serraglio...

Per fortuna Menaggio era vicina. Menaggio e il suo tabaccaio, che stava poco oltre lo scalo del battello.

Solo dopo aver fumato un paio delle sue amate sigarette sapeva che avrebbe trovato la concentrazione e il coraggio necessari per presentarsi al signor pretore senza il Geminazzi, rimasto a Bellano, sotto la tutela del collega di là.

Il quale nel frattempo aveva ben aerato l'ufficio. Poi s'era seduto con le mani in tasca e aveva trovato uno dei due pacchetti di Serraglio del Bovolé.

Se lo rigirò tra le mani per un po', quindi lo aprì, ne estrasse una sigaretta, l'annusò, se la ficcò tra le labbra.

Aspirò a vuoto, una prima volta.

Poi chiamò il Mandruzza.

«Hai da accendere?» chiese.

Il Mandruzza sulle prime credette di avere mal compreso.

«Accendere», ribadì il maresciallo.

Gli ordini prima si eseguono poi, eventualmente, si discutono.

Accese.

«Ma da quando fumate, maresciallo?» chiese quindi.

Il Giunti lo guardò e soffiò una nuvoletta biancastra.

71.

Il Varechini titolare non era fuggito in Svizzera. Né tantomeno, secondo le voci che alcuni bene informati avevano messo in giro, in Francia.

Certo, quando il disastro si era compiuto aveva capito che lì a Menaggio non poteva stare.

Che fare?, s'era chiesto.

Affrontare i creditori, la giustizia, le inevitabili conseguenze penali e morali?

Niente affatto, s'era risposto.

La stessa sera del giorno in cui si era dimesso il Geminazzi, aveva bussato al portone del convento dei frati cappuccini di Dongo chiedendo ospitalità.

Per qualche giorno, aveva detto. Si era giustificato millantando dissidi che lo stavano allontanando dalla moglie. Doveva riflettere e necessitava di solitudine e tranquillità.

I buoni frati s'erano bevuta la panzana e l'avevano accolto offrendogli di vivere secondo i ritmi della loro parca vita sino a quando non si fosse chiarito le idee.

Tre giorni dopo, invece, e quando il Varechini aveva già fatto pervenire un biglietto al sedicente fabbro ferraio Fabrizio Bettola per chiedergli quando, come e dove avrebbe potuto incontrarlo segretamente per parlargli di una questione della massima urgenza, il priore era venuto a conoscenza del reale motivo che lo aveva spinto a cercare rifugio presso di loro.

L'aveva espulso dal convento ma non aveva voluto infierire. Gli aveva promesso che non avrebbe fiatato con i carabinieri e gli aveva permesso di abbandonare quel rifugio nottetempo, così che fosse minimo il rischio che qualcuno lo potesse vedere.

Che fare?, s'era di nuovo chiesto il Varechini.

La Svizzera, certamente. Era la cosa più comoda, appena lì, dietro la montagna. Ma, se non si conoscevano bene i sentieri del contrabbando, raggiungerla poteva essere un'impresa.

Per questo gli serviva la collaborazione del Bettola e doveva stare nascosto ancora qualche giorno.

Ma dove?

A casa sua, presso la moglie, non gli era parso proprio il caso, tanto valeva consegnarsi direttamente nelle mani della giustizia.

Un'idea alternativa gli era venuta mentre camminava, lentamente e cercando di stare nel buio, alla volta di Menaggio.

Ma perché non ci aveva pensato subito?, s'era chiesto.

Certo, anche in quel caso avrebbe potuto incontrare qualche difficoltà.

Se avesse fatto resistenza? Se si fosse spaventata per le possibili conseguenze?

«Oh be'», aveva pensato affrettando il passo: volente o no, avrebbe dovuto accettare la sua compagnia.

In fin dei conti la teneva in mano.

E saldamente.

72.

Quando Vereconda Ortalli si era trovata davanti il suo ex datore di lavoro, non aveva dato in smanie né aveva pensato di dover chiamare i carabinieri. Nemmeno si era opposta alla sua richiesta di ospitalità per qualche giorno.

Anzi, dentro di sé aveva benedetto il cielo e ringraziato il destino che, sebbene con notevole ritardo sui suoi auspici, l'aveva infine ripagata coronando il suo sogno d'amore.

Sapeva bene che il padrone era sposato, ma ugualmente non aveva mai cercato di soffocare il suo sentimento. L'aveva anzi coccolato e alimentato per anni con la segreta speranza che, per uno dei tanti giochi che il destino a volte soleva fare, a un certo punto anche in lui scoppiasse la fiamma della passione e piantasse baracca e burattini per darsi tutto a lei. Per questa ragione si era sempre tenuta pronta a ogni evenienza e aveva rifiutato quei corteggiatori che in lei vedevano un ottimo partito, e addirittura una garanzia poiché era dedita al lavoro, alla casa, alla chiesa e soprattutto, secondo lei, né bella né brutta.

Al Varechini non c'era voluto molto per comprendere i sentimenti che animavano la segretaria. Alle sue spalle s'era fatto delle belle risate in combutta con il ragionier Geminazzi, il quale amava dire che, a un ordine del titolare, la Vereconda sarebbe anche stata disposta a gettarsi nelle acque del lago, e d'inverno.

Quanto fosse vera l'affermazione del Geminazzi il Varechini lo aveva constatato personalmente non più tardi di un mese prima, quando aveva fatto alla donna una certa proposta.

Anche in quell'occasione la Ortalli non aveva avuto dubbi: aveva accettato senza obiezioni, ubbidito ai desideri dell'uomo della sua vita senza considerare che così facendo si stava mettendo interamente nelle sue mani, e non certo nel senso che lei desiderava.

73.

Il tabaccaio non seppe che faccia fare quando il maresciallo Bovolé, con l'acquolina alla bocca, gli chiese un bel pacchetto di Serraglio.

Non ne aveva più.

«Più?»

«Eh!»

Ma com'era possibile?

Il tabaccaio si strinse nelle spalle.

Già ne teneva poche, spiegò. In una zona come quella, dove chi fumava usava in prevalenza sigarette di contrabbando, i fumatori di tabacchi nazionali si potevano contare sulle dita di una mano.

E poi, giusto un'ora prima, aveva venduto gli ultimi due pacchetti di Serraglio che aveva in casa.

Il maresciallo deglutì come se gli avessero portato via da sotto gli occhi una ghiottoneria.

«Domani farò scorta», gli disse il tabaccaio.

Grazie al cazzo! A domani mancava ancora una notte intera, rifletté il maresciallo.

Fece per uscire. Si fermò, invece, e ritornò sui suoi passi. Un pensiero lo aveva fulminato.

Due pacchetti, quaranta sigarette.

A lui ne sarebbero bastate dieci per arrivare all'alba del giorno seguente.

«Chi le ha comperate?» chiese d'istinto.

Fosse stato uno del luogo, non ci voleva niente a rintracciarlo e chiedergliene un pacchetto.

Chi avrebbe rifiutato un favore del genere al signor maresciallo?

Il tabaccaio fu d'accordo.

E, aggiunse, se era per quello il signor maresciallo non doveva fare troppi passi, visto che l'acquirente degli ultimi due pacchetti di Serraglio era la Vereconda Ortalli.

«La Vereconda Ortalli?» si stupì il maresciallo.

«Ne siete sicuro?» chiese.

«Come di essere vivo», fu la risposta del tabaccaio.

«Mai vista fumare», osservò il maresciallo.

Nemmeno il tabaccaio l'aveva mai vista fumare. Né entrare nella sua privativa per acquistare sigarette.

«Tuttavia, sapete maresciallo come sono quelle donne lì, sole, sul viale del tramonto...»

Da giovani facevano tutte le pittime e poi a una certa età scoprivano la bellezza di qualche vizietto...

In ogni caso non c'erano dubbi: non più tardi di un'ora prima era stata lei ad acquistare due pacchetti di sigarette Serraglio, gli ultimi due.

74.

Davanti alla faccia del maresciallo non si smarrì né ebbe cedimenti emotivi.

Ne sostenne lo sguardo.

In quell'istante le sembrò di aver sempre saputo che sarebbe finita così: nessuna passione poteva avere un finale lieto o, addirittura, svanire nel banale e in esso morire.

Le intenzioni del militare erano chiare, Vereconda non ebbe dubbi, le colse al volo, non era stupida.

Il maresciallo, non appena la donna gli aveva aperto la porta, aveva percepito nell'aria l'odore secco e forte, inconfondibile, delle sue sigarette preferite. Gli era addirittura sembrato di cogliere il profumo di fumo fresco, quello di una sigaretta che in quel momento stava bruciando e, frugando con lo sguardo oltre le spalle di Vereconda, aveva cercato di individuare dove fosse appoggiata.

Notando quello sguardo indagatore, Vereconda aveva capito.

«È di là», disse.

E non riuscì a trattenere una specie di sorriso, la smorfia della martire che finalmente si esalta nella visione del proprio supplizio.

Come, di là?, fece il maresciallo che non vedeva l'ora di infilarsi tra le labbra una Serraglio, anche quella stessa che stava bruciando da qualche parte, poco importava se fino a poco prima era stata tra le labbra rinsecchite della Ortalli.

Vereconda, anziché rispondere, lo invitò a seguirla.

Che infine qualcuno sapesse, vedesse, pensava la donna mentre si dirigeva alla volta del salottino, dove il Varechini aveva cercato rifugio: non in Svizzera, non in Francia, non nella propria casa.

Lì, invece, da lei!

«Eccolo», disse aprendo la porta.

Con un colpo d'occhio il maresciallo fotografò il locale: sul fondo una vetrinetta con un servizio di bicchierini per il rosolio, ritratti di antenati alle pareti, un caminetto che probabilmente non vedeva il fuoco da anni, una dormeuse spinta contro il muro, sotto l'unica finestra del locale, davanti al camino un tavolinetto ricoperto da una tovaglia di pizzo, ai lati del quale due poltroncine di un massiccio stile senza epoca davano la schiena alla porta d'ingresso. Una poltroncina, vuota. L'altra occupata dal Varechini che stava beatamente fumando una Serraglio: il maresciallo guardò la colonna di fumo azzurrino salire verso il soffitto disegnando incerte geometrie.

Chi era?, chiese questi dopo una golosa boccata.

Al sentire quella voce il maresciallo si impietrì. Grazie al vizio del fumo stava per realizzare il più grosso colpo della sua carriera.

Ma le sorprese, per quella sera, non erano ancora finite.

75.

Alle sette di domenica mattina il fonogramma urgente, priorità assoluta, con il quale al ragionier Onorato Geminazzi veniva restituita la libertà essendo risultato estraneo ai fatti che gli erano stati imputati, fu sotto gli occhi del maresciallo Giunti.

«Anch'io sono senza colpe», rifletté il militare. Eppure adesso gli toccava fare la figura dell'imbecille per conto terzi.

La sera precedente il collega di Menaggio aveva preso due piccioni con una fava.

Il primo era stato il Varechini.

Quando, nel salottino della Ortalli, si era reso conto di avere davanti a sé e di spalle il ricercato, l'aveva prontamente bloccato e poi messo in ceppi. Tanta era stata la foga dell'azione che per un istante s'era dimenticato la voglia di fumare. Ma quando il Varechini era ormai in condizioni di non poter più nuocere o fuggire, il desiderio si ripresentò, tenace.

Durante la perquisizione del fuggitivo il maresciallo aveva reperito un intero pacchetto delle beneamate sigarette e lo aveva sequestrato senza indugio. Ne aveva fumate un paio prima di decidersi a partire per la caserma in compagnia del fermato.

Ma le sorprese, appunto, non erano finite.

Perché Vereconda Ortalli, quando aveva compreso che stava per partire con il suo amato in ceppi, aveva detto: «Vengo con voi».

A fare che?, aveva chiesto il Bovolé.

La Ortalli aveva uno sguardo francamente inquietante, sembrava in preda alla febbre. Era animata da una sorta di esaltazione, ormai si considerava avvinta definitivamente alle sorti del suo ex padrone, nel bene e nel male.

«Ho anch'io qualcosa da dire», aveva dichiarato.

Il Varechini, che sino ad allora non aveva cippato, era sbottato in una violenta esclamazione: «State zitta, cretina!».

All'insulto la Ortalli non aveva fatto una piega, il maresciallo invece si era incuriosito.

«Sarebbe?» aveva chiesto costui.

«Non date retta a quell'oca!» aveva esclamato ancora il Varechini.

Non c'era stato niente da fare: il fuoco della passione che bruciava dentro Vereconda l'aveva accecata. Il Varechini la stava insultando volgarmente, e allora?

Lei capiva, il suo cuore le stava parlando. Le stava dicendo che quello era il tentativo estremo e disperato per tenerla fuori dall'imbroglio.

Il Varechini invece la stava insultando conscio di farlo, convinto: sapeva bene che se Vereconda avesse confessato ciò che aveva fatto, contro di lui si sarebbe levato un altro capo di imputazione. Così aveva tentato, con insulti via via sempre più coloriti, di mettere il bavaglio alla sua ex segretaria, finché il maresciallo era intervenuto d'autorità e l'aveva zittito.

«Spiegatevi», aveva ordinato alla donna e Vereconda aveva aperto le cateratte.

Si trattava del fatto che su alcuni mandati di pagamento e su parecchie cambiali il titolare aveva fatto falsificare la firma del ragionier Geminazzi. L'autrice materiale del falso era stata lei, convinta a quel crimine dal Varechini, il quale aveva sfruttato l'ascendente che sapeva di avere sulla segretaria. Vereconda l'aveva fatto per amore, fidandosi ciecamente del suo padrone e senza chiedersi alcunché sulle possibili conseguenze a carico suo e soprattutto del ragionier Geminazzi. Il quale, alla luce di quella rivelazione, risultava essere assolutamente estraneo ai fatti, innocente, come aveva continuato a gridare sino a che aveva avuto un filo di voce.

Mentre, aveva ragionato il maresciallo, a carico del Varechini si poteva iscrivere il reato di istigazione a delinquere e forse anche quello di circonvenzione di incapace: dopo averla ascoltata e osservata a fondo, infatti, si era convinto che alla Ortalli mancasse più di un venerdì.

76.

Alla notizia della ritrovata libertà, che il maresciallo Giunti gli aveva dato mormorando scuse e pregandolo di non ritenerlo responsabile di niente, essendo lui un mero esecutore di ordini, l'ultima ruota del carro, l'anello debole della catena se preferiva, il ragionier Geminazzi reagì senza mutare l'apatia in cui era caduto dopo quarantotto ore di digiuno e di isolamento.

«Siete libero», ripeté il militare. «Potete tornare a casa.»

Il Geminazzi approvò con un cenno del capo ma non fece parola.

«Volete che vi accompagni?» chiese il Giunti.

«No», sussurrò il ragioniere.

Forse, insisté, preferiva che mandasse a chiamare qualcuno dei suoi?

Il Geminazzi rispose ancora no.

Era disorientato. Si sentiva malfermo sulle gambe e un fischio, come se un treno lontano stesse continuamente passando, gli faceva eco nelle orecchie. Nelle ore di solitudine, quando aveva esaurito la forza per gridare, il ragioniere aveva cominciato a elaborare un piano da attuare qualora fosse riuscito a venir fuori dal guaio in cui era incolpevolmente piombato.

Mentre le ore passavano la prospettiva di poterlo attuare si era allontanata. L'improvvisa comunicazione del maresciallo l'aveva preso in contropiede e adesso stentava a rimettere insieme i pezzi di ciò che aveva concertato di fare quando, come adesso, fosse tornato in libertà.

Uscì dalla caserma che le otto erano scoccate da un po', una luce grigia scendeva dal cielo e nell'aria aleggiava profumo di pane fresco.

77.

Con una telefonata direttamente dalla Federazione di Como, Attilio Bongioanni venne reintegrato a pieno titolo nella carica di segretario della sezione bellanese del PNF dopo l'equivoco che ne aveva portato all'ingenerosa sospensione.

Erano le otto del mattino quando suonò il telefono. Il Bongioanni stava ancora dormendo. A lavargli la faccia ci pensarono le parole del camerata Malparati, della segreteria comasca.

La straordinaria piega che avevano preso le indagini sul fallimento della Varechini Distillati diventava, adesso, un altrettanto straordinario argomento di propaganda.

«Mi spiego?» chiese il Malparati.

«Sì e no», rispose Attilio, insonnolito.

«Camerata, apri bene le orecchie», manganellò l'altro.

Il Geminazzi era innocente come un angioletto.

«Purezza d'onestà, limpidezza d'intenti, chiarezza di vedute!»

Caratteristiche morali che dovevano essere ribadite alla faccia di chi, troppo frettolosamente, aveva voluto considerare il ragioniere un criminale, cercando così di gettare discredito anche sul Partito.

«Noi scegliamo bene i nostri campioni!»

E il caso della Varechini era lì a dimostrarlo.

Si desse pubblicità, quindi, a ciò che era successo. Il Geminazzi venisse indicato ai dubitosi e agli scettici come fulgido esempio.

«Il Partito non sbaglia mai!»

Buona cosa sarebbe stata anche ottenere una sorta di riparazione pubblica, un risarcimento morale per il maltrattato ragioniere le cui virtù, cresciute sotto l'ala del Partito, dovevano essere indicate come i tratti distintivi del vero fascista rispetto al resto del mondo.

78.

Quando, attorno alle otto e trenta, nell'incertezza della luce che non illuminava mai il pianerottolo, nemmeno a mezzogiorno, Estenuata Geminazzi si trovò faccia a faccia con il marito, prima di ogni altra cosa pensò che fosse evaso dal carcere. Posò allora una mano sulla sommità del pancione e non osò dire nulla.

Il Geminazzi forse intuì il turbamento della donna, il suo ardito pensiero.

Quindi, ed era la prima frase di senso compiuto che gli riusciva di pronunciare da qualche ora a quella parte, disse: «Sono libero».

Estenuata tolse la mano dalla pancia.

«Allora perché non entri in casa?» chiese.

Il Geminazzi non trovò opportuno far notare alla moglie che con la sua mole, oltretutto deformata dal pancione, stava occupando la soglia e gli impediva l'ingresso.

Una volta dentro Onorato chiese conto del silenzio perfetto che regnava nella casa. Gli ricordava quello che aveva avvolto i suoi pensieri nel corso delle quarantotto ore trascorse nella cella di sicurezza. Estenuata gli spiegò che aveva preferito lasciare che i figli dormissero, sebbene fosse domenica e avrebbero perduto la messa, piuttosto che averli intorno a disturbare o, peggio, esporli alla curiosità della gente e al pettegolezzo.

Bene, approvò il ragioniere.

Bene, perché la decisione che aveva maturato in carcere aveva bisogno di pace e tranquillità per essere esposta.

«Ascolta», principiò a dire il Geminazzi.

Ma in quel momento bussarono alla porta.

79.

Alla lettera con la quale, a nome del consiglio di amministrazione dell'ospedale, si comunicava alla famiglia Geminazzi la risoluzione del contratto d'affitto concedendo agli occupanti il termine di giorni otto per lasciare liberi i locali, mancava solo la firma del presidente, il cavaliere del Regno.

Gliel'avrebbe fatta firmare di lì a due ore, pensò il direttore sanitario Malcelati. Quando, come tutte le domeniche, il presidente si recava in ospedale per assistere alla santa messa celebrata da don Calandra nella cappelletta del nosocomio.

Una volta firmata, sarebbe stata pronta per partire. L'indomani, lunedì.

Raccomandata con ricevuta di ritorno.

Così, se anche nella mente del podestà fosse balenata l'idea di sottrarre con un colpo gobbo l'appartamento all'ospedale, avrebbe dovuto rimangiarsela: carta canta, infatti, e villan dorme. La volontà del povero Melli era più che rispettata.

Una vocina però stava suggerendo al Malcelati di non ritenersi così al riparo da eventuali sorprese. La carta cantava, era vero, e il villano dormiva. Forse anche il podestà Parpaiola dormiva ancora e una telefonata a quell'ora sarebbe risultata importuna. Ma per la tranquillità sua e dell'intero consiglio di amministrazione dell'ospedale, decise di farla lo stesso e anticipare a voce ciò che era stato deciso e che da lunedì sarebbe diventato ufficiale e operativo.

Per fortuna il Parpaiola era uscito da sotto le lenzuola già da un po'. Era ben sveglio, sveglissimo, pur se di malumore.

Aveva appena congedato infatti il segretario del Partito che, dopo averlo messo a parte delle novità e delle conseguenze politiche relative alla scarcerazione del Geminazzi, era filato a casa del ragioniere stesso.

Gli era toccato bussare quattro, cinque volte.

Quando stava per fare dietrofront, la signora Estenuata era comparsa sulla soglia.

80.

Attilio Bongioanni era entrato in casa Geminazzi con passo da parata e aveva esibito uno stile franco, asciutto e cordiale. Aveva detto che si rendeva conto di essere importuno giungendo, ospite non atteso, in quella casa, a quell'ora e considerate le circostanze.

Non avrebbe perso tempo quindi, né lo avrebbe fatto perdere al ragioniere. La famiglia prima di tutto.

«Tuttavia», aveva declamato, non poteva esimersi da quella visita caldeggiata anche dalla Federazione provinciale del Partito onde esprimere al ragionier Geminazzi la gioia per la felice conclusione dell'ignominiosa vicenda.

Non solo.

Coglieva l'occasione per rivolgere al ragioniere i complimenti suoi personali, cui si aggiungevano quelli del Partito, per la saldezza e la serenità con la quale aveva affrontato le circostanze avverse. Saldezza e serenità tetragone alla maldicenza e al sospetto, poiché nate nella probità e nella chiarezza del sentire fascista.

«Qualità delle quali nel Partito nessuno ha mai dubitato.»

Nemmeno durante le ore buie dei giorni appena trascorsi.

Era lì con il preciso incarico di rinnovare al ragioniere la fiducia di cui il Partito gli aveva già dato dimostrazione. Considerasse lui, modesto servitore, un amico sempre a disposizione e il Partito una sorta di seconda casa all'interno della quale avrebbe sempre trovato un focolare acceso.

Sul focolare acceso il Geminazzi aveva perso il filo del discorso. Aveva fissato gli occhi sul Bongioanni, assentendo di tanto in tanto per non dare l'impressione di essersi distratto. Ma vedeva solo una bocca che si muoveva e coglieva qua e là qualche parola.

Scusasse... considerasse... la rotta... il rango... l'eroismo civile... l'intrusione... la famiglia... il Partito... il solare esempio...

Lo sfoggio di eloquenza del Bongioanni era durato una decina di minuti.

«Scusate ancora quindi, e infine, l'indebita intrusione mattutina.»

Sembrava che avesse finito.

Invece no.

No, perché dopo essersi scusato, il segretario gli aveva detto che non poteva fare a meno di rendere un doveroso omaggio da parte sua, e del Partito naturalmente, alla fermezza morale di cui aveva dato esempio.

E fu davvero tutto.

Quindi, dopo aver salutato romanamente, il Bongioanni uscì.

81.

«È quantomeno intempestiva», disse il podestà Parpaiola dopo aver ascoltato il testo della famosa lettera di dimissione e sfratto.

E rise.

Un riso profondo, di stomaco.

Al direttore sanitario Malcelati quasi prese un colpo.

Così, pensò, ridevano le volpi. O le carogne.

Che il podestà avesse già manovrato in modo da mettere in scacco l'ospedale?

Il solito prurito, segnale d'ansia, gli si diffuse alla pianta dei piedi.

«Sarebbe a dire?» chiese.

Così, pensò il podestà, parlavano i castrati. O i culattoni.

Intendeva dire, spiegò, che così concepita quella lettera era buona per il cestino della carta straccia. E che poteva, anzi doveva, cominciare a pensarne una seconda. Di scuse però, e senza mutare l'indirizzo del destinatario, visto che la giustizia aveva fatto il suo corso e il Geminazzi continuava a essere a tutti gli effetti il capocontabile dell'ospedale Umberto I.

«Cos'altro è successo che io non so?» sbottò il direttore sanitario con un tono venato d'isteria.

Di rimando il podestà, godendo nel tenere ancora un poco sulla corda quell'anguilla, domandò: «Davvero non sapete niente?».

82.

Armellina Banchieri, la vicina di casa che un paio di giorni prima, armata di aceto, aveva riportato alla coscienza Estenuata Geminazzi, andò quasi a sbattere contro il segretario del Partito che stava imperiosamente scendendo le scale.

Scale strane, anguste, quelle che salivano e scendevano fino al quinto piano. Un residuo del palazzo settecentesco sulle cui rovine era poi cresciuto l'attuale caseggiato. Le scale erano state concepite con una struttura a chiocciola molto stretta, che impediva di vedere chi saliva o chi scendeva, rendendo così possibile lo scontro fra due persone, come quello che per poco non oppose il segretario alla donna che saliva con un pentolino colmo di latte appena acquistato.

«Scusate», disse il segretario, gli occhi subito calamitati dall'attrattiva più evidente di Armellina, un balcone sul panorama del mondo: un seno straordinario, un paio di tette leggendarie che alla ragazza avevano già causato più di un dispiacere.

La Banchieri aveva ventott'anni ed era giunta a Bellano nel 1904 ospite, tra le prime, del brefotrofio di San Rocco, retto dalle suore Misericordine, dopo essere rimasta orfana in un sol colpo di entrambi i genitori. I due infatti, che erano di Solbiate Olona, usciti la mattina presto per recarsi al lavoro in bicicletta, erano finiti in un canale di scolo ed erano stati ritrovati solo tre giorni più tardi, loro e l'unica bicicletta sulla quale entrambi viaggiavano.

Di Armellina, che allora aveva quattro anni e nessun parente disposto a tenersela in casa, s'era occupata la parrocchia che infine era riuscita a sistemarla presso l'orfanotrofio bellanese.

Nulla sapendo della recente traversia che aveva colpito la piccola, Raimondo Arrigoni, sorta di factotum che si occupava dei lavori pesanti nell'istituto, e che aveva atteso la piccola Armellina alla stazione bellanese, l'aveva accompagnata alla sua nuova casa canticchiando una strofetta ironica composta sull'aria di una vecchia canzone, *La bicicletta*, che recitava: «Ragazze vi fo noto, che è invenzion grandiosa, si può cader nel fosso, o in via assai spinosa».

Piccola, magra, silenziosa e ubbidiente, Armellina era diventata nel giro di pochi anni una vera gioia per le suore dell'orfanotrofio. L'unico loro cruccio era la corporatura della ragazza, che non metteva su un etto che era uno. Per la qual cosa era stato persino consultato il dottore che, dopo averla visitata, aveva pronosticato all'orfanella un avvenire malacico.

Compiuti i dieci anni Armellina, più che un'ospite dell'istituto, era ormai un aiuto quasi indispensabile. Aveva messo su una cert'aria severa e severamente, ma senza cattiveria, si occupava di inquadrare le orfanelle più piccole, mantenendo il silenzio e l'ordine quando sedevano a tavola, accompagnandole a messa o sorvegliando i loro giochi.

Una garanzia, insomma, alla quale le suore si affidavano in piena tranquillità.

Nessuno meglio di Armellina, quindi, avrebbe potuto soddisfare la richiesta che a un certo punto il prevosto di allora aveva fatto alle suore Misericordine.

Il quale, addirittura, quando le suore gliel'avevano presentata, l'aveva sulle prime presa per un maschio e aveva accettato l'offerta.

Si trattava, infatti, di trovare un aiuto domestico per il sagrestano. Due mesi prima, la moglie di questi, mentre stava dando una mano per allestire uno spettacolino presso il teatro dell'oratorio, un'allegoria della vittoria per l'avvenuta conquista della Libia, era malamente caduta dal palcoscenico e s'era fratturata qualche vertebra.

Immobile per sei mesi, avevano ordinato i medici.

Poi si vedrà.

Ma sul futuro nutrivano più di un dubbio e al sagrestano avevano già anticipato che c'era la reale possibilità che la donna non si muovesse più o, nella migliore delle ipotesi, che potesse farlo solo a prezzo di dolori e fatica indicibili. In ogni caso non sarebbe più tornata a essere quella di prima.

L'offerta del prevosto era sembrata alle suore un'ottima occasione. D'altra parte Armellina viaggiava verso gli undici anni, soglia d'età alla quale per gli ospiti del brefotrofio bisognava pensare a una sistemazione. Per i più si aprivano le porte del cotonificio o della filanda. In casa del sagrestano, la ragazza avrebbe trovato un lavoro sicuramente meno faticoso, più consono alla sua gracile complessione. E, forse, chissà!, addirittura anche una famiglia.

Sta di fatto che l'affare era stato concluso e Armellina aveva preso servizio in casa del sacrista. Per un annetto era uscita dall'orfanotrofio alle otto del mattino per farvi ritorno a sera.

A dodici anni era diventata a tutti gli effetti parte integrante della famiglia. La moglie del sagrestano infatti era inchiodata su una poltrona, non muoveva che pochi passi, e faticosamente. Non aveva più senso che la Banchieri andasse avanti e indietro. Marito e moglie la tenevano ormai in conto di figlia e anche lei aveva preso a considerare i due con affetto filiale. Con il pieno consenso delle suore Misericordine e del prevosto, aveva fatto della casa del sagrestano la propria, anche per la notte.

E c'era rimasta sino ai tredici anni, età in cui, con una fenomenale esplosione, il suo fisico aveva preso a mutare, cominciando da quella parte sulla quale sembravano essersi incollati da qualche minuto gli occhi del segretario Bongioanni.

83.

Non era la prima volta che il Bongioanni la vedeva. Anzi, in verità in un paio di occasioni se l'era anche sognata. S'era informato, dove abitava, cosa faceva nella vita. Insieme con l'anagrafe però aveva ricostruito anche il suo carattere: graffiante, non solo a parole. Qualche bigolotto del paese aveva già assaggiato le unghie della Banchieri. Tanto era bastato al Bongioanni per mettersi in posizione di attesa, rinviando di giorno in giorno l'attacco.

Se però il destino gliela metteva praticamente tra le mani…

«Scusate…» aveva detto quindi.

L'Armellina era impalata, ferma immobile, per lasciarlo passare. Atterrando sul suo gradino il Bongioanni si trovò faccia faccia a lei. Dopodiché fece un altro passo, scese ancora un gradino. E si trovò faccia faccia con il prorompente petto.

Affondarci il naso, e non solo quello!

L'Armellina fiutò i pensieri del giovanotto.

Arrossì per la stizza.

Sempre la solita storia, pensò.

84.

Operai. Muratori. Garzoni. Ragazzacci. Anche qualche uomo sposato, con figli.

Sino a quel momento il catalogo dei suoi pretendenti si esauriva lì.

Colpa delle tette, Armellina lo sapeva. Delle loro spropositate dimensioni. Davano l'idea che lei fosse placida. Di facile conquista e di buon comando.

Una specie di vacca, insomma.

Sempre la solita storia che andava avanti dal 1913, l'anno in cui avevano cominciato a crescere addirittura con violenza, spingendo il prevosto di allora ad allontanarla da quella che ormai considerava la sua famiglia.

Era successo nel maggio di quell'anno. Forse sulla decisione del prevosto aveva pesato il clima velenoso che da qualche tempo si respirava nell'aria del paese a seguito delle violentissime polemiche che s'erano scatenate prima, durante e dopo le celebrazioni del quarantatreesimo anniversario di fondazione della Società Operaia di Mutuo Soccorso. Il 22 maggio, infatti, presso il salone sociale, era stata organizzata una serata danzante. L'orchestrina all'uopo scritturata era specializzata nel tango, ballo considerato scandaloso. Il prevosto stesso, dal pulpito, aveva stigmatizzato il fatto, ma senza enfasi. Il suo appello a boicottare la festa però era stato accolto con eccessivo entusiasmo dai fedeli parrocchiani e in breve l'aria s'era caricata di elettricità: al punto che, al fine di permettere il regolare svolgimento della festa, che aveva visto l'intervento di una folla ingente di bellanesi e non, era stato richiesto l'intervento dei Regi Carabinieri. Non era successo niente di particolare. Solo, nottetempo, il paese era stato tappezzato di piccoli manifesti sui quali un anonimo Pasquino aveva scritto: «Fa gli uomini il Tango coperti di fango, le donne leggere son lerce megere, Bellano brandisci la frusta e il fischietto, e batti e stornisci chi bestia ti vuol».

La vicenda era finita sui giornali e così, anziché morire, la polemica ne aveva tratto nuova linfa. Era stato quello il clima in cui, una bella mattina, il prevosto era salito in casa del sagrestano e gli aveva detto che non poteva più tenersi in casa l'Armellina.

«Perché?» aveva chiesto quello.

Secondo il prete il perché era sin troppo evidente. Ci rifletteva già da un po'. Il repentino sviluppo della ragazza era quantomeno imbarazzante. Quel suo diventare donna così... così evidente, che pareva cambiare da un giorno con l'altro, era... evocava... insomma, immagini lubriche, attirava sguardi non propriamente casti.

Si poteva permettere che un fatto del genere accadesse proprio lì, in parrocchia?

Senza tener conto che l'Armellina, oltre che occuparsi della casa, dava una mano anche in chiesa.

Certo, probabilmente la ragazza non se n'era resa conto, non si poteva imputarle nessuna colpa, era la natura...

Ma il prevosto doveva badare al buon andamento della sua parrocchia.

Le aveva viste quelle facce!

Facce nuove!

Giovanotti soprattutto, che alle funzioni non s'erano mai visti sino ad allora e che avevano cominciato da un po' a frequentare la chiesa, a gironzolare nei pressi dell'oratorio.

Conversioni improvvise?

Infine, per dirla tutta, non era il solo a pensare che la presenza di Armellina all'interno dei confini della parrocchia fosse fonte di imbarazzo. Anzi, forse lui non si sarebbe risolto a quel passo se il consiglio dei fabbricieri non l'avesse spinto a prendere in considerazione la faccenda.

Quindi, per il quieto vivere suo e del suo branco di pecorelle, aveva deciso che sarebbe stato meglio allontanare la ragazza dalla casa del sagrestano.

Il sagrestano era allibito. Ormai considerava l'Armellina come una vera figlia.

E adesso doveva metterla alla porta?

Così?

Via, sciò, come se fosse una gallina?

Il prevosto l'aveva rassicurato, comprendeva i suoi sentimenti. Ma lo riteneva davvero crudele se pensava che non avesse preso in considerazione il futuro della ragazza.

L'aveva fatto, eccome. S'era dapprima consultato con la superiora delle Misericordine, la quale aveva immediatamente informato la contessa Ada Maria Rita d'Ancieu, milanese, ottima amica del loro ordine in quanto vi aveva una sorella minore suora. La contessa aveva preso a cuore il caso di Armellina e in men che non si dica le aveva trovato un posto presso la casa di certi amici suoi, il conte Vassalora-Repetti e la contessa Pietra Santa Mingi.

Ottima casa, padroni squisiti. Persone di livello!

Presso di loro Armellina avrebbe avuto anche l'occasione di raffinare la propria educazione.

Ed era vero, perché Armellina, dopo un paio di mesi in cui aveva patito la nostalgia di Bellano e del sagrestano, aveva cominciato ad ambientarsi e, lentamente, ad avvertire il nascere di una sensazione quasi simile alla felicità.

Forse, adesso, sarebbe stata ancora lì, in casa Vassalora-Repetti.

Forse.

Se non ci fossero state quelle tette maledette, sulle

quali immancabilmente si erano inchiodati gli occhi del resto della servitù, anche femminile. E quelli degli ospiti e in verità del conte stesso, benché costui mai avesse osato più di una fugace occhiata.

Forse...

Ma era inutile pensarci, rifletté Armellina. Perché la storia si ripeteva, la maledizione continuava.

Cambiava solo il nome degli uomini cui gli occhi appartenevano.

Operai, muratori, garzoni, ragazzacci...

85.

Adesso gli occhi erano quelli del segretario del Partito. Bel giovane. Scapolo, per di più. Un ottimo pretendente. Ma se ambiva solo alle tette, poteva scordarsele.

«Cos'è successo?» chiese l'Armellina per rompere l'imbarazzante silenzio e sviare i pensieri del Bongioanni.

Quale occasione migliore per attaccare finalmente bottone e accendere la fantasia della ragazza?, fu il ragionamento del giovane.

Inspirò l'aria di muffa che sfiatava dai muri della scala, gonfiò il petto e assunse un'espressione seria e in verità un po' ridicola.

Rispose dicendo che era stato lì per portare al ragioniere e alla sua famiglia le felicitazioni sue e del Partito per la lieta conclusione della vicenda che l'aveva visto protagonista.

«Meno male!» esclamò l'Armellina che era ancora all'oscuro della novità. E, spontaneamente, estese il capo verso l'alto, al piano di sopra, dove abitavano i Geminazzi: solo che, così facendo, spinse ancora di più in avanti il seno. Fu inevitabile che le sue punte andassero a sfiorare il torace del segretario che, repentinamente, piombò nel più antico imbarazzo del mondo.

In compagnia del quale l'Armellina lo lasciò. Solo.

Scappò via senza parlare, senza salutare.

Un po' le dispiacque, il Bongioanni non mancava di fascino, sotto quegli atteggiamenti da marionetta di Partito si intuiva un'altra persona. Ma un secondo errore di calcolo lei non voleva proprio farlo.

Chi vivrà vedrà, si disse salendo verso la propria casa mentre il Bongioanni usciva e, in preda all'euforia per l'incontro con la ragazza, imboccava la contrada nel senso opposto a quello che doveva prendere.

86.

Onorato Geminazzi parlava a strappi, come se d'improvviso gli fossero venute a mancare le parole e sembrava volesse cercarle sul soffitto di cucina. Estenuata, desiderosa di aiutarlo, seguiva anche lei lo sguardo del marito, ma più che chiazze di umidità e croste di intonaco non vedeva. Aveva capito che Onorato, durante le lunghe ore di prigionia, aveva elaborato un progetto. Ma era ancora ben lontana dall'intuire in che cosa consistesse.

Il ragioniere, dopo la dialettica del Bongioanni, s'era ripreso lentamente. Aveva appena appena ricominciato a parlare, staccando sempre dal soffitto le parole, quando bussarono di nuovo alla porta.

«Pazienza», disse allora, e tacque all'istante.

Estenuata cominciava ad averne piena l'anima anche di quell'incedere lento del marito all'interno del vocabolario. Aprì lei, ben decisa a mandar via l'importuno, chiunque fosse.

Ma era la vicina, quella che s'era tanto prestata per farla rinvenire.

Poteva farlo?

L'Armellina, con un sensualissimo movimento del corpo che nel segretario Bongioanni avrebbe scatenato chissà quali fantasie, la circumnavigò e fu nel corridoio.

«Sono contenta per voi», disse.

«Però!» fece la Geminazzi.

Non era nemmeno mezz'ora che suo marito era tornato a casa e già la notizia era di pubblico dominio.

Era forse pieno di spie quel paese?
«Spie, ruffiani e malelingue», confermò l'Armellina.
Che lo lasciasse dire a lei che, come i Geminazzi adesso, lo aveva sperimentato sulla propria pelle giusto quindici anni prima.
Estenuata guardò con sospetto la giovane: le stava forse raccontando una frottola?
«Mi è toccato andare via, sapete?» proseguì la Banchieri.
Le era toccato andare via?, pensò la Geminazzi.
E perché mai c'era tornata allora, se quel paese non le andava a genio?
Sulla lingua di Estenuata si stava componendo una domanda.
Rumori cominciarono a riempire il silenzio della casa. La truppa dei figli, il battaglione Geminazzi, si stava risvegliando. La pace e la tranquillità stavano per finire.
«Un giorno o l'altro ve lo racconterò», rispose Armellina.
E tenessero presente, concluse mentre volava verso l'uscita, che per qualunque necessità lei era lì accanto, bastava bussare alla porta.
Estenuata ringraziò.
Il più piccolo dei figli fece capolino nel corridoio.
«Hai salutato il papà?» chiese la donna.
Il piccolo, dopo due giorni di assenza del genitore, sembrava che non ne avesse più memoria. Estenuata lo pinzò, pollice e indice, per il collo e lo portò al cospetto del padre.
«Dopo la colazione finiremo di parlare», gli disse lei.
«Semmai», rispose il ragioniere con uno stracco mezzo sorriso, «ti scriverò una lettera.»

87.

Il direttore sanitario Malcelati si rigirò la lettera tra le mani. Carta straccia... La strappò. Solo dopo averla fatta a pezzetti gli venne in mente che forse aveva fatto male. Magari era comunque un documento da mettere agli atti, chissà...

Il pensiero gli scatenò il solito prurito alla pianta dei piedi.

O forse aveva fatto bene a distruggerla?

Chi poteva dirlo?

Solo lui, il cavaliere del Regno Filiberto Amati.

Erano solo le nove del mattino ma il Malcelati non ce la faceva più a sostenere la tensione di quelle ore. In fin dei conti correva voce che il cavaliere del Regno fosse abituato a levarsi all'alba: quindi non lo avrebbe disturbato più di tanto.

L'Amati invece era ancora a letto. Ricevette il direttore sanitario in camera sua. Apprese con vivo interesse la novità e alla fine ebbe modo di osservare che spesso la fretta è cattiva consigliera.

«Immaginate», disse, «se per disgrazia quella lettera fosse partita ieri? Che vergognosa figura! O anche solo se avessimo fatto parola con qualcuno del passo che ci accingevamo a fare, benché a tutela di una proprietà dell'ospedale!»

Certo, ammise il direttore sanitario, per quanto concerneva la lettera si poteva star tranquilli, l'aveva stracciata lui prima di andare lì.

«E avete fatto bene, benissimo...»
Circa l'averne parlato, invece...
L'avete fatto?, inquisì il presidente.
«Qualcuno, oltre a noi, è al corrente della cosa?»
Arrossendo, il direttore sanitario ammise.
«Incauto!» ribatté l'altro. «E con chi?»
Il Malcelati confessò che ne aveva fatto parola con il solo podestà, persona di fiducia quindi, e al solo scopo di anticipare eventuali mosse dell'amministrazione comunale: insomma, per dirla in parole povere, per far intendere agli amministratori che, in quel caso, non c'era trippa per gatti.
«Ma che trippa e che gatti! Cosa mi venite a raccontare...» s'inalberò il cavaliere. «Avete fatto male, malissimo!»
Quelli erano fatti che non dovevano riguardare l'amministrazione comunale, con la quale quella ospedaliera non aveva niente da spartire: «I panni sporchi vanno lavati a casa propria!».
Quindi, adesso, il direttore sanitario gli avrebbe fatto il piacere di accomodarsi in cucina mentre lui attendeva alla propria toilette e alla vestizione, dopodiché lo avrebbe accompagnato a casa del ragionier Geminazzi dove entrambi, a nome dell'istituzione che rappresentavano, gli avrebbero esternato i sensi della loro personale soddisfazione per il felice esito della vicenda, garantendogli peraltro che...

88.

«Che mai e poi mai...» stava concludendo Filiberto Amati slanciandosi sulla punta dei piedi, nessuno di loro aveva messo in dubbio la rettitudine del ragioniere, tanto che le suorine stesse in servizio presso il nosocomio avevano ventilato l'ipotesi di far celebrare una messa per chiedere all'alto dei cieli che la verità di cui nessuno dubitava venisse fuori il più rapidamente possibile.

Poco prima il ragionier Geminazzi aveva visto con soddisfazione i propri figli sparpagliarsi per casa dopo aver fatto colazione. Finalmente, aveva pensato, poteva terminare il discorso con sua moglie. Per la terza volta, invece, qualcuno aveva bussato alla porta.

Adesso gli sembrò che il presidente avesse finito.

Fece per dire qualcosa.

Non riuscì.

Il Malcelati gli rubò il tempo. Si accodò al discorsetto del presidente e sottolineò che tutti, dal presidente all'ultimo degli inservienti, si auguravano che lui tornasse quanto prima a occupare il posto che gli spettava di diritto.

Naturalmente, aggiunse, visto quello che era successo, comprendeva che qualche giorno di riposo da passare nella pace e nella tranquillità della famiglia risultava essere più che necessario, indispensabile.

Non appena la porta di casa si chiuse alle spalle dei due, il ragionier Geminazzi chiamò la moglie per dirle che cominciava a pensare che stava meglio quando era chiuso nella cella d'isolamento. Estenuata sorrise alla battuta e lo invitò a parlare.

Onorato, prima di decidersi, lasciò passare un paio di minuti, giusto per essere certo che nessun altro bussasse alla loro porta. Poi, visto che le visite sembravano finite, spiegò finalmente quello che nelle lunghe ore dei giorni precedenti era andato maturando dentro di lui e che espresse partendo dal concetto finale del ragionamento a lungo meditato.

«Andare via!»

89.

Via?

In che senso?

«Lontani», disse Onorato.

Lontanissimi da quel paese. E da certe facce.

Quelle del maresciallo, dell'appuntato, di quel carabiniere di cui non ricordava il nome, ma anche quelle del direttore sanitario, del podestà, del presidente del consiglio di amministrazione dell'ospedale, del segretario del Partito e anche della vicina di casa: facce che gli avrebbero quotidianamente ricordato la vergogna di aver abitato per due giorni tra le mura di una cella dei Regi Carabinieri.

«Ma dove?» chiese Estenuata.

Dovunque, rispose il ragioniere.

Anche in Svizzera, se necessario.

Affinché la distanza tra lui e Bellano fosse non solo fisica ma anche spirituale. E tanto più grande tanto meglio.

Sulla fronte del Geminazzi brillavano minuscole stille di sudore. Levò gli occhi dal pavimento per incrociare lo sguardo della moglie.

«No», disse Estenuata portandosi entrambe le mani sulla sommità della pancia.

Assolutamente no!

Una fuga.

Ecco quello che sarebbe sembrato andarsene: una fuga.

«Un'implicita ammissione di colpa.»

Avrebbe dato l'impressione di uno che, scampato un pericolo per divino intervento, voleva che ci si dimenticasse di lui, se ne perdessero le tracce.

«Invece...»

Invece bussarono alla porta.

90.

Era l'appuntato Scola.

Per ordine espresso, volontà personale del maresciallo maggiore Giunti, doveva accertarsi che il rientro in famiglia del ragioniere fosse avvenuto senza incidenti o problemi di sorta.

Tutto bene, lo tranquillizzò Estenuata.

La risposta della donna non scalfì gli ordini che l'appuntato aveva ricevuto: doveva anche chiedere se ci fosse qualcosa che loro, in qualità di carabinieri, potessero fare.

No, niente, grazie, disse Estenuata.

Inoltre, proseguì il carabiniere tetragono alle interruzioni, doveva comunicare che il signor maresciallo contava che anche per i giorni a venire la famiglia Geminazzi si sarebbe potuta rivolgere a loro carabinieri qualora si fosse palesata una necessità o un bisogno che appunto loro, quali carabinieri, avrebbero potuto concorrere a soddisfare.

Grazie, mormorò Estenuata. Ma non era ben sicura di aver compreso il senso di quell'ultima frase.

Lo Scola peraltro aveva compiuto la missione. All'improvviso tacque, salutò militarmente e girò sui tacchi.

Estenuata rimise sulla punta della lingua quell'«invece» che il bussare dell'appuntato aveva sospeso a mezz'aria.

Invece tutto doveva ritornare come prima, riprese a dire. «Esattamente come il giorno in cui siamo sbarcati in questo paese e della brutta avventura appena passata non c'erano in aria nemmeno le avvisaglie.»

La Geminazzi non concesse al marito la possibilità di replicare. Visto l'andazzo della mattina, non c'era tempo da perdere, alla processione non mancava che lui.

91.

A ogni bussare s'era aspettata di vederlo. Doveva arrivare. Voleva che arrivasse.

Al marito non aveva detto niente, gli aveva risparmiato la notizia di quell'estrema umiliazione cui erano stati sottoposti, una minaccia di sfratto bella e buona. Ma non aveva alcuna intenzione di dimenticarla. Ogni volta che aveva percorso lo stretto corridoio per andare ad aprire, s'era ripetuta quello che avrebbe detto quando, alla soglia, fosse comparso il podestà Parpaiola.

Quando lo vide, alle undici della mattina, Onorato Geminazzi era pienamente convinto che andar via da Bellano sarebbe stato un gesto equivoco. Sua moglie gli aveva riversato nelle orecchie più di un vocabolario. Per quello, forse, quando la donna si trovò Parpaiola alla porta tutto il discorso che aveva preparato le si ingolfò sulla lingua.

«Vostro marito?» chiese quello.

«Riposa», rispose Estenuata.

«Non disturbatelo, allora», proseguì il podestà.

Un colpo di culo, pensò, che gli risparmiava genuflessioni verbali e scuse che non aveva nessuna voglia di fare.

Tuttavia, aggiunse, pregava la signora di trasmettergli i voti sinceri dell'amministrazione tutta, che si augurava di rivederlo quanto prima a occupare il posto che per diritto gli competeva.

Estenuata avvertiva di avere sberle, più che parole, sulla lingua.

«Intendete la banda?» chiese.
«Come dite?» fece il podestà.
Faceva il tonto?
Aveva sbagliato indirizzo.
Estenuata spiegò: poiché il marito dipendeva dall'amministrazione ospedaliera, le era parso di capire che il discorsetto del podestà facesse riferimento all'incarico che lui, a nome dell'amministrazione comunale, gli aveva affidato: fondare un Corpo Musicale vero e proprio.
«Ricordo male forse?» aggiunse, una spolverata di ironia nel tono.
Il podestà abbozzò.
«Non sbagliate», disse, «intendevo proprio la banda.»
E banda di merda!, pensò, subito dopo mentre se ne andava.
Estenuata ne guardò l'ampia schiena, poi stette ad ascoltare l'eco dei suoi passi. Si sentiva discretamente soddisfatta, abbastanza vendicata. Inoltre aveva tenuto il signor podestà sulla porta, non l'aveva nemmeno fatto entrare in casa. E suo marito mica stava riposando, nossignore!, era a mollo in acqua e liscivia.

92.

Porco qui porco là, piaceva poco al podestà.

Piaceva niente, niente del tutto tornare sui propri passi, rimangiarsi le decisioni prese. Gli si fermavano sullo stomaco, come pietanze indigeste.

Banda di merda!

Mentre tornava a casa, passando da piazza Grossi, vide la guardia municipale. La chiamò a sé con un cenno del capo e le parlò all'orecchio. Poi se ne andò, certo che per quel giorno non avrebbe gustato il pranzo, gallina a lesso con il ripieno.

Alle dodici e trenta precise il Pianìn bussò, ennesimo ospite, alla porta di casa Geminazzi. Aprì Estenuata.

Vedendo la guardia, non poté fare a meno di pensare che con quella stessa visione, la guardia alla sua porta, era cominciata la brutta avventura del marito. Per sicurezza volle sapere in quale veste l'uomo fosse lì.

«Suonatore di trombone», rispose la guardia.

«Allora venite avanti», lo invitò Estenuata facendo strada e conducendolo nella cucina.

La tavola era imbandita. Sembrava la mensa di un collegio. I figli del Geminazzi mangiavano rubandosi l'un l'altro il cibo dai piatti. Nessuno però si lamentava, piuttosto ridevano tra di loro.

Una famiglia allegra, osservò la guardia.

Il Geminazzi padre sedeva a capotavola, sotto gli occhi una tazza di brodo fumante. Era rosso in viso, lustro, per via del bagno appena fatto.

«Ho ancora lo stomaco stretto», disse, «non mi passa giù niente.»

Poi chiese e ottenne dai figli il silenzio assoluto.

«Sono qui per ordine del signor podestà», esordì la guardia.

Il Parpaiola gli mandava a dire che contava sul fatto che lui non avesse perso l'entusiasmo necessario per portare a compimento il progetto che già gli aveva affidato, cioè costituire un Corpo Musicale a Bellano.

«Da parte mia», proseguì la guardia, cercando di usare le stesse parole che gli aveva suggerito il podestà, «sono qui per offrirvi la piena disponibilità di tutti i componenti della fanfara, nessuno escluso, sempre che vogliate ancora far conto su di noi quale base per realizzare il progetto concordato.»

Le difficoltà sarebbero state risolte.

Le necessità affrontate.

Gli ostacoli superati.

C'era di mezzo uno scopo comune, l'interesse collettivo.

Forse era il fumo del brodo, forse una sincera emozione: sta di fatto che gli occhi del Geminazzi cominciarono a luccicare.

Pure la guardia municipale non fu immune all'emozione.

«Bentornato maestro», disse solennemente.

93.

La giornata poteva finire, il sole tramontare, la notte scendere?

Tutto quello che doveva capitare era capitato?

No.

C'era ancora qualcuno che doveva bussare alla porta dei Geminazzi.

Fu attorno alle tre del pomeriggio.

Il maestro elementare Fiorentino Crispini, che muoveva i primi passi nella carriera di corrispondente bellanese del settimanale cattolico di Lecco, «Il Resegone», e del quotidiano d'informazione del PNF, «Il Gagliardetto», si presentò dicendo che, avuta notizia della sconcertante vicenda, voleva stendere un articolo: aveva dunque bisogno di intervistare il Geminazzi.

Era stato il segretario del Partito a spingerlo in quella direzione. Il Crispini infatti tendeva a stare alla larga dalla politica e dalle cronache giudiziarie. Quando era costretto a farlo, sottoponeva preventivamente i propri testi al giudizio del segretario, del podestà e del direttore didattico, temendo sempre di incorrere in qualche reato.

Il Geminazzi, la moglie al fianco, mentre i figli facevano un casino della madonna comportandosi in casa come se fossero all'oratorio, rispose con saggezza alle innocenti domande del Crispini.

No, non aveva mai dubitato della soluzione positiva del suo caso.

Men che meno aveva avuto dubbi sul trionfo della giustizia.

La famiglia?

Istituzione fondamentale per lo stato, gli era sempre stata vicina.

Come vedeva il futuro?

Luminoso.

La galera?

Già dimenticata.

I Regi Carabinieri?

Onesti, corretti, gentili, premurosi.

Il suo nuovo paese?

Splendido, vitale, operoso.

E il progetto per la fondazione di un Corpo Musicale anche a Bellano?

Era in corso d'opera.

E se posso, aggiunse Onorato Geminazzi, sarebbe divenuto un complesso bandistico in grado di rivaleggiare con quelli che già operavano in svariati paesi del lago di Como.

Perché, concluse a notte fonda il Crispini riscrivendo per la terza volta l'articolo, il nascente complesso musicale poteva contare sulla guida forte e sicura di un uomo che per anni era stato…

«Prima o seconda cornetta?» aveva chiesto mentre prendeva appunti in casa Geminazzi.

«Mettete pure prima», aveva risposto il ragioniere.

…prima cornetta nella banda di Loveno.

94.

Le suorine dell'ospedale non volevano rinunciare all'idea di una messa in onore del ragionier Geminazzi. Se non si poteva più fare per implorare una rapida soluzione del guaio, poteva invece esser celebrata a titolo di ringraziamento: una messa ci stava sempre bene.

Così fu, domenica 25 novembre, presso la cappelletta dell'ospedale Umberto I. Coincise con la prima uscita pubblica del Geminazzi dopo la disavventura. Vi prese parte con tutta la famiglia, che si schierò con lui nel primo banco della fila di destra. Alle dieci, quando don Calandra, il cappellano dell'ospedale, cominciò a officiare, un ago non sarebbe riuscito a trovare posto all'interno della chiesuola.

Oltre a gran parte del personale medico, infermieristico, amministrativo e ai degenti non obbligati al letto, erano presenti tutti i componenti della fanfara, il maresciallo Giunti accompagnato dal carabiniere Mandruzza, il segretario del Partito con la vecchia madre, quasi tutti i condòmini dei Geminazzi con in testa l'Armellina Banchieri, il cavaliere del Regno Filiberto Amati con l'intero consiglio di amministrazione dell'ospedale, il direttore sanitario Proto Malcelati con la famiglia al completo, la moglie Amaura e i figli Astio e Sempronia. Il podestà Parpaiola, giunto in ritardo poiché gli avevano erroneamente riferito che l'inizio della messa era alle dieci e trenta, verificata l'impossibilità di valicare la muraglia umana che gli stava davanti, si accontentò di stare sulla soglia della cappella, in un'area dove l'odore dell'incenso cominciava a mischiarsi con quello del disinfettante.

Di solito quella era una messa per pochi intimi, per cui il cappellano tirava diritto e saltava l'omelia.

Nell'occasione volle invece dire due parole. Invitò i presenti a non demordere mai nella pratica della fede «perché chi crede non viene mai deluso e Nostro Signore non paga solamente il sabato»: come, affermò, testimoniava la vicenda che infine aveva restituito alla famiglia e alla comunità il maestro Geminazzi.

Disse proprio «maestro».

Al sentirlo, il Geminazzi eresse il capo.

Già poco prima, mentre s'era avviato da casa verso l'ospedale, quelli che aveva incontrato l'avevano salutato così: «Buongiorno maestro».

A chi, a cosa dovesse attribuire l'onore di quel titolo, non gli era riuscito di capirlo: ma gli era piaciuto.

Tuttavia, sentirlo adesso, così, in quel luogo e nella solennità di quel momento, gli fece l'impressione di un'investitura.

Si alzò dalla panca e chinò il capo in direzione del celebrante, in segno di ringraziamento.

Quando la messa finì, quasi tutti vollero stringergli la mano, complimentandosi e chiamandolo maestro.

Pure il podestà, che lo attese nell'astanteria dell'ospedale, salutandolo lo appellò così: «Buongiorno maestro».

Il Geminazzi non stava più nella pelle, era euforico: adesso sì, pensava, che la brutta avventura era definitivamente cancellata, sepolta, lontana.

Adesso sì, poteva guardare al futuro con fiducia e serenità.

95.

Mercoledì 28 novembre, alle nove di sera, la fanfara tornò a riunirsi per volontà del maestro Geminazzi.

«Purtroppo», esordì questi.

Ma il viso non esprimeva il disappunto che l'avverbio d'esordio avrebbe richiesto.

«Purtroppo, circa la sede, non c'è niente da fare.»

Si trovavano infatti nel locale che aveva ospitato sino a pochi giorni prima l'ufficio delle Regie Poste. Il podestà gli aveva spiegato per bene come stavano le cose. La Giunta Provinciale Amministrativa aveva approvato la delibera di spesa votata dall'amministrazione bellanese: si trattava di un pubblico servizio che, da tempo ormai, era ospitato in quella sede divenuta obsoleta. Non era possibile variare la destinazione d'uso dei locali al piano terra del municipio, a meno di non voler commettere un reato.

«Quindi per un po' dovremo adattarci a utilizzare questo», informò il Geminazzi indicando con un mezzo giro del braccio il locale dove si trovavano, «come sala di prova.»

Finché, naturalmente, come da promessa del podestà, non fosse saltato fuori qualcosa di meglio, di più adatto.

«Bisogna tener conto d'altronde», proseguì il Geminazzi, «che le necessità di un Corpo Musicale nascente sono plurime e diverse tra loro. E quella di un locale idoneo forse non è nemmeno tra le prime e più urgenti.»

Il podestà s'era dichiarato disposto ad andare incontro alle altre.

«Che non sono poche», ribadì il maestro Geminazzi.

96.

Quella sera il ragioniere pagò da bere, non mancavano certo le cose a cui brindare. L'Evelindo Nasazzi ne approfittò senza risparmio: da settimane non faceva una bevuta come piaceva a lui. Tornò a casa fischiettando e impiegò un tempo doppio del normale: i pedali della bicicletta sembravano riottosi ai suoi comandi, gli scappavano via continuamente da sotto i piedi. Una volta entrato in casa si trovò faccia a faccia con la Noemi la quale, tra il preoccupato e l'incazzato, aveva trascorso l'attesa per quell'insolito ritardo camminando su e giù in cucina, come un leone in gabbia. Non disse niente ma gli incollò addosso due occhi di fuoco sotto i quali il Nasazzi cercò di comportarsi con dignità, senza riuscirci. Bofonchiò inintelligibili scuse e barcollando guadagnò la camera da letto, addormentandosi al pensiero che, l'indomani, tutto sarebbe stato dimenticato.

Sbagliava.

Perché, se è vero che la mattina successiva la Noemi non fece parola circa lo stato in cui era rientrato, quella stessa sera quando, dopo cena, lei lo vide rimettersi la giacca e buttarsi in spalla il bombardino, gli chiese: «Dove credi di andare?».

L'Evelindo, che era perfettamente sobrio, rispose: «A scuola di musica».

Era stata, quella, una precisa richiesta del Geminazzi. Accanto alle nuove leve voleva avere un gruppo compatto, esperto, trainante, formato dai veterani della fanfaretta: dunque aveva chiesto a tutti loro un impegno doppio, triplo se necessario, per quei primi tempi. Due, anche tre prove alla settimana: a cominciare da quella stessa sera.

«Nemmeno per idea», disse la Noemi.

Se lui credeva, aggiunse, di poterla mettere nel sacco con così poco sbagliava grossolanamente.

«Ma...» tentò di obiettare l'Evelindo.

«E niente ma!» troncò la Noemi.

97.

Lo attesero sino alle nove, quando l'appuntamento in sede era per le otto e trenta. Alle nove in punto un livido maestro Geminazzi ruppe gli indugi.

«Così», disse, «non si va da nessuna parte!»

La musica, come tutte le arti, voleva applicazione e disciplina, puntualità, spirito di sacrificio. Non era un passatempo, un ripiego, un gioco. Era vocazione.

«Quindi missione!»

Per alcuni, soprattutto. E lui, l'assente, avrebbe dovuto saperlo. Perché passi se avesse suonato la cornetta, il clarino o il trombone. Ma il bombardino esigeva dedizione assoluta.

«Senza quello», predicò il Geminazzi, «nessuno, a meno che non sia folle, penserebbe di dar vita a un Corpo Musicale. Il bombardino è per noi ciò che l'anima è per l'uomo!»

Quindi, onde evitare equivoci per il futuro, il Geminazzi chiese che qualcuno della fanfara si assumesse il compito di contattare quanto prima il Nasazzi e gli facesse presente lo stato delle cose: doveva decidere di applicarsi con serietà a quel dovere che in piena libertà s'era assunto. Sennò meglio che se ne stesse a casa definitivamente e liberasse il posto.

La guardia Pianìn alzò la mano.

«Vi incaricate voi del compito?» chiese il maestro.

In verità il suonatore di trombone aveva chiesto la parola per spezzare una lancia in favore dell'Evelindo: sposo novello, nemmeno due mesi, di una moglie di vent'anni più giovane di lui, si poteva scusarne qualche defezione, addirittura capirla...

«Giovane o no», troncò il Geminazzi, «ciascuno di noi deve mettersi in testa che un Corpo Musicale è una sorta di famiglia, e come tale gli dobbiamo attenzione e dedizione.»

D'accordo, ma... tentò di obiettare ancora il suonatore di trombone.

«Se siamo d'accordo non vedo che necessità vi sia di perdere altro tempo. Andate da quel signore e riferitemi.»

Non ci furono brindisi quella sera. Il Geminazzi, dopo aver dato appuntamento a tutti per la sera successiva, venerdì, lasciò la sala prove in tutta fretta, come se l'avesse morso una tarantola. Nemmeno gli altri componenti della fanfara avevano sete. Si salutarono lì, raccomandando al suonatore di trombone di osservare bene la novella moglie del Nasazzi onde poterne riferire con dovizia di particolari.

98.

Bella... soffiò il Pianìn.

Sapeva che si sarebbe trovato al centro di un cerchio di domande e s'era preparato.

Più che bella, sana.

Stagna.

Bianca e rossa come una mela.

Occhi azzurri, fin troppo. Si faceva fatica a guardarli. Larga di fianchi, alta di culo, caviglie di montagna, un po' grosse.

Se era lei a star sopra, povero Lindo!

Quelli della fanfara risero di gusto. Il suonatore di trombone, quando ci si metteva, sapeva essere divertente: insospettabile, sotto la maschera severa di guardia municipale.

«Il bello però deve ancora venire», disse dopo aver fornito la descrizione della Noemi.

Dal Lindo, raccontò, c'era andato nel tèmp de l'òra, cioè tra le dodici e l'una, e non l'aveva trovato. In casa c'erano solo quel figlio malaticcio e la novella signora Nasazzi. La quale, quando le aveva spiegato che aveva bisogno del Lindo per dirgli delle cose sulla banda, aveva detto: «Non c'è ma dite pure a me».

E con un tono, una decisione che lui non se l'era sentita di disobbedire.

«Dunque voi sareste uno di quelli della banda?» aveva domandato la Noemi.

E s'era arrotolata le maniche con un piglio che al suonatore di trombone era sembrato minaccioso.

«Perché?» aveva chiesto.

«È subito spiegato», aveva risposto la donna.

Se suo marito credeva di poter usare la scusa della banda per tornare a casa ubriaco come due sere prima, poteva attaccare il trombone...

«Bombardino», aveva corretto la guardia municipale.

«Va bene», aveva detto la Noemi. Trombone o bombardino, per lei faceva lo stesso.

Poteva comunque attaccarlo al chiodo. E, come si diceva, buonanotte ai suonatori.

«Ma l'altroieri era una serata speciale...» aveva tentato di intercedere la guardia.

Speciale o no, aveva rimbeccato la Noemi toccandolo sul tempo, a lei non interessava. Quindi, per farla breve, a lei stava bene che suo marito suonasse nella banda, la musica le piaceva. Ma, se voleva continuare, doveva farlo alle sue condizioni.

«Finite le prove, a casa!»

Il suonatore di trombone s'era ritirato nelle spalle.

«Ma come...»

«Non mi interessa come. Finite le prove, mio marito inforca la bicicletta e torna a casa. Se me lo vedo ancora, anche una sola volta, come l'altra sera, giuro sui miei morti che prendo il bombardino e lo butto nel lago. E lui dietro!»

Il Pianìn era allibito.

«Uomo avvisato mezzo salvato», aveva concluso la donna, sigillando il discorso.

99.

I manifesti che invitavano «aspiranti musicanti» a presentarsi a Bellano nei giorni 19-20-21 dicembre 1928 presso la sede provvisoria del costituendo Corpo Musicale Bellanese, ex ufficio delle Regie Poste, invasero i comuni di Varenna, Lierna, Dorio, Corenno Plinio, Vestreno, Introzzo, Sueglio, Tremenico, Taceno, Cortenova, Bindo, Primaluna, Esino Lario, Perledo oltre che, naturalmente, Bellano, a partire da lunedì 3 dicembre. La campagna riguardava quei comuni che non disponevano di un proprio Corpo Musicale, nei quali c'era quindi la reale possibilità di scovare soggetti portati alla musica e che non fossero altrimenti impegnati. Sul manifesto, per espressa volontà del maestro Geminazzi, compariva l'avviso che, nella selezione, sarebbe stata data la precedenza a suonatori di fisarmonica, armonica a bocca o ocarina, strumenti che spesso si sentivano suonare nelle osterie a opera di autodidatti, o di eventuali altri strumenti musicali. Il maestro Geminazzi si augurava un'entusiastica risposta all'invito per poter partire quanto prima nell'impresa. Gli servivano ventidue esseri umani, dotati di orecchio e propensione alla musica, per formare, insieme con gli otto della fanfaretta, il suo Corpo Musicale, che aveva deciso sarebbe stato composto da trenta unità: aveva un trombone, due cornette, due clarini, un bombardino, un basso, un genis. Gli mancavano tre cornette, tre tromboni, due grancasse, un tamburino, due piatti, tre clarini, due genis, due bassi, tre fagotti e un portatore di mazza che, pur non entrando direttamente nell'organico dei musicisti, era essenziale alla coreografia di un Corpo Musicale degno di questo nome. Trovati questi elementi che, con lui quale maestro e prima cornetta, arrivavano a trenta, il lavoro poteva avere inizio. Nel frattempo il podestà avrebbe dovuto cominciare a tener fede alla parola data.

100.

La richiesta arrivò sul tavolo del Parpaiola tre giorni dopo. Era il 6 dicembre.

Tre tromboni, tre cornette, due grancasse, tre clarini, due genis, due bassi, un tamburino, tre fagotti.

Due piatti!

La mazza!

«Ma quanto diavolo costa tutta questa roba?» chiese il podestà.

Il conto era presto fatto, rispose il segretario comunale Fainetti.

Anzi, s'era preso la libertà di anticiparlo facendolo in proprio, così che adesso il conto l'aveva lì, bello e pronto. Dopo essersi informato presso il negozio di strumenti musicali Passerini e Figlio, con sede in Lecco, l'unico nel territorio, aveva stimato che, per andare incontro ai desideri del maestro Geminazzi, l'amministrazione comunale avrebbe dovuto sborsare una somma di circa 19.850 lire, considerato il costo medio di ogni strumento ed escludendo l'acquisto della mazza, sul cui prezzo di mercato il segretario non era riuscito ad avere informazioni precise.

«È una follia», commentò il podestà.

Lo era infatti, concordò il segretario comunale. Tanto che s'era permesso anche di stendere una bozza di risposta da dare al Geminazzi, un compromesso che prevedeva una drastica riduzione di organico del costituendo Corpo Musicale, da trenta a quindici elementi, e una conseguente riduzione di spesa da 19.850 a 6.000 lire.

«Che mi sembrano comunque ancora tante», ribadì il podestà.

Il segretario tacque ma pensava che in quel pasticcio s'era messo il podestà con le sue stesse mani ed era quindi inutile, adesso, piangere sul latte versato.

101.

«Non se ne parla neanche», fu il commento del Geminazzi.

Forse il podestà s'era già dimenticato le promesse che gli aveva fatto.

O forse non teneva in nessun conto ciò che aveva stabilito il Regio Decreto Legge del 1° maggio 1925 in cui si diceva chiaramente che l'attività dell'Opera Nazionale Dopolavoro si articolava su quattro settori, Assistenza sociale, igienica e sanitaria, Educazione fisica, Istruzione...

«...e Educazione artistica», puntualizzò il maestro Geminazzi la sera del 7 dicembre al segretario Bongioanni dopo avergli mostrato la controproposta del podestà.

Nella quale Educazione artistica venivano compresi la radiofonia, la cinematografia, il folclore, i cori, il teatro...

«...e la musica!»

Si permetteva, inoltre, e senza voler scavalcare nessuno, di far notare che l'attuale segretario nazionale del Partito, Augusto Turati, era lo stesso che nel 1926 aveva chiaramente ordinato ai federali e ai loro diretti sottoposti di assumere il controllo politico dell'Opera Nazionale Dopolavoro, insediandosi poi, pochi mesi prima, nel maggio di quello stesso anno, al vertice dell'Opera stessa.

Il segretario bellanese rinviò al Geminazzi uno sguardo perplesso: come cazzo faceva a sapere tutte quelle cose?

«Ho cominciato a interessarmi di musica a tredici anni», rispose il Geminazzi.

E da allora non aveva mai smesso. Aveva quindi trentasette anni di esperienza, conosceva a fondo anche i meandri della burocrazia, poteva con tranquillità affermare di essere in rapporti di intimità con i direttori della maggior parte dei complessi musicali bandistici della provincia di Como. I quali, non avendo fini di lucro, si sostentavano grazie ai contributi delle pubbliche amministrazioni. Ma non solo, e lo poteva ben affermare avendo trascorso gli ultimi quindici anni nella banda di Loveno: anche il Partito, tramite proprio l'Opera Nazionale Dopolavoro, dava sussidi.

«Naturalmente ci vuole qualcuno che si faccia portavoce della cosa, che sostenga la causa.»

Qualcuno, insomma, che contasse qualcosa o che fosse in grado di fare la voce grossa.

Il segretario bellanese non contava una mazza e, in quanto a voce grossa, doveva ancora maturare. Tuttavia non poteva deludere chi s'era rivolto a lui con fiducia: era o no la più alta carica del Partito in quel paese?

Rispose: «Ci penso io», con un tono che non ammetteva repliche.

«Davvero?» chiese il Geminazzi.

«Non preoccupatevi, so come muovermi.»

102.

La casa di Rosa Zambonini stava a Colico, quasi all'uscita del paese. Ma se qualcuno avesse chiesto dove abitava la Zambonini, pochi avrebbero saputo rispondere. Ben altra invece era la risposta se si chiedeva dove abitasse Rosa Mattoni. Come donna pubblica era infatti nota così. Amava dire che, per lei, ogni marchetta era un mattone della casa che si sarebbe fatta costruire. Esercitava da sola, in una catapecchia fatiscente e, secondo alcune voci, era capace di sistemare anche tre clienti in un colpo solo. Il sabato, quando il lavoro era tanto, veniva coadiuvata dall'anziana madre che le aveva insegnato il mestiere e che si occupava di manomettere, al costo di una sola lira, i clienti meno abbienti o quelli che non volevano spendere.

Il segretario bellanese era un cliente occasionale della Rosa. Non ci andava mai appositamente, solo quando si trovava già nei paraggi. Era stato così il sabato precedente, dopo aver preso parte a una cena presso il ristorante Tinturè: polenta e uccelli, questi ultimi offerti dal segretario della sezione di Colico, Emilio Sparaventi, fanatico cacciatore e, anche, abilissimo bracconiere, in barba ai decaloghi del regime. Dopo la cena, il segretario bellanese aveva fatto quattro passi digestivi e poi si era infilato nel letto della Rosa. Ciò che però, adesso, contava. L'aveva appreso nel corso della serata. Il collega di Colico, infatti, gli aveva raccontato di come era arrivato ai ferri corti con il parroco di Villatico, che faceva orecchie da mercante ai suoi inviti affinché all'interno dell'oratorio non si giocasse più a calcio o alle bocce, attività ricreative che andavano inquadrate all'interno dell'Opera Nazionale Dopolavoro. Il sacerdote gli aveva sempre risposto che gli ordini li prendeva solo dal vescovo. Il segretario aveva minacciato che, se il prete avesse continuato a ignorare le sue direttive, avrebbe fatto chiudere l'oratorio. Qualche giorno dopo gli era stato riferito che, per tutta risposta, pareva che il parroco avesse commentato: «Raglio d'asino non sale in cielo». Allora, di fronte alla prospettiva di passare per un fanfarone, il segretario s'era visto nella condizione di passare all'azione.

«Hai chiuso l'oratorio?» aveva chiesto il bellanese.

No.

La chiusura dell'oratorio era un passo grave, da ponderare con calma: c'era il rischio di attirarsi le ire della popolazione, bisognava considerare che l'ascendente dei preti, soprattutto nei posti piccoli, era ancora alto. Aveva però voluto dare un segnale di forza e, alla testa di un manipolo di volenterosi, tra i quali anche alcuni camerati valtellinesi, aveva fatto irruzione nella sala Santa Cecilia dove aveva sede anche la fanfara cattolica e aveva sequestrato tutti gli strumenti, lasciando sul muro della saletta, a testimonianza del passaggio, la scritta «D'ora in avanti silenzio di tomba, suonatevi il piffero che noi si tromba».

Circa il destino degli strumenti era indeciso, ma meditava di regalarli al primo rigattiere di passaggio. Il segretario bellanese aveva riso al racconto e, dentro di sé, s'era augurato di non dover mai arrivare ai ferri corti con il prevosto di Bellano, che era tipo tosto almeno quanto il parroco di Villatico. Poi se n'era andato a compiere il proprio dovere dalla Rosa e degli strumenti sequestrati s'era completamente scordato.

Sino al momento in cui il maestro Geminazzi li aveva portati alla ribalta della sua memoria.

103.

Il colichese Emilio Sparaventi fu ben felice di sbarazzarsene. L'azione dimostrativa perpetrata ai danni della fanfaretta cattolica aveva portato al sequestro di due clarini, una cornetta, due tromboni, un genis, un bombardino.

Attilio Bongioanni, per dimostrare che il Partito manteneva le promesse fatte e che anche lui non era da meno, volle consegnarli personalmente al Geminazzi una sera, nel locale delle prove. Li portò su un carretto, tirato da un avanguardista.

«Il bombardino non ci serve, ne basta uno», commentò con durezza il Geminazzi.

Poi ringraziò. Ma senza particolare entusiasmo. Quella del Bongioanni era stata una mezza fornitura. Con quelli già in possesso si arrivava a quattordici strumenti, escludendo il secondo bombardino. Quota trenta era ancora lontana.

«Per conto mio non sgancio una lira più di quanto promesso. 6.000 erano e 6.000 restano», disse il podestà dopo aver preso visione dell'ennesima, minuziosa richiesta scritta del Geminazzi.

Era stato lo stesso Bongioanni a portargliela: quella della banda ormai era diventata una faccenda di Partito.

«Con quei soldi posso comprarci altri cinque, sei strumenti. Arriverei a venti elementi. E gli altri dieci?» ribatté il Geminazzi.

«Ditegli che venti musicisti mi sembrano anche troppi per una banda di paese.»

«Una banda di venti elementi è un ibrido tra una qualunque fanfaretta e un Corpo Musicale come si deve. Le cose, o si fanno bene o si lascia stare!»

«Che lasci stare allora, e si prenda lui la responsabilità!»

«Neanche per idea! Che sia lui a togliermi l'incarico. E che tutti sappiano come sono andate le cose!»

E fare venticinque?, propose a un certo punto il Bongioanni, che ne aveva un po' piene le balle di fare l'elastico tra il podestà e il Geminazzi.

Questi soppesò la richiesta.

«Venticinque», rispose infine, «non uno di meno.»

«Venticinque va bene», concordò il Parpaiola. «Tanto i soldi che sgancio restano sempre quelli.»

Ai soldi che mancavano avrebbe pensato lui, uscì dalla bocca del Bongioanni.

Il Parpaiola lo guardò con stupore.

«Vi prendo in parola», disse.

«No», sentenziò il Bongioanni scuotendo il capo, «non me.»

Il Partito, che aveva appena parlato per bocca sua.

104.

La lettera che scrisse al federale di Como costò al Bongioanni tre giorni di sudori.

Certo non aveva avuto solo quello da fare. Ma l'ansia per le parole che aveva così ben chiare in testa ma che, al momento di metterle su carta, diventavano incerte, perdevano senso, si mascheravano dietro i significati più vari, l'aveva perseguitato in ogni ora del giorno e della notte.

Per tre giorni, appunto.

Aveva steso un elenco dei motivi secondo i quali, a suo giudizio, era fondamentale che il Partito mettesse la propria impronta sulla costituzione del Corpo Musicale. Letto e riletto, l'elenco gli era sembrato fesso. E allora si era arreso all'idea di sottoporre il testo al maestro Crispini.

«Giusto per vedere se tiene», aveva detto.

Il Crispini aveva trattenuto la lettera per un paio di giorni. L'aveva corretta, c'erano qualche verbo malato e degli a capo stravaganti. A voce, poi, s'era permesso il consiglio di aggiungere all'elenco dei motivi, morali, politici e sociali, anche l'amor di Patria.

Le bande, aveva suggerito, suonavano gli inni cari a coloro che avevano difeso i sacri confini dai barbari invasori! Un federale che si ritenesse tale a tutti gli effetti non sarebbe stato insensibile a tale richiamo.

Il federale manco la lesse la lettera. La passò direttamente al segretario provinciale dell'Opera Nazionale Dopolavoro. Il quale rispose con un biglietto stizzito rimarcando l'assoluta intempestività della richiesta giunta sul suo tavolo.

«Non perché questa segreteria non voglia concedere sussidi o aiuti altrimenti intesi.» Ma perché la stessa segreteria avrebbe potuto fare molto di più se il segretario bellanese avesse tenuto nel debito conto «le direttive diramate dal segretario nazionale del Partito circa le finalità dell'Opera Nazionale Dopolavoro, anziché considerare l'opera stessa una sorta di *refugium peccatorum* cui rivolgersi in condizioni di manifesta necessità».

C'erano tempi e termini precisi per la presentazione della domanda volta a ottenere sussidi. Nella quale, più che perdersi in estenuanti elenchi di motivi, era meglio specificare in solido l'entità della richiesta.

Concludeva richiamando il bellanese a una maggiore attenzione verso i suoi doveri politici, ricordando che anche i suonatori di banda, onde avere diritto all'appoggio del Partito, dovevano essere inquadrati nell'OND. Non era obbligatoria, anche se ben accetta, la tessera del Partito ma, durante i concerti in pubblico, era prescritta l'esibizione del distintivo dell'Opera stessa, da appuntare all'occhiello del bavero destro della divisa, come da foglio di disposizione.

I distintivi erano disponibili presso la segreteria, costavano lire una e cinquanta cadauno e non potevano essere forniti gratuitamente, poiché l'Opera si finanziava anche grazie alla loro vendita. Che il segretario gli presentasse il conto di quanti gliene servivano e compilasse lestamente l'apposito modulo di domanda che allegava.

105.

Non arrivarono soldi, ma strumenti.

Giunsero a Bellano in battello insieme con i venticinque distintivi che il segretario aveva ordinato e pagato di tasca propria, la mattina del 19 dicembre, primo giorno delle selezioni.

Che gli dessero i soldi per comprarli, o che gli consegnassero addirittura gli strumenti, aveva detto il Geminazzi quando il segretario gli aveva fatto la proposta di una fornitura diretta, non gli importava nulla.

«Purché sia merce di qualità», aveva aggiunto.

La qualità c'era, disse quella mattina, dopo aver presenziato allo scarico della cassa che conteneva gli strumenti e averne controllati tre o quattro. Quindi, tanto per fare una prova, portatasi alla bocca una cornetta sparò nell'aria le prime note della *Marcia Reale*, allarmando i gabbiani che si allontanarono gemendo dal molo.

«C'è anche questo», disse il comandante del battello traendo di tasca un pacchettino e consegnandolo al Geminazzi.

«E cosa sarebbe?» chiese questi.

Il segretario comprese al volo: erano i distintivi.

«Distintivi», disse.

«Di cosa?» chiese il maestro Geminazzi.

Dell'Opera Nazionale Dopolavoro.

I musicanti, secondo le disposizioni vigenti, dovevano appuntarsene uno sul bavero della divisa.

Il Geminazzi spalancò la bocca, si portò una mano sulla fronte, arrossì violentemente.

Il Bongioanni di quel particolare non gli aveva detto mai niente, temendo obiezioni. Aveva pensato di farlo al momento opportuno. Il momento, adesso, era arrivato. Tuttavia una reazione così allarmata non se la sarebbe aspettata. Fischia, in fin dei conti il distintivo era grande come una cimice, quasi non si vedeva.

E poi...

«È una precisa disposizione del Partito», disse.

«È vero...» mormorò il Geminazzi.

«Certo che è vero.»

«Bisognerà pensare anche a quelle.»

Distintivi: quindi, secondo le regole del maestro Crispini, «quelli»!

Evidentemente però non si stavano capendo, pensò il Bongioanni.

«Di cosa state parlando?» chiese.

«Delle divise!»

«Come?»

«L'avete mai visto un Corpo Musicale senza una divisa?»

«No», ammise il segretario.

«Appunto, dico che bisognerà pensare anche a quelle.»

Il Bongioanni guardò oltre le spalle del Geminazzi, verso il lago, la scia del battello che si allontanava, i gabbiani che stavano ritornando a riva.

«Be'», fece il Geminazzi, «una cosa per volta.»

Adesso lo attendevano le selezioni.

106.

All'appello risposero in settantotto.

La prima sera ne vennero convocati trenta, la seconda ventidue. La terza ventisei ma si presentarono in ventotto. Il mistero venne immediatamente svelato: tra di loro se n'erano imboscati un paio che erano stati scartati durante la prima tornata e avevano voluto tentare il colpaccio.

Settantotto elementi che vennero tutti personalmente, scrupolosamente esaminati dal Geminazzi.

«Passati al pettine!»

Metodo scientifico, da lui stesso approntato, matematica pura applicata alla musica.

Ciascun candidato venne sottoposto a tre prove successive, dopo ciascuna un voto, da uno a dieci. Alla fine, somma e classifica. I numeri non mentivano mai.

La prima prova, conoscenza della teoria musicale, consisteva in un solfeggio.

Nessuno la superò.

Uno solo, tal Ermete Schiocchi, la prima sera si mise a benedire l'aria tentando di imitare il gesto di chi solfeggia. Con somma ironia il maestro Geminazzi lo interruppe, svillaneggiandolo. Non gli concesse il beneficio delle altre due prove. Lo indicò ai presenti.

«Falso e ingannatore!» disse.

Soggetti siffatti erano attratti dal fascino della banda, la possibilità di indossare una divisa li esaltava. Della musica però non gliene fregava niente. Capaci di fingere di suonare. Via, quindi, entrasse in una filodrammatica.

Il fatto che tutti gli altri, davanti all'invito a solfeggiare, avessero opposto espressioni ovine, non scoraggiò per niente il Geminazzi. In fondo se lo aspettava. I suonatori da osteria, i fisarmonicisti da matrimonio o da santo patrono, suonavano a orecchio, mai visto un pentagramma. Però, se l'orecchio c'era, andava tenuto in conto.

La seconda prova era pratica, con lo strumento che l'aspirante dichiarava di saper suonare.

Il risultato non fu male, soprattutto durante la seconda sera. In quella occasione il Geminazzi isolò dieci elementi: cinque fisarmoniche, due armoniche a bocca, un'ocarina, uno che dichiarò di saper suonare il violino e infine un altro che sorprendentemente ammise di poter suonare qualunque strumento, scegliesse lui, il maestro, quale.

A quelle ultime due dichiarazioni Onorato Geminazzi reagì con olimpica calma. Sorrise davanti a entrambi i dichiaranti.

Dov'era il violino?, chiese al primo.

Non l'aveva portato, fu la risposta. Ma lo sapeva suonare davvero, aggiunse. Suo nonno, di origini ungheresi, aveva campato la vita al seguito di un circo pizzicando il violino per far ballare una coppia di orsi. Lo strumento che lui suonava era ancora quello, la scuola gliel'aveva fatta il nonno, non aveva mai visto una pagina di musica scritta ma tra mazurchette e polke sapeva giostrarsi meglio degli orsi che il nonno un tempo aveva fatto ballare.

Il Geminazzi lo ascoltò fino alla fine. Poi emise la sentenza. Non metteva in dubbio il resoconto della sua abilità ma il Dio Creatore gli aveva dato orecchie per sentire. Quindi tornasse la sera seguente. E con lo strumento, se non gli dispiaceva.

All'altro dedicò un sorriso a tutti denti. Come, appunto, erano tutti gli strumenti che aveva dichiarato di saper suonare. Quello, compìto, innanzitutto dichiarò nome e cognome.

«Aurelio Rivacanati, da Perledo.»
Campione di chioccolo, aggiunse.
Varrebbe a dire?, chiese il Geminazzi.
«Chioccolo», spiegò il Rivacanati, «è il richiamo caratteristico del merlo e del fringuello. Volendo si può estendere il concetto, così come il richiamo, ad altre specie, che so, il tordo per esempio o il beccofrosone.»
Anche al verdone, al montanello o a quello che, in dialetto, era chiamato gemone.
«Va bene», lo interruppe il Geminazzi, «ma cosa c'entra con quello che stiamo facendo adesso?»
«C'entra», rispose il Rivacanati.
Fin da piccolo, otto-nove anni, aveva scoperto di essere un imbattibile imitatore del canto degli uccelli, tanto che quando il periodo del passo era al suo massimo i cacciatori dei dintorni se lo contendevano come se fosse all'asta. Lui non s'era limitato a godere della virtù che madre natura gli aveva regalato. L'aveva, come dire, coltivata, migliorata, portata a un ulteriore livello. Aveva cominciato, attorno ai quindici anni, a industriarsi per cercare di imitare ogni suono che albergasse sotto la cupola dell'universo mondo. E, piano piano, aveva messo assieme un campionario dei suoni più diversi. Cascate che scrosciavano, motori che rombavano, gabbiani che garrivano e anche strumenti che suonavano.
Voleva, il maestro, sentire come imitava una fisarmonica?
Eccola!
Se no, un clarino?
Pronto, servito!
Oppure preferiva un bombardino?
Stordito e sbalordito, il Geminazzi lo fermò.
«Basta così», disse, pensando che aveva per le mani un fenomeno. Da disciplinare, certo, mettendolo in riga con uno strumento in mano. Mortal peccato lasciarlo andare via.
«Acquisito», sentenziò quindi.
E pace per il violino che, la sera seguente, in occasione

dell'ultima delle selezioni, intervenne con tanto di strumento.

Suonare non gli era estraneo. Ma il giovanotto, Genesio Venini come si presentò, sbagliò la mossa. Cioè la canzone. Infatti, per dimostrare la propria abilità dichiarò che avrebbe suonato la prima cosa che il nonno gli aveva insegnato, l'*Internazionale*. Il Geminazzi, che non era alieno al fascino della melodia del noto inno, lo lasciò proseguire sino al momento in cui, guidata dal Guzzìn, la voce di un mezzo coro cominciò a salire dal gruppo degli esaminandi. Allora il maestro interruppe immediatamente l'esecuzione, cacciò come elemento indesiderato il violinista, dopodiché proseguì nella selezione.

Dalla terza delle prove che aveva stabilito ricavò altri otto elementi. Prova di canto, per capire chi fosse intonato. Non diede un tema, lasciò ampia libertà di scelta, cantassero quello che preferivano. Ascoltò impassibile *Nessun dorma* e *La canzone della Grigna*, *Amami Alfredo* e *La canzone del magnano*. Trasse complessivamente impressioni positive. I soggetti che gli erano sfilati sotto gli occhi erano tutti discretamente intonati: gretti, usavano le corde vocali come se volessero romperle, ma in ciascuno di loro c'erano delle potenzialità. Si trovò quindi nella condizione di doverne scartare, pur con dispiacere, alcuni.

Bocciò, per esempio, tal Clemente Denti da Fiumelatte, un omone grande e grosso dotato di una singolare voce bianca che gli aveva cantato l'*Ave Maria* di Schubert e che, alla comunicazione del Geminazzi, non riuscì a trattenere le lacrime. Così pure ringraziò e dismise Emanuense Ottomani subito dopo averlo reclutato, quando costui disse che non voleva suonare altro strumento che la chitarra.

«In una banda?» ribatté il Geminazzi.

«Cosa c'è di male?» fece l'Ottomani.

«Via!» reagì il maestro, e passò a un altro.

A malincuore dovette rinunciare all'opera di Domenico Sbertola poiché ne aveva scartato il fratello gemello Amedeo. Il Domenico gli spiegò che dove andava l'uno doveva necessariamente andare anche l'altro, questione di carattere e natura: si figurasse il signor maestro che anche per i bisogni più elementari loro due avvertivano lo stimolo contemporaneamente. E allontanò, sbertucciandola, tale Anita Malinpasti, una tipa mascolina che aveva tentato di ingannarlo tagliandosi i capelli e lasciandosi crescere i baffi: per quanto fosse tutt'altro che desiderabile (era piatta come un asse, aveva i denti gialli di fumo e beveva pure), il Geminazzi affermò che una donna all'interno di un complesso maschile avrebbe prima o poi creato qualche guaio. Infine scartò coloro che venivano da troppo lontano. La sua banda avrebbe dovuto essere un manipolo di arditi da convocare e avere a disposizione nel giro di una, due ore al massimo.

La mattina successiva alla terza sera di selezione, nel suo ufficio di capocontabile, il Geminazzi stilò l'elenco di coloro che avevano superato le prove e guardò soddisfatto quella formazione che, unita ai sette della fanfaretta, costituiva il materiale umano da cui avrebbe distillato dei musicisti.

Del fatto rese conto anche il Crispini con una breve nota sul «Gagliardetto», sottolineando che l'indomito spirito del maestro Geminazzi, forgiato da ben altre battaglie, si preparava a dotare la città di Bellano di un Corpo Musicale come mai prima d'ora s'era visto sulla sponda orientale del lago di Como.

Per parte sua il maestro Geminazzi volle riunire i selezionati nella fatiscente sede la sera del 23 dicembre, per fare a tutti gli auguri di Natale e nel contempo tenere un breve discorso in cui li avvisò del duro impegno che li attendeva tutti, lui compreso, a partire dal 27 dicembre, data in cui aveva deciso di avviare ufficialmente la scuola: due giorni alla settimana, lunedì e giovedì, scuola di musica per gli allievi esperti; tre giorni invece, martedì, mercoledì e venerdì, per i neofiti. La comunicazione sollevò esclamazioni di stupita incredulità, cui il Geminazzi rispose con un ghignetto.

«La musica vuole dedizione assoluta», disse. Chi non si fosse ficcato in testa il concetto non sarebbe mai divenuto buon musicista. Citò bande che erano diventate famose grazie allo spirito di sacrificio dei loro componenti e a titolo d'esempio raccontò la vicenda di un suo zio, clarino nella banda di San Felice del Benaco, che nel 1921, a Vestone, in occasione dell'inaugurazione del monumento ai Caduti, presente il ministro della Guerra, aveva vinto il primo premio, superando la banda di Lodrino e quella di Leno.

La vittoria non era maturata per caso.

I sessanta elementi della banda, tanti ne contava il complesso musicale di San Felice, avevano provato per ben quaranta sere consecutive.

Il giorno dell'esibizione vennero ricompensati: non solo dalla vittoria finale, ma anche dal concorso straordinario del pubblico che, non trovando più posto nella piazza, andò a sistemarsi sui tetti delle case circostanti.

«Io c'ero», affermò il maestro Geminazzi.

Quel ricordo lontano era, per lui, l'immagine del successo. A quella meta mirava.

«A quella meta dobbiamo mirare noi tutti, insieme», proclamò in conclusione, dopodiché rinnovò gli auguri e diede il permesso di stappare le bottiglie. Fu in quell'istante che il suonatore di trombone gli fece un cenno. Il Geminazzi comprese.

«Nasazzi», disse.

Pure l'Evelindo capì.

A capo chino e accompagnato dal suonatore di trombone, uscì dal locale, inforcò la bicicletta e sparì malinconicamente nella notte mentre gli altri cominciavano a brindare.

107.

Nonostante il personale amministrativo e dirigente fosse stato esentato dall'obbligo di presentarsi al lavoro, essendo la vigilia di Natale, il Geminazzi ci andò ugualmente. Aveva bisogno di calma e solitudine per definire il programma della scuola di musica e a casa sua gli sembrava di stare in un serraglio. Tra i figli, eccitati dall'arrivo delle festività e in perenne movimento attorno al presepe, e la moglie che trascinava sé stessa e l'enorme pancione di stanza in stanza gemendo sbuffando e invocando dall'alto dei cieli la grazia di un parto anticipato, lui non avrebbe trovato la concentrazione necessaria. Trascorse la mattina compilando un elenco di marce da insegnare agli allievi esperti della fanfara. Dopo pranzo, invece, si dedicò alla compilazione di una sorta di manualetto di solfeggio, con tanto di esercizi, che avrebbe costituito la base di partenza per avviare i neofiti. Verso le quattro del pomeriggio, soddisfatto, decise di andare a casa: anche la famiglia reclamava i suoi diritti. Chiuse le sue carte in un cassetto e uscì dopo aver augurato al custode buon Natale. Era già buio, l'aria non era nitida per via di una sorta di nebbia, un vapore che ovattava il rumore dei passi e rendeva indistinti i profili delle cose ma creava anche una bella atmosfera: magica, natalizia appunto. Il Geminazzi inspirò profondamente, l'animo leggero: la soddisfazione per il lavoro fatto e la prospettiva della notte di Natale gli infusero allegria. Si incamminò di buon passo, canticchiando tra sé un motivo natalizio sin quando, ormai prossimo al centro del paese, si accorse improvvisamente che quello stesso motivo echeggiava sotto la volta scura del cielo.

L'allegria, la leggerezza che l'avevano accompagnato svanirono d'un colpo.

Al passo da diporto che aveva adottato sino a quel momento sostituì quello da parata e partì in tromba.

108.

Li beccò quando stavano uscendo dall'osteria della Lena.

Il Pianìn, con il trombone, davanti ad aprire la fila, subito dietro il Zacca con la cornetta all'ascella, poi il Leoni col basso che guardava in terra. A chiudere, l'Evangelio Bordini con il clarino infilato tra le gambe che camminava come se avesse un tappo nel culo.

Erano allegri, non doveva essere la prima osteria che visitavano. Lo salutarono con enfasi, troppa. Il Geminazzi li squadrò per un po', cercando le parole giuste per esprimere tutta la sua disapprovazione.

«Mi meraviglio!» disse infine.

«Di cosa?» chiese il suonatore di trombone.

Di vederli lì, in giro per il paese, a suonare, belli allegri? Ma era tradizione!

Era tradizione, spiegò, che la sera della vigilia di Natale i suonatori della fanfaretta girassero per vie e contrade visitando i locali pubblici e, perché no?, anche qualche abitazione privata per offrire, suonando un inno, i propri auguri. Se poi ci scappava qualche mancia, che andava nelle casse della stessa fanfaretta, o qualche bicchiere di vino che finiva invece subito nello stomaco dei suonatori, tanto meglio, tanto di guadagnato.

In fin dei conti era una giornata di festa!

«Rovinata!» mormorò il Geminazzi.

Rientrò in casa cupo, immusonito: l'immagine dei suoi

musicanti che si offrivano a quei bassi divertimenti, passando da un'osteria all'altra, tra le risate e gli inviti degli ubriachi, lo umiliava. Non diede spiegazioni di sorta alla moglie per quell'espressione rincagnata. Riuscì appena a dare retta ai figli. Cenò e poi si infilò sotto le lenzuola.

Provvedimenti, bisognava assolutamente prenderne!

Dalla cucina, la caciara dei figli non aveva cedimenti.

Ne avrebbe presi, l'avrebbe fatto, quanto prima.

109.

Più o meno alla stessa ora in cui il Geminazzi, immusonito, si infilava sotto le coperte, l'Evelindo Nasazzi rientrava in casa: e bello allegro, bianco e rosso, gli occhi lustri.

Aveva passato gran parte di quel pomeriggio di franchigia ciondolando per casa, con la segreta speranza che la Noemi gli allungasse una mancia natalizia con la quale festeggiare alla sua maniera.

Invece, porco demonio, niente!

Attorno alle sei aveva una sete becca. Sete di vino.

Il secco della gola gli aveva ricordato le vigilie degli anni precedenti, quelle dei bei tempi della sua prima moglie, quando tornava a casa camminando come un gatto e miagolando pure, visto che non gli riusciva di esprimere altro che versi.

Allora aveva detto: «Esco, faccio due passi!».

La Noemi l'aveva lasciato andare, ben felice di toglierselo dai piedi: le davano fastidio gli uomini che gironzolavano troppo per la cucina. Tranquilla, oltretutto, poiché sapeva che non aveva in tasca nemmeno una lira.

Di fare due passi a cazzo il Nasazzi non aveva nessuna intenzione.

Aveva giusto moltiplicato per quattro, tanti gliene erano bastati per portarlo all'osteria dove, pensava, si sarebbe consolato guardando gli altri, i soci, i compari, che si attaccavano beatamente ai mezzi di vino, e buon pro.

Invece, quando s'era trovato all'interno del locale aveva avuto un'emozione, quasi una commozione. E nel momento in cui l'avevano invitato a unirsi al circolo delle gole secche, il desiderio l'aveva sopraffatto.

Quando era venuto il suo turno di pagare il giro s'era sentito perduto. Messa una mano in tasca, allora, aveva bofonchiato la scusa di aver dimenticato il portafoglio. Ma l'oste Bormida, che pure lui stava viaggiando verso un bel livello, lo aveva immediatamente soccorso: «Lascia stare che segno».

Da quel momento in avanti il Lindo non aveva avuto più pensieri.

Alla Noemi invece erano venuti quando se lo trovò davanti: non ubriaco da non stare in piedi, ma bello arzillo come da tempo non lo vedeva. Complimentoso, auguri, auguri, auguri...

Che avesse scoperto il nascondiglio dove lei teneva i soldi?

Impossibile, non gli permetteva di metterle le mani addosso da più di un mese!

Il Lindo già dormiva beato, avvolto in una graveolente nube di vino, quando la Noemi si acquietò.

Era Natale, in fin dei conti.

Poteva essere che quel pomeriggio suo marito avesse incontrato amici particolarmente generosi.

Però anche la mattina di Natale il Lindo tornò a casa discretamente macerato.

Forse era scoppiata un'epidemia di generosità?

Poiché anche a Santo Stefano il Lindo storpiava le parole, Noemi abbandonò i sospetti e si diede alla certezza del mistero.

110.

La sera del 27 dicembre il maestro Geminazzi uscì di casa per tempo. Non erano ancora le sette e trenta, nell'aria un poco torbida c'erano odori di camini. Udì sulla soglia un rutto, lontano. Un diesis. Poi si incamminò al ritmo dei suoi tacchi, ta pim ta pim.

Aveva convocato tutti i musicanti per le otto e trenta. Nessuna attività didattica, però. Come se stesse aprendo un anno accademico, il Geminazzi aveva intenzione di illustrare programmi, comunicare orari e giorni di lezione, secondo un calendario scritto che aveva appositamente predisposto.

Allo scopo di rendere ancora più ufficiale il tono della serata, aveva invitato il maestro Crispini dicendogli che avrebbe assistito al primo vagito del costituendo Corpo Musicale Bellanese, con la possibilità quindi di darne conto sul giornale.

Il giornalista giunse poco dopo. Sapeva di umidità e minestrone.

Dieci minuti più tardi fece la sua comparsa il maresciallo Giunti. Bussò alla porta, cacciò dentro la testa, chiese permesso, entrò.

Il maestro Geminazzi stava illustrando al Crispini come avrebbe plasmato il Corpo Musicale. Alla vista della divisa si zittì, sbiancò. Il ricordo della disavventura era ancora fresco come una rosa.

«Disturbo?» chiese il maresciallo.

Non solo. Spaventava anche. Tuttavia il Geminazzi sapeva controllarsi.

«Per niente», rispose.

Seguì il silenzio.

Il maresciallo pendolò con lo sguardo dal ragioniere al Crispini. Poi ruppe gli indugi.

«Ho bisogno di parlarvi», disse al maestro.

«Dite», fece costui.

Ma il maresciallo non disse nulla. Guardò il giornalista. Poiché però nessuno dei due capiva, si trovò costretto a chiarire: «In privato».

Il Geminazzi comprese, guardò il Crispini.

«Ci scusate?»

Il Crispini fece cenno di sì.

«Posso aspettare fuori?» chiese.

«Se credete...» rispose il maresciallo.

Poi aspettò che il giornalista si chiudesse la porta alle spalle.

«Do noia se fumo?» chiese prendendo dalla tasca della giacca un pacchetto di Serraglio.

«Fate pure.»

Il carabiniere accese, aspirò, sbuffò il fumo.

«Dunque...» esordì infine, cominciando a spiegare il motivo della sua presenza.

111.

Dopo il sequestro degli strumenti della fanfara cattolica, il parroco di Villatico aveva lanciato tuoni e fulmini dal pulpito, ma non gli era bastato. Aveva voluto consultare un avvocato per capire se ci fosse possibilità di adire le vie legali e denunciare il sopruso alle autorità competenti.

L'avvocato, studiata la faccenda, aveva emesso il proprio parere. Per esserci, la possibilità c'era. Ma valeva ancora, anzi, sempre di più, ciò che un magistrato, il 5 gennaio dell'anno precedente, aveva affermato all'inaugurazione dell'anno giudiziario.

Cioè che la giustizia «non va intesa come un concetto assoluto bensì deve essere posta in relazione con la realtà politica del momento».

Ora, aveva detto il legale, la realtà politica del momento era quella che era. Coloro che avevano operato il sequestro avevano le spalle ben protette.

Nonostante ciò, nulla vietava di produrre una formale denuncia: con il rischio, però, di vederla finire in niente ed esporre invece parroco, parrocchia e parrocchiani a nuove violenze, soprusi e ritorsioni.

«Del parroco, il parroco se ne frega», era stata l'irridente risposta del sacerdote.

Ma l'accenno ai parrocchiani e alla parrocchia l'aveva fatto riflettere: così, a malincuore, aveva deciso di lasciar perdere la faccenda.

Che peraltro non era finita lì.

Perché, tra gli strumenti sequestrati dalla squadraccia, uno non era di proprietà della parrocchia di Villatico.

Era un clarino.

Apparteneva, di fatto, a Giandomenico Sgarza, notaio a riposo da un pezzo visto che aveva novantotto anni. Lo Sgarza aveva prestato lo strumento al figlio di Colomba Ridonati, la donna che badava a lui e alla sua immensa casa, quando questa gli aveva raccontato della passione del ragazzo per la musica e dell'impossibilità di acquistargli uno strumento.

«Se lo volete, da qualche parte devo avere un clarino», aveva detto il notaio, spiegando che anche lui, da giovane, s'era sentito musicista e aveva tentato di suonare.

La Colomba aveva ringraziato e il figlio, clarino in mano, era entrato a far parte della fanfara di Villatico.

Dopo l'irruzione e il furto, il parroco era andato a visitare il vecchio notaio per spiegargli come mai probabilmente non avrebbe mai più rivisto il suo clarino.

Che me ne cale a me, era sbottato lo Sgarza, della realtà politica del momento!

Era un vecchio liberale, massone e ateo: non tollerava abusi di sorta, men che meno da quella gentaglia in camicia nera.

«Il clarino è mio e lo rivoglio!» aveva dichiarato.

D'altronde, cosa avrebbero potuto fargli?

Ricinarlo?

Che si accomodassero!

Era stitico, da qualche parte in casa aveva ancora una vecchia doppietta a cani esterni che da troppo tempo non sparava più: sarebbe stata l'occasione per vedere se aveva ancora la buona mira di una volta. Non aveva perso tempo: congedato il sacerdote, aveva fatto la sua denuncia mettendo il maresciallo di Colico, Giacomo Chenzi, nelle pettole.

Non che il Chenzi stesse dalla parte di quei quattro

prepotenti. Condivideva piuttosto le stesse preoccupazioni che avevano dissuaso il parroco dall'agire.

L'indagine in sé non avrebbe presentato alcuna difficoltà: sapeva perfettamente – tutti in paese lo sapevano – come s'erano svolti i fatti, mettere le mani sugli esecutori del sequestro sarebbe stato facile come bere un bicchier d'acqua.

Ma poi?

Cosa sarebbe calato dalle alte sfere su di lui e sulla sua famiglia?

Cristo, non voleva mica finire in qualche contrada ai confini con l'Africa, ipotesi tutt'altro che fantasiosa visto che c'era di mezzo anche un segretario di Partito!

Il maresciallo Giacomo Chenzi non aveva dormito sonni particolarmente tranquilli sino a che non aveva deciso come agire.

Con giudizio.

In fin dei conti la denuncia riguardava la sparizione di un solo strumento e non di tutta la batteria che era stata della fanfara cattolica.

Era andato direttamente alla fonte, dal segretario Sparaventi. Confidenzialmente gli aveva detto che «...dei famosi strumenti...» gliene interessava uno solo.

Quali strumenti?, aveva ribattuto quello.

'Tanaeva, gli avrebbe spaccato la faccia, pezzo di merda!

Invece gli era toccato abbozzare.

«È un clarino», e poi s'era zittito.

Quel mezzo coglione capiva che non stava giocando?

Il segretario aveva capito, la faccia del carabiniere aveva parlato più chiaro delle sue labbra: meglio non tirare troppo la corda, aveva pensato.

«Sono emigrati», aveva risposto.

E subito, senza bisogno di altre domande, aveva chiarito come, dove, quando e perché.

Il Chenzi non aveva mosso un muscolo di fronte al coglione. Ma poco dopo, ritornando verso la caserma, s'era fregato le mani: cazzi del collega di Bellano! Al quale aveva immediatamente recapitato una relazione, con la preghiera di indagare a sua volta circa la fine che aveva fatto il clarino.

Il Giunti, pur chiedendosi come mai l'interesse del collega fosse rivolto a un solo strumento tra i sette che erano stati sequestrati, aveva contattato il segretario Attilio Bongioanni e gli aveva fatto presente che, ovunque fosse finito il clarino, il detentore era passibile di denuncia per ricettazione.

Quando il Bongioanni gli aveva rivelato dove fosse lo strumento incriminato, al Giunti era venuta scura la vista.

Ancora il Geminazzi?

Ma cos'era quell'uomo, un parafulmine per tutti i guai del mondo?

In tutta onestà, non se l'era sentita di farlo finire ancora, e a così breve distanza di tempo, in un nuovo pasticcio senza che ne avesse colpa alcuna.

A tutto c'era un limite, anche all'ingiustizia e alla sfortuna. E con il Chenzi aveva elaborato un piano: spacciare all'ex notaio la bugia secondo la quale, durante un sopralluogo presso la sala parrocchiale conseguito al suo esposto, lo strumento oggetto della denuncia era stato ritrovato.

Stando così le cose, la denuncia non aveva più alcun motivo di essere.

Ma 'sto cazzo di clarino doveva saltar fuori!

E se quegli strumenti li aveva in custodia il Geminazzi, era a lui che bisognava andarlo a chiedere.

Il maresciallo maggiore Giunti aveva scartato l'idea di convocare il Geminazzi in caserma, per non esporlo a nuove occhiate curiose; o di andarlo a trovare sul posto di lavoro, per non eccitare nuovi pettegolezzi; o di andare a casa sua, per non spaventare la signora incinta e gli impressionabili frugoletti.

Era rimasta, ultima ipotesi, quella di andarlo a cercare nella sala prove del costituendo Corpo Musicale.

Così aveva fatto.

Aveva sbagliato, è vero, ma lo capiva solo adesso! Perché, perlamadonna!, come poteva sapere che gli strumenti sequestrati alla fanfara di Colico, compreso il clarino, erano per il momento conservati in casa dello stesso Geminazzi?

Verso la quale, non senza dispiacere, quella sera il maresciallo Giunti seguì il maestro.

112.

Alle otto e trenta circa, ventitré musicanti più il Crispini erano ancora in ordinata quanto perplessa attesa degli eventi, e sempre fuori dalla porta. Dieci minuti dopo l'intero costituendo complesso bandistico si completò con l'arrivo dell'Evelindo Nasazzi da Dervio.

Finalmente la porta del locale si aprì per inquadrare la nera figura del maresciallo Giunti, il quale parlò.

Lo fece al posto del Geminazzi, dietro una precisa richiesta del maestro stesso: desse lui, alla folla dei musicanti, l'annuncio.

«È meglio se per questa sera tornate alle vostre case», comunicò il maresciallo.

Si aspettava domande o proteste. Nessuno fiatò. Solo il Crispini osò, per dovere professionale, avanzare una richiesta.

«Posso sapere cos'è successo, signor maresciallo?»

«No», rispose il Giunti.

Dovevano sapere tutti, aggiunse, che gravi motivi imponevano di rinviare la riunione di quella sera a data da destinarsi, della qual cosa si scusava a nome del maestro Geminazzi.

Alla menzione di gravi motivi, il muso di Fiorentino Crispini si allungò.

«Gravi motivi?» fece.

Il Giunti però aveva già chiuso la porta in faccia alla domanda. Tornato dentro, si accese un'altra sigaretta e tranquillizzò il maestro.

«Non ho nessuna fretta», disse.

Il Geminazzi infatti gli aveva chiesto di lasciar correre una mezz'ora prima di uscire, in modo che i suoi musicisti defluissero, tornando verso le proprie case.

Quando i due, ormai verso le nove e trenta, rimisero il naso fuori dalla porta, il mondo sembrava un buco nero, tanto che entrambi mossero i primi passi con cautela, come se temessero di sprofondare in un non so dove.

Il mondo invece era sempre quello. Compreso il Crispini che, riscaldato dal sacro fuoco del cronista, aveva finto di partire insieme con il resto dei musicanti ma, dopo aver fatto un giro dell'oca per le contrade, era ritornato sui suoi passi e si era appostato nel giardinetto del palazzo scolastico: da lì, nascosto dietro il muretto di cinta, aveva avuto la possibilità di tenere d'occhio la porta della sala prove senza essere visto.

Li vide uscire.

Davanti il Geminazzi, le mani dietro la schiena che, per via del buio e della distanza, sembravano legate. Dietro il maresciallo, un'ombra lunga, la brace di una sigaretta in bocca.

Il Crispini prese mentalmente nota di quell'atmosfera a tinte fosche, da delitto celebre.

Si sentiva vicino a una scoperta, a un articolo che avrebbe fatto epoca.

Invece, grazie a una serie di coincidenze per lui sfortunata, non scoprì niente di niente. Tranne, la mattina successiva, di essersi beccato un raffreddore.

113.

Estenuata Geminazzi mica s'aspettava che suo marito tornasse a casa così presto. Lui stesso le aveva raccomandato di non starlo ad aspettare: era una serata speciale, avrebbe potuto fare tardi, anche molto tardi.

Quando se lo vide davanti, avvertì un primo violento colpo al basso ventre. Ma quando, dietro di lui, vide emergere dal buio la sagoma del maresciallo Giunti, comprese che il momento era arrivato. Con le due mani intrecciate si afferrò al pancione e annunciò: «Ci siamo!».

Fu il maresciallo il primo a capire cosa intendesse. Il Geminazzi invece era ancora disorientato, non riusciva a schiodarsi dalla soglia, incastrato tra il maresciallo e la moglie che continuava a ripetere: «Chiamate la levatrice!».

«Vado io», si offrì il maresciallo.

Partì di scatto e uscì di corsa, sotto lo sguardo del Crispini che, al subitaneo riapparire del Giunti, vide infittirsi ancora di più il mistero. Non passò un quarto d'ora che il maresciallo fu di ritorno. In compagnia. Ma senza rinforzi, a differenza di quanto il Crispini s'era immaginato: con lui c'era invece la levatrice Eva Zingonia.

Su, nell'appartamento dei Geminazzi, era nel frattempo scoppiato il caos. Le grida di Estenuata avevano svegliato l'intera famiglia, ma non solo. Anche Armellina Banchieri era accorsa e grazie a lei, quando la levatrice entrò in casa, l'acqua già bolliva e asciugamani puliti erano pronti al capezzale della partoriente.

Al tocco delle dieci e trenta Estenuata Geminazzi partorì un maschietto. Ma non era ancora finita. La Zingonia ordinò nuova acqua. Un altro, infatti, premeva per uscire.

«Femmina!» gridò un quarto d'ora dopo.

Per tutto quel tempo il Geminazzi era rimasto seduto in cucina, di fronte al maresciallo. Aveva accolto la notizia del maschio chinandosi in avanti e restando in quella posizione fino a quando arrivò quella della femmina: allora si raddrizzò con un movimento elettrico, come se gli avessero dato un calcio nel culo.

«Complimenti», fece il maresciallo.

Il Geminazzi sorrise ma non sapeva nemmeno lui se essere felice o preoccupato: con i due neonati, erano sette.

Il resto della figliolanza era in camera di Estenuata, riunito intorno alla coppia dei gemellini. Il maresciallo approfittò della quiete ritrovata.

«Se non vi spiace, adesso», disse, «datemi 'sto clarino e chiudiamo la faccenda.»

Poco dopo il Crispini lo vide uscire da casa Geminazzi. Stringeva lo strumento in una mano. Non osò farglisi incontro, chiedere spiegazioni. Osò mezz'ora dopo con la levatrice, con la quale aveva una certa confidenza. La Zingonia gli raccontò del parto gemellare.

Ma cosa c'entrava il maresciallo dei carabinieri?, chiese il Crispini.

Cosa ne sapeva lei?, fu la risposta.

Ma non aveva notato niente di strano, insisté il giornalista, niente di particolare, oppure sentito qualcosa...

Ma cosa voleva che avesse notato, sbottò la levatrice. Lei aveva avuto il suo bel daffare con un parto non certo dei più semplici.

«Perché non lo chiedete al maresciallo cos'era lì a fare?»

Già, pensò il Crispini, e quello glielo avrebbe spiegato immediatamente!

«Va bene», disse.

E addio mistero!

Due giorni dopo sul «Gagliardetto» compariva un articoletto in cui il Crispini dava conto del lieto evento che aveva portato nuova felicità in casa Geminazzi e in virtù del quale l'inizio delle lezioni di musica per il costituendo Corpo Musicale Bellanese era stato rinviato di qualche giorno.

114.

D'accordo che i neonati piangono, non avendo altro sistema per farsi notare...

Ma era normale che i due nuovi arruolati nel battaglione Geminazzi non concedessero un istante di requie?

Onorato Geminazzi, onde stabilizzare la nuova condizione domestica, aveva spostato la prima vera lezione di musica al 3 gennaio. Aveva fatto però il conto di continuare a lavorare in casa sino ad allora: preparare esercizi, spartiti, adattamenti.

Impossibile.

Al normale trambusto generato dai cinque figli s'era aggiunto quello dei due neonati.

Un frignare continuo, giorno e notte. E diabolicamente calcolato. Perché quando il maschietto dava segni di stanchezza, la femminuccia si incaricava di prenderne il posto. E viceversa.

La mattina del 29 dicembre il maestro Geminazzi, non potendone più, decise di affrontare la questione con la moglie.

Chissà, forse era opportuno consultare il dottore, ascoltarne i consigli...

Per tutta risposta Estenuata lo guardò, sbarrò gli occhi e scoppiò in lacrime.

Pure lei!, pensò Onorato.

«Cosa c'è?» chiese. Non gli sembrava di aver detto cose sconvolgenti!

Niente, rispose la donna tra un singhiozzo e l'altro.
Ma come, niente!
Estenuata si coprì il viso con le mani.
Niente, niente...
Piangeva tanto copiosamente che le si era formato un rivoletto di lacrime che colava dal mento.
Il Geminazzi era basito. Al punto che cominciò ad avvertire un inspiegabile sentimento di colpa. Forse, preso com'era dal ruolo di fondatore della banda, aveva tralasciato, trascurato, dimenticato...
«Io...» disse.
Ma la donna non lo lasciò continuare. Scossa dai singhiozzi lo piantò lì, in camera da letto, e si rifugiò nel bagno, chiudendo a chiave la porta.
Serviva aiuto, rifletté il Geminazzi.
Aiuto femminile.
Come la sera in cui aveva partorito.

115.

Armellina Banchieri riuscì a farsi aprire la porta del bagno solo a patto che ad attenderla fuori non ci fosse altri che lei. Nessuno della famiglia doveva vederla.

Il Geminazzi radunò la truppa in cucina.

«Cos'ha la mamma?» chiesero i bambini.

«È solamente un po' stanca», rispose evasivo.

Ma avrebbe voluto dire che lo sapeva il Signore cosa diavolo stesse passando nella testa di sua moglie.

E lo sapeva, il Signore.

Condivideva quel segreto con pochi altri.

«Ed è una storia che non deve uscire da queste mura», disse Estenuata Geminazzi a suo marito un'oretta più tardi.

Era ancora stravolta in viso per il pianto dirotto di poco prima. Ma serena nell'animo, tranquilla.

Onorato continuava a non capire un accidente. Una cosa, però, la colse al volo. Nel rumoroso panorama acustico di casa sua mancavano le frigna dei gemellini.

Estenuata sorrise.

I gemellini non frignavano più. E nemmeno lei. Loro perché non avevano più fame. Lei, invece, perché aveva risolto il suo problema.

Insomma, con tutto quello che era successo, suo marito in galera, i carabinieri in casa, tutto quel via vai di persone, e poi il parto improvviso e la sorpresa dei gemelli... spaventi e sorprese una dietro l'altra!

«E be'?» fece Onorato.

«Mi sono asciugata!» rivelò Estenuata.

Le era andato via il latte, in parole povere. Sparito.

Per un paio di giorni aveva sperato che fosse una cosa passeggera. I gemellini avevano tirato come matti, suggendo però solo qualche povera goccia di latte, insufficiente a placarne la fame. E a lei era caduta addosso una sorta di malinconia. S'era sentita improvvisamente inutile. Per questo era scoppiata a piangere quando lui aveva messo il dito nella piaga.

Il Geminazzi sorrise, cominciava a capire.

Ma adesso, chiese, il latte è tornato?

Insomma, come mai i due non frignavano più?

«Qui sta il punto», rispose Estenuata.

A lui non poteva fare a meno di dirlo. Ma era cosa che, come aveva già detto, doveva restare segreta, protetta dalle mura di quella casa.

«I tuoi figli li allatterà lei.»

«Lei, chi?» chiese Onorato.

Lei.

Armellina Banchieri.

«Ma allora...» sbottò il Geminazzi.

«Sssh!» fece estenuata portandosi l'indice al naso.

116.

La sera del 3 gennaio 1929 i musicanti erano tutti presenti.

«Quasi tutti», fece notare la guardia Pianìn.

Ne mancava uno.

«Chi?» chiese il maestro Geminazzi.

Il Nasazzi.

Ma poteva essere anche solo in ritardo, chissà, magari aveva bucato. Prima di darlo per assente, conveniva aspettare ancora un quarto d'ora.

Aspettarono. Gli allievi chiacchieravano tra di loro, il maestro Geminazzi ripassava mentalmente il «Decalogo del musicante» che aveva stilato a beneficio dei suoi discepoli e che al punto quattro recitava: «Sii puntuale».

117.

Rabbia?

Curiosità?

A volte prevaleva l'una, a volte l'altra: la Noemi non avrebbe saputo dire quale più dell'altra.

Sta di fatto che avrebbe pagato pur di sapere come aveva fatto suo marito a finanziarsi le mezze sbronze prese durante i giorni di festa appena passati.

In ogni caso, notò la sera del 3 gennaio quando il Lindo tornò a casa dal lavoro, qualunque fosse stato il sistema aveva smesso di funzionare. Perché, contrariamente alle sere precedenti, il Lindo era rientrato con il muso, senza nessuna voglia di conversare e soprattutto senza gli occhietti lustri lustri e l'alito vinoso che in un battibaleno riempiva l'aria della cucina.

Fu nel momento in cui, bombardino in spalla, il Nasazzi si preparava a uscire che l'oste Bormida si presentò alla porta di casa dicendo: «Un momento», e con un colpo di pancia respinse il musicante nella cucina.

«Cosa c'è?» sbottò la Noemi, già pronta all'attacco.

«C'è che non sono stupido», rispose l'oste. «Anche se magari qualcuno crede di sì.»

E diede un'eloquente occhiata al Nasazzi, che sin dalla comparsa del Bormida aveva compreso di trovarsi in un grosso pasticcio.

Dopo la sera della vigilia di Natale, durante la quale l'oste s'era generosamente offerto di segnargli il debito, l'Evelindo non s'era mica fermato. Raccontando che in casa aveva avuto spese straordinarie, aveva chiesto al Bormida di continuare a segnare per qualche giorno, sino a che non avesse ricevuto la quindicina.

L'oste non aveva avuto niente da obiettare. In fin dei conti si trattava di aspettare solo qualche giorno.

Ma, arrivato e passato il giorno di paga, il Nasazzi non s'era più fatto vedere.

Non solo.

L'oste l'aveva curato. E l'aveva visto scantonare quando arrivava nei paraggi della sua osteria.

Se il Lindo, spiegò il Bormida all'esterrefatta Noemi, gli avesse chiesto di portare pazienza ancora per un po', lui avrebbe accettato. Ma quel comportamento da re dei furbi gli aveva fatto girare le balle.

«Così mi sono preso la briga di portargli il conto a domicilio. E insieme con il conto la preghiera di non farsi mai più vedere nel mio locale.»

La Noemi saldò.

Poi, congedato l'oste, si girò verso il marito con l'intenzione di fare ben altri conti.

Il Lindo fu più svelto di lei. Schivò il ceffone in arrivo, guadagnò l'uscita e s'infilò nella legnaia, chiudendo la porta dall'interno.

La Noemi rimase indecisa. Poi, preso un paletto, lo mise a bloccare la maniglia dall'esterno.

«Buonanotte», gridò e rientrò in casa.

118.

Alle nove passate da qualche minuto, il maestro Geminazzi ruppe gli indugi.

Non prima, però, di essersi consultato con la guardia Pianìn.

La «questione Nasazzi» andava risolta una volta per tutte.

Lui, per il futuro, non era disposto a tollerare defezioni di sorta: che l'Evelindo, quindi, esprimesse chiaramente le sue intenzioni. E adesso, subito, quando c'era ancora tempo per istruire un altro bombardino.

Rinunciare all'apporto del Nasazzi, che tra gli elementi della fanfaretta era senza dubbio quello dotato di maggiore sensibilità musicale, era un vero peccato: ma non poteva certo far dipendere tutto il suo lavoro dai quarti di luna di quell'originale!

Terminato il conciliabolo con la guardia, salì su di un podietto grazie al quale svettava e assunse un'aria compresa.

Il momento, finalmente, era arrivato. Nel silenzio che si creò in sala, scelse parole alate per dichiarare che quel giorno poteva e doveva scolpirsi a ragione nella memoria dei presenti e nella storia del paese.

«Il primo, vero giorno di vita del Corpo Musicale Bellanese che oggi comincia a muovere i suoi primi passi.»

Lasciò che un minuto buono di silenzio trascorresse dopo l'annuncio. Attese, invano, un applauso.

Quindi riprese presentando il «Decalogo del musicante», compendio di regole di comportamento che offriva alla riflessione dei presenti affinché le adottassero.

«Ama la musica, compagna della tua vita.»

Il Geminazzi sapeva di aver a che fare perlopiù con degli zucconi, ragione per cui aveva deciso di postillare, per renderlo chiaro, ogni enunciato del Decalogo.

Il primo, disse, significava che la musica era sempre pronta, a disposizione, presente e fedele come, forse, nessun amico o amica avrebbe saputo esserlo.

«Esercitati quotidianamente.»

Al di là dell'utilità pratica dell'esercizio quotidiano, l'invito aveva il significato di un atto d'amore, come quello che ciascuno rivolgeva alla propria casa e alla propria famiglia.

«Insegnala ai tuoi figli.»

Trasmettere il bello, ecco cosa si nascondeva nel terzo punto del Decalogo: perpetuare nella discendenza l'estasi del vivere al di sopra della banale materialità.

«Sii puntuale.»

Comandamento pratico, questo: la puntualità, ricordò il Geminazzi, era la cortesia dei re.

«Sii dignitoso.»

Appunto, disse il Geminazzi. Dignità. Cos'altro distingue l'uomo dalla bestia? Il senso della dignità. Nella fattispecie era fatto divieto ai musicanti in forza al Corpo di prestarsi a gazzarre d'osteria e a fornire la propria opera per occasioni che non fossero ufficiali e concordate in sede.

«Rispetta i suonatori più anziani.»

L'anziano racchiudeva in sé la memoria e l'esperienza. Rispettarlo significava anche imparare. E sottolineò che il più anziano del gruppo, se non per età ma in quanto a esperienza, era lui.

«Abbi cura del tuo strumento.»

Come dicevano i latini? chiese il Geminazzi.

La risposta se la diede da sé. *Mens sana in corpore sano.* E, per estensione del concetto, una limpida musica sarebbe uscita solo da uno strumento custodito con cura, trattato come parte integrante del corpo del musicista e non come un banale oggetto.

«Abbi cura della tua divisa.»

Fu a quel punto che una mano si levò: «Ma non ce l'abbiamo una divisa».

Il Geminazzi sorrise.

Il fatto di non averla materialmente in quel momento, spiegò, non escludeva che l'avrebbero avuta in un prossimo futuro. Una cosa per volta.

In ogni caso era opportuno che ciascuno si convincesse che anche della divisa bisognava avere il massimo rispetto. Era l'immagine che veniva offerta al pubblico.

«D'accordo che l'abito non fa il monaco», disse.

Ma anche l'occhio, aggiunse, voleva la sua parte.

119.

Le divise, appunto.

«Questo qui è matto», esclamò il podestà Parpaiola.

Ma matto completo. Forse anche pericoloso.

«Crede che le casse del comune siano a sua disposizione?»

Aveva appena preso visione di una nuova lettera a firma del Geminazzi.

Oggetto: divise del Corpo Musicale Bellanese. La prosa era la solita, scrupolosa, attenta, rispettosa.

In più, cosa che fece ridere il podestà, alla richiesta il ragioniere aveva allegato le misure – spalle, girovita, fianchi, lunghezze – di ciascuno dei venticinque elementi che aveva in forza.

«E pure il preventivo!» urlò il podestà. Su carta intestata del sarto Benagli, che aveva dato al Corpo Musicale il figlio Belindo.

«Venticinque camicie di forza. Altro che divise!»

Ma il segretario Fainetti, di fronte a lui, strinse le labbra e piegò il capo di lato.

«Sbaglio forse?» chiese il podestà.

Il comune aveva soldi da scialare?

La befana aveva riempito le casse?

«No», disse il Fainetti, impermeabile all'ironia del podestà. Le casse erano semivuote, come al solito.

Ma non era quello il problema.

«No?»

No, ribadì il Fainetti.
Se poteva esprimere il suo parere...
«Esprimetelo.»
La questione era un'altra. Di fondo.
«Fatemi capire.»
«Volentieri.»
Il segretario non discuteva il fatto che il comune non avesse la possibilità di sobbarcarsi le spese relative all'acquisto delle divise.
«A questa richiesta», disse il Fainetti, «dobbiamo rispondere no.»
«E siamo d'accordo», si associò il podestà.
Ma, di lì a una settimana, al massimo due, il Geminazzi sarebbe tornato alla carica. Era tipo cocciuto e ormai aveva dimostrato di sentirsi investito del ruolo di padre fondatore del Corpo Musicale.
«E allora?» fece il podestà.
Allora eccola la questione di fondo: così com'era, il Geminazzi era fuori controllo. Bisognava rimetterlo in riga, spazzolargli di dosso quell'aria da padrone assoluto del Corpo.
«Facile a dir...»
«Più facile a farsi», troncò il segretario.
Perché, il Corpo Musicale era o no un'associazione, un ente, un soggetto giuridico?
«Certo!»
E allora come tale doveva dotarsi di un consiglio e di uno statuto.
Lì si doveva intervenire: nella nomina di un presidente, di un segretario, di una consulta...
«E se poi il presidente, il segretario, la consulta si fanno influenzare da quello, finisce che ne avremo addosso quattro o cinque anziché uno solo!» obiettò il Parpaiola.
«Certo», ammise il segretario.
A meno che presidente, segretario, eccetera non fossero persone talmente sicure da poterci mettere la mano sul fuoco.

«D'accordo, ma...»
«Il presidente, voi», sparò il Fainetti.
«Io?»
«Il segretario, io.»
«E la consulta?»
«Bastano quattro elementi. Il Bongioanni, per esempio, e altri tre della sua razza. Tanto, per quello che conterà...»
Il podestà si rilassò.
«È nei vostri poteri nominare i componenti del consiglio», concluse il segretario. «Al quale possiamo dare anche carattere di provvisorietà. Poi, con comodo, più avanti, si potrà vedere. Ma intanto ogni decisione, anziché dal Geminazzi, sarà presa dai componenti del consiglio. E il gioco è fatto.»
«E naturalmente...» fece il podestà.
Naturalmente il segretario Fainetti aveva già preparato una bozza di statuto e l'organigramma del nuovo consiglio che, una volta visto e approvato dal podestà, sarebbe stato pronto per essere consegnato al neonato Corpo Musicale Bellanese.

120.

Sconcertato, confuso, sorpreso e anche un tantinello amareggiato.

Certo, rifletté il Geminazzi, uno statuto e un consiglio ci volevano. Lo sapeva, mica era un pivello. Ma ci avrebbe volentieri messo il becco, forte dell'esperienza accumulata in tanti anni.

Invece gli avevano messo sotto gli occhi il fatto compiuto e non sapeva se prenderlo come un'azione esautorante oppure un banale atto burocratico.

A dargli tranquillità fu ciò che stava scritto nella lettera di comunicazione. Laddove il podestà Parpaiola, nonché presidente del consiglio, gli assicurava che quanto prima lui e la consulta avrebbero preso in considerazione la questione delle divise.

Forse, dopo tante difficoltà, le cose cominciavano ad andare per il verso giusto.

Anche la «questione Nasazzi» pareva risolta.

Infatti, dopo la defezione della prima sera, il Lindo s'era sempre presentato puntualmente, cosa della quale il Geminazzi non poteva che rallegrarsi, poiché un bombardino di quel livello non sarebbe stato facile da rimpiazzare. E, senza protestare, alla fine delle prove, inforcava la bicicletta e se ne tornava verso Dervio, secondo gli ordini della Noemi che nel frattempo, dopo la scenata con l'oste Bormida, aveva dato un altro giro di vite alla sete del marito e s'era presa la briga di fare il giro di tutti i trani di Dervio per avvisare osti e ostesse di non dargli mai più da bere.

«Nemmeno se ha soldi in tasca per pagare!»

Il tono e la posa della donna avrebbero convinto chiunque che valeva la pena di obbedire senza discutere.

Senza soldi, quindi, l'Evelindo.

E adesso senza osterie.

Se avesse potuto tornare indietro solo di qualche mese...

Ma non poteva.

E guardare avanti lo gettava nello sconforto. Vedeva nero. Temeva che il futuro gli preparasse qualche nuova sorpresa, ancora più amara.

Allora un nodo lo prendeva alla gola.

121.

La mattina del 30 gennaio corse voce in ospedale che un ragazzetto era stato ricoverato, da Varenna, per il sospetto di difterite.

Onorato Geminazzi di malattie non sapeva niente. E niente voleva saperne.

Quando la mattina andava al lavoro, dovendo passare per l'astanteria e rasentare la sala di medicazione, al solo inalare l'odore di disinfettante avvertiva una vertigine e un singolare movimento di contrazione in quel posto.

Affondare la testa nei numeri e riempirsi il naso con l'odore dell'inchiostro lo guariva immediatamente.

La mattina del 30 non poté sottrarsi a ciò che nascondeva nell'angolo più remoto della sua coscienza: il confronto a quattr'occhi con la malattia, la morte.

Fu per colpa di un altro paio di occhi, quelli della madre superiora, suor Eleuteria. Occhi solitamente mansueti, grigioperla, poco mobili. Uno sguardo appagato, a volte sognante.

Il Geminazzi incontrò la religiosa davanti alla porta del suo ufficio mentre lei stava uscendo dal quartierino riservato alle suore.

«Avete sentito?» sbottò la superiora.

Al Geminazzi non sfuggirono gli occhi di suor Eleuteria: sgranati, lucidi, il grigioperla in contrasto con la sclera arrossata, come se la monaca non avesse dormito.

Il Geminazzi non aveva sentito niente e ne avrebbe fatto volentieri a meno.

Ma la superiora volle aggiornarlo sulla ferale novità.

«Speriamo che non sia come nel 1923», aggiunse.

Nel '23, quando lei era a Bellano da un paio d'anni, proprio nella stagione invernale era scoppiata un'epidemia di group.

«Di cosa?»

Di group, la difterite!

Come faceva il Geminazzi a non conoscere quella terribile malattia che colpiva soprattutto i bambini e contro la quale spesso non c'erano rimedi?

«Per favore», cercò di scantonare il Geminazzi, «io avrei...»

Ma suor Eleuteria fu implacabile.

Lei se le ricordava bene quelle povere anime!

Il collo gonfio, il respiro stentato, i lamenti che pian piano si affievolivano sino a ridursi a un verso sconfortante, che faceva venire i brividi.

Per non dire della sofferenza cui venivano sottoposti i piccoli pazienti quando i medici, *extrema ratio*, decidevano di intervenire sulle loro tonsille infette cercando con il bisturi di sanare là dove le medicine non erano servite.

Le grida, i pianti, il sangue! E quel tessuto infetto!

L'odore del disinfettante che si insinuava dappertutto!

Per giorni pareva che anche la minestra avesse quel sapore.

E tutto ciò, per cosa?

Spesso per niente.

Perché quella non era una malattia ma un vero flagello, una peste moderna!

E bisognava vedere la pena di quei corpicini privi di vita, vestiti del loro abito migliore, adagiati, con il viso composto e finalmente in pace, nelle loro piccole bare di legno dipinto di bianco...

«Madre...» mormorò il Geminazzi con la voce di uno strumento arrugginito, «se non vi dispiace...»

Suor Eleuteria non gli diede ascolto, sembrava invasata.
«Se è vero che è difterite e che è già a Varenna...»
Non si poteva mica stare tranquilli!
L'infezione infatti si diffondeva in un soffio e a farne le spese sarebbero stati soprattutto i bambini.
«Voi ne avete vero, di piccoli?» chiese la superiora.
Sette ne aveva, rispose il Geminazzi, prossimo alla commozione. E due appena nati, che dovevano essere battezzati la domenica a venire.
«Abbiatene cura», sussurrò la monaca. «Fate in modo di non esporli al contagio.»
Dopodiché se ne andò, rapida e silenziosa, come un angelo della misericordia sopra un mare di cadaveri.

122.

A due giorni dal battesimo il Geminazzi ruppe gli indugi.

Saltò il pranzo e filò in canonica: non c'erano stati nuovi ricoveri. Ma il bambino di Varenna aveva ancora la febbre alta e i dottori non ne venivano a capo.

La perpetua Scudiscia gli disse che a quell'ora il signor prevosto riposava.

«Venite questa sera», gli consigliò.

Il Geminazzi abbozzò: la sera c'era la scuola di musica.

«Trattasi di cosa urgentissima», disse.

«Sta morendo qualcuno?»

«È per evitare che accada», rispose oscuramente.

La perpetua diede mostra di non essere convinta. Ma comprese anche che il Geminazzi non si sarebbe schiodato dalla porta sino a che non avesse detto al prevosto quello che doveva. Onde evitare discussioni, decise di farlo entrare.

Tanto più che il signor prevosto non stava riposando, nossignore.

Fino a qualche mese prima la risposta della perpetua sarebbe stata veritiera: il sacerdote aveva sempre approfittato della controra per schiacciare un pisolino.

Da un po' di tempo però, esattamente da quando gli avevano regalato un apparecchio radiofonico, una Radiola 60 RCA Supereterodina a 9 valvole Radiotron, il prevosto passava il poco tempo libero ascoltando la radio. Era divenuto un fervente ammiratore dell'annunciatrice Maria Luisa Boncompagni, l'usignolo della radio, oltre che attentissimo ascoltatore di qualunque cosa venisse trasmessa: lo affascinavano soprattutto le réclame che l'EIAR aveva da non molto cominciato a introdurre tra un programma e l'altro. La perpetua era esclusa dall'ascolto ma beneficiava comunque delle novità che il sacerdote apprendeva via etere, perché la teneva aggiornata. A lei, poi, competeva la diffusione delle notizie e l'elargizione di consigli per i disturbi più vari, come il lassativo Vacuolina, ottimo contro la stipsi, il rinfrescante Gioconda o il liquore Arquebuse, insuperabile nei casi di deliquio.

Quando il Geminazzi entrò nel suo studio, il prevosto si stava beando dell'ascolto di un concerto d'archi di Haydn. Spense immediatamente l'apparecchio e invitò l'ospite a sedere.

Questi rifiutò. Disse che intendeva sottrarre al riposo del sacerdote il minor tempo possibile: per la qual ragione passò immediatamente al motivo della visita.

Poteva il signor prevosto battezzare i suoi due ultimi nati in casa anziché in chiesa?

La richiesta aveva un motivo preciso, e grave.

Il Geminazzi lo espose.

Considerasse anche, il signor prevosto, che non c'erano altri bambini da battezzare.

Dopodiché, qualora il sacerdote avesse acconsentito, avrebbe potuto considerarlo suo debitore a vita.

«Qualunque cosa», affermò il Geminazzi.

Il prevosto acconsentì e congedò il ragioniere. Aveva fretta di riprendere l'ascolto della radio.

Quando riaccese c'era un annuncio che invitava a offrire ai propri ospiti un bicchierino di Elisir China Stupinigi.

123.

Era amore quello e quindi lui era innamorato?

Il segretario Attilio Bongioanni se lo stava chiedendo da parecchi giorni, senza riuscire a darsi una risposta. Sta di fatto che, dalla mattina in cui l'aveva incrociata sulle scale, non riusciva più a togliersi dalla mente le tette di Armellina Banchieri.

Le aveva sempre in testa.

Le immaginava.

Stagne, piene, alte, dure.

Sognava di affondare il viso nel solco che le divideva. Fantasticava di scoprirle una alla volta, lei in piedi davanti a lui. Di accarezzarle, baciarle, soppesarle, titillarle e poi nasconderle per riprendere all'infinito quel gioco.

Gli bastava vedere una mela, una scodella, o anche solo alzare gli occhi sul cucuzzolo del monte Muggio per ripiombare nella fantasia di quelle tette.

Doveva fare qualcosa, s'era detto.

E aveva cominciato a passare e ripassare per piazza Santa Marta con la speranza di incrociare l'Armellina per tentare un approccio. Gli era sempre andata male.

Una sola volta, di sera, l'aveva vista. Ma avrebbe preferito non vederla.

L'Armellina era sulla soglia del portone e stava chiacchierando con un certo Augusto, detto Guzzìn, operaio, uno dei musicanti del Geminazzi.

L'uomo gli dava le spalle, non aveva potuto vederlo in viso. Ma, per patire i crampi della gelosia, gli erano bastati la mimica dell'Armellina e il biancheggiare dei denti quando la sua bocca s'era aperta in un sorriso.

Che smorosasse con quello?

Il sonno era andato a farsi benedire del tutto. Pure la fame. Aveva fatto festa il gatto di casa cui sua madre aveva passato gli avanzi della sua cena pressoché intatti.

A rischio di diventare la favoletta di piazza Santa Marta, il Bongioanni aveva intensificato la sorveglianza.

E una mattina non poté fare a meno di incrociare il Geminazzi che usciva per andare al lavoro.

«Come mai da queste parti?» chiese il ragioniere.

Il segretario non seppe cosa rispondere.

Rilanciò a sua volta.

«Come va, maestro?»

«C'è da stare allegri», rise quello.

Con sette figli per casa, dei quali due appena nati...

Per fortuna avevano trovato un validissimo aiuto nella vicina.

Alla notizia il Bongioanni si mise all'erta.

«Dà una mano in casa vostra?» chiese.

Il Geminazzi lo guardò un istante. «Diciamo così.»

124.

«Una cosa per la verità ci sarebbe», disse il prevosto domenica pomeriggio dopo aver battezzato i gemellini Geminazzi, quando lo stesso maestro gli ribadì di sentirsi in debito.

Una piccola cosa, una cortesia che il maestro avrebbe potuto fare a lui, ma non solo: intervenire con qualche altro suonatore alla festa che si sarebbe tenuta in oratorio la domenica seguente.

«Dareste un tocco di allegria.»

Il Geminazzi non sapeva che c'erano feste in vista.

In effetti, spiegò il sacerdote, non era niente di particolare. Si trattava di una festa d'addio: la festeggiata era suor Genesia che, raggiunti i settantacinque anni e un considerevole numero di acciacchi, lasciava la direzione dell'orfanotrofio di San Rocco per raggiungere una casa di riposo.

Le orfanelle avevano messo in piedi una piccola recita in onore della direttrice. I ragazzi dell'oratorio si sarebbero esibiti in qualche coro. Le suore dell'asilo, infine, avrebbero preparato dei dolci.

«Con un po' di musica la festa sarebbe completa.»

Al Geminazzi l'idea non dispiacque: mettere alla prova i vecchi della fanfaretta, vedere come reagivano in pubblico con lui al comando.

«Consideratelo già fatto», disse.

Ma tra il dire e il fare...

125.

«E dài!» disse il segretario comunale Fainetti.

Ma in qualità di segretario del Corpo Musicale.

Allungò al Parpaiola la comunicazione scritta con la quale il Geminazzi informava presidente e consiglieri che, con sette o otto elementi anziani, avrebbe preso parte alla festicciola presso l'oratorio; l'uscita non era da considerare come una vera e propria esibizione ma faceva seguito a un desiderio espresso dal signor prevosto cui lui aveva aderito benevolmente.

«Cosa c'è?» chiese il podestà.

Quale presidente del corpo stesso, non ci trovava niente di strano nel fatto che il Geminazzi e gli altri della fanfaretta si esibissero all'oratorio.

Quindi, chiese al Fainetti, cosa c'era da far su quella faccia, come se sospettasse qualche fregatura o gli avessero pestato un callo?

C'era, rispose il Fainetti, che il Geminazzi non l'aveva ancora capita.

«Le decisioni operative non spettano a lui!»

Erano materia del consiglio.

Lui non poteva prenderne. Non poteva agire come se il Corpo Musicale fosse una sua proprietà.

«Una cosetta così...» commentò il podestà.

Così o cosà, era una questione di metodo. Di gerarchie. Di principio!

«Quindi?» domandò il Parpaiola.

«Darei parere negativo», rispose il Fainetti. «E che gli serva di lezione!»

«Ma c'è di mezzo la parrocchia...»

«Non è affar nostro.»

«Va bene», buttò lì il podestà. «Ma chi glielo dice al signor prevosto?»

«Il Geminazzi. Lui ha fatto il guaio, lui lo ripara!»

«E al Geminazzi?»

«Io», sbottò il Bongioanni verso sera quando, convocato nello studio del Parpaiola, venne informato della grana.

«Voi?» chiese il podestà.

Il segretario confermò.

E con un impeto tale da far pensare al podestà che il segretario fosse cretino: solo un cretino, infatti, poteva godere nel tirarsi addosso una grana.

Cretino, quindi.

Utile però, rifletté, quando lo vide partire a passo di corsa verso quella rognosa missione.

126.

Fischia, se era furbo!

Cogliere al volo le occasioni, ciulare sul tempo gli avversari!

Quale migliore opportunità per entrare in casa Geminazzi quando c'era anche l'Armellina?

Il Bongioanni si mise di guardia in piazza Santa Marta, infilandosi in un angolo buio tra il forno del Barbieri e l'ingresso delle carceri mandamentali, l'occhio fisso alle finestre di casa della ragazza. Quando, alle sette in punto, la finestra della cucina si oscurò, partì di slancio.

Tre minuti dopo era in casa Geminazzi, pronto per dare di sé l'immagine dell'uomo che credeva di essere: forte, sicuro, risoluto. Un uomo che non chiedeva ma dava ordini. Quale donna avrebbe resistito a una tale esibizione di potere?

Il Geminazzi era a capotavola, già in pigiama. Estenuata stava servendo la minestra alla truppa, disciplinatamente accomodata.

L'Armellina, invece...

Il Bongioanni restò a bocca aperta.

L'Armellina era seduta su una vecchia poltroncina, i due misteri gloriosi che lui vedeva dappertutto esibiti senza evidente imbarazzo. Enormi, turgidi, bianchi, con l'eccezione dell'areola del capezzolo: un medaglione.

Ecco l'aiuto che dava.

I gemellini erano già attaccati.

Porca l'oca, succhiavano come idrovore!

Al Bongioanni, gli occhi fissi sulla latteria dell'Armellina, cominciarono a venire meno le parole.

Nessuno, per il momento, aveva ancora aperto bocca: l'ingresso del segretario, che era entrato come se avesse il tivano alle calcagna, aveva paralizzato l'ambiente.

Toccava a lui, rifletté il Bongioanni, rompere l'incanto, lui doveva tenere in mano la situazione e indicare la via.

«Caro maestro», esordì. Ma si bloccò immediatamente. Il resto della brigata lo guardò senza proferire parola.

Pessimo inizio, rifletté il Bongioanni. Ma non aveva potuto fare a meno di incantarsi davanti ai gesti lenti dell'Armellina che, terminata la cena dei gemellini, aveva nascosto sotto le vesti i suoi due tesori.

«Dite», lo stimolò il Geminazzi.

Il segretario si riprese.

Era lì, disse, per urgenti comunicazioni relative all'esibizione della fanfaretta presso l'oratorio in occasione della festa d'addio a suor Genesia.

Dalla gola dell'Armellina uscì un verso.

Un accenno di pianto o un banale singulto?

Il Bongioanni la guardò.

Gli sembrò che il viso della ragazza inclinasse a un sorriso. Sapeva che era cresciuta al brefotrofio di San Rocco, che suor Genesia era stata la madre che non aveva mai conosciuto, che quei muri erano stati la sua casa...

Quindi, adesso, che cazzo doveva fare?

Il consiglio del Corpo Musicale, rifletté, poteva andare a prenderlo nel gobbo. Un sorriso dell'Armellina non valeva nemmeno la metà delle sue ragioni.

«È...» disse.

«È?» lo soccorse il Geminazzi.

«È tutto a posto», concluse il Bongioanni.

«Non lo mettevo in dubbio», chiosò il maestro affondando il cucchiaio nella minestra ormai tiepida.

In risposta il segretario sbatté i tacchi e fece dietrofront. All'attrazione che sentiva verso quella ragazza aveva appena aggiunto un secondo elemento, il sorriso che le aveva visto in volto. Volò quindi lungo il corridoio, immaginando di essere uno dei due gemellini Geminazzi intento a poppare.

Fu nel buio del corridoio, solo dopo che si era chiusa la porta alle spalle, che si immobilizzò, preda del dubbio.

Per quel che ne sapeva…

Si grattò il mento. Oddio, non che fosse un esperto, però…

Magari… chissà…

La questione, rifletté, andava approfondita. Ci avrebbe pensato.

Non adesso, però. Altro gli premeva.

E si impalò di lato alla porta dei Geminazzi in attesa che l'Armellina uscisse.

127.

Uscì, pochi minuti dopo.

Allora lui sortì dal buio, le si parò davanti.

Fu un movimento oscuro, nel buio che c'era in corridoio. Per reazione al quale la ragazza emise un singhiozzo di spavento che le gonfiò il torace.

Com'era, come non era, al Bongioanni non sfuggì quell'espansione. L'avvertì, come dire, manco ci fosse la corrente elettrica.

Grazie a quel buio, al segretario si sciolse la lingua.

Le avrebbe fatto piacere uscire con lui una volta, fare due passi, bere un caffè, andare al cinema...?

Quello che lei gradiva, insomma.

Armellina emise un sospiro, sgonfiò il torace.

Adesso decideva lei, non le sue tette.

Il Bongioanni avvertì la sottrazione. Delle tette, non della sua voglia di metterci le mani.

«Quando?» gli chiese lei.

«Anche subito», rispose il segretario.

Non era un'occasione da perdere.

Ma, rifletté Armellina, meglio andarci piano.

Piano, mica pianissimo.

«Domani», disse.

E l'indomani gli concesse di fare due passi sul lungolago, lui con le mani dietro la schiena, lei di lato, a un metro buono di distanza, entrambi immersi nei rispettivi sogni, oltre che in un freddo della madonna.

128.

Freddo, e mica solo sul lago.

Da un po' di giorni l'Italia intera era in una morsa di gelo. Il Po era ghiacciato dalle parti di Occhiobello, pure sul Trasimeno erano andati a pattinare.

Sul lago di Como non c'era ghiaccio. Ma faceva comunque un freddo becco.

Secondo suor Eleuteria fu la temperatura polare di quei giorni a fermare il diffondersi della difterite. Lo disse una mattina al Geminazzi e usò un tono che al ragioniere sembrò quasi dispiaciuto: come se avesse preferito che le sue macabre profezie si fossero realizzate.

Anche il bambino di Varenna era guarito. I dottori avevano escluso che potesse trattarsi di un caso, seppur frusto, del terribile male.

Tonsillite, avevano diagnosticato.

«Mah!» fece suor Eleuteria.

I dottori erano loro.

Per lei, però...

Mai dire mai!

La notizia diede da pensare al Geminazzi. In fin dei conti, stando così le cose, aveva fatto scomodare il signor prevosto per nulla, per un'ubbia, un sospetto non confermato. Bisognava gratificarlo per la sua disponibilità: organizzargli un concertino con i fiocchi sarebbe stata la risposta migliore.

Per tre sere strizzò i vecchi della fanfaretta al fine di estrarne il meglio. Chiese, e ottenne anche, di fare un'ultima prova generale sabato sera.

Infine, domenica, pur giudicando l'esibizione con severità, non poté esimersi dal definirla un successo.

Anzi, come diceva il suo vecchio padrone, il Varechini titolare, un «*sucesso* della madonna».

Che faceva ben sperare circa l'immediato futuro del Corpo Musicale Bellanese.

129.

La mattina seguente al concertino presso l'oratorio era l'11 febbraio, lunedì.

Attorno alle dodici e un quarto Estenuata Geminazzi accolse con un largo sorriso il Pianìn, che aveva appena bussato alla porta di casa.

L'uomo, notando l'allegria della Geminazzi, si imbarazzò.

«Chiedo scusa, signora», disse.

E fece notare che non era lì in veste di suonatore di trombone ma in quanto guardia municipale.

Sul viso di Estenuata il sorriso tramontò.

«Cos'è successo, ancora?» chiese.

«Non lo so», si affrettò a rispondere il Pianìn.

Ma il signor podestà voleva conferire immediatamente con il maestro Geminazzi.

130.

«Bisognava vedere.»

Era la frase d'entrata con la quale l'impiegata Aloe Segregnola cominciava, tutti i lunedì mattina, il resoconto delle sue domeniche.

Scopettona e alitosa, le spendeva in messe, funzioni e pellegrinaggi quando ce n'era l'occasione. Durante il dì di festa assisteva sempre a qualcosa di straordinario: qualcosa che, il giorno dopo, doveva riferire alle orecchie perlopiù distratte dei colleghi d'ufficio, segretario compreso.

Bisognava vedere, quindi. Anche quel lunedì, come tutti gli altri.

Vedere com'era venuta bene la festa d'addio a suor Genesia il giorno prima.

Come avevano recitato bene le orfanelle di San Rocco.

Come avevano cantato bene i bambini dell'asilo.

Come aveva suonato bene la fanfaretta.

«La fanfaretta?» era sbottato il Fainetti.

Era raro che qualcuno chiedesse all'Aloe di entrare nei particolari, perché in tal caso diventava pedante e inoltre si avvicinava all'incauto parlandogli all'orecchio, sputacchiando e alitando tra una frase e l'altra. L'impiegata non aveva perso l'occasione. Ma, trattandosi del segretario, s'era tenuta a distanza.

«La fanfaretta, sì», aveva confermato.

Ma fosse stato solo quello. Perché quella della fanfaretta non era stata una semplice esibizione musicale. Un vero spettacolo, piuttosto, una sorta di gran finale.

Nessuno se l'era aspettato.

Si vede, aveva spiegato l'impiegata, che i suonatori avevano raggiunto l'oratorio ben prima dell'inizio della festa, senza farsi vedere da nessuno. Probabilmente s'erano nascosti. Così che, quando, dopo l'ultimo coro delle orfanelle, s'era chiuso il sipario, a tutti era sembrato che lo spettacolo fosse finito.

Invece, no.

Sopra il brusio della gente che, ancora immersa nel buio della sala, si preparava ad andare via, s'era levato uno squillo di cornetta che aveva zittito tutti.

Taa-taratàààà!

Roba da far venire i brividi!

La gente s'era bloccata, chi in piedi, chi ancora seduto, a guardare verso il palco da dove era venuto il suono. Subito dopo, firifì-firifì-firifì, s'era levato il trillo di un clarino.

Ma da un'altra parte, dal fondo del locale!

La gente s'era girata.

Nemmeno il tempo di individuare dove s'era nascosto il suonatore che pò-pò-pò-pòpòpòpòpò – una voce di basso aveva squarciato l'attimo di silenzio che s'era creato dopo il clarino, disorientando il pubblico.

Teste che si voltavano di qua e di là, mormorii, sorrisi...

Dove diavolo erano i musicisti?

La cornetta aveva richiamato l'attenzione verso il palco. Il sipario s'era aperto lentamente svelando il maestro Geminazzi che, la cornetta imbracciata come se fosse un'arma, aveva fatto un mezzo inchino e poi aveva dato una specie di segnale.

Allora le luci del salone s'erano accese e dai quattro angoli del locale erano emersi i musicisti, sino ad allora nascosti nel buio.

Taratà, firifì, poropò!

Avevano marciato suonando e s'erano uniti al loro maestro, regalando al pubblico una mezz'ora di allegre marcette, al termine della quale c'erano stati tanti di quegli applausi da far temere che venisse giù il soffitto.

131.

Il Geminazzi stava lì impalato. Il podestà non gli aveva mica detto di sedersi.

Lo guardava, ma non negli occhi, un po' più in basso.

All'altezza del petto, sul bavero della giacca, il ragioniere aveva uno schizzo di sugo: quando il Pianìn era entrato in casa per convocarlo, il ragioniere era appena rientrato e non aveva ancora provveduto al cambio vestito-pigiama: prima di seguire la guardia aveva ingollato due forchettate di pasta che, oltre ad avergli schizzato la giacca, gli si erano piantate sullo stomaco.

Mancavano circa quindici minuti all'una. Il Parpaiola assunse un'espressione severa.

Quindi estese il capo, corrugò la fronte, strinse le palpebre e protese in avanti la mascella.

Insubordinazione vera e propria: così il Fainetti, con il suo solito stile iperbolico, aveva definito il comportamento del ragioniere il giorno prima.

Al podestà poco era importato di come si potesse definire l'azione del Geminazzi: la cosa importante era, adesso, quella di avere il destro per punirlo con severità. In sostanza, toglierselo dai coglioni.

Il maestro, che ancora non immaginava di essere un ex, era impassibile.

«Avete uno schizzo di sugo sul bavero», disse il Parpaiola, tanto per oliare la voce.

Il Geminazzi arrossì. Fece per dire qualcosa. Il podestà lo bloccò con un gesto della mano. Parlava lui, prima.

Quindi aprì la bocca per dare aria alla sentenza.

Il concerto delle campane cominciò proprio in quell'istante.

132.

Il prevosto doveva essere impazzito.

Oppure andava a fuoco la canonica.

Il Parpaiola aveva dovuto gridare come un'aquila per far capire al Geminazzi che, stante il suo comportamento inosservante dello statuto del costituendo Corpo Musicale Bellanese, non era più il direttore dello stesso e che quindi, in attesa di decisioni da parte del consiglio, la fondazione della banda era sospesa.

A sua volta il Geminazzi, una mano sul cuore per coprire lo schizzo di sugo, aveva risposto – usando, per vincere il casino dello scampanìo, più i toni bassi che non gli alti – che non registrava assolutamente alcuna violazione dello statuto, essendo stata l'esibizione del giorno prima autorizzata da un membro del consiglio stesso che aveva parlato a nome di tutti.

A quel punto il segretario Fainetti aveva bussato e aveva chiesto il permesso di entrare.

«Giusto voi!» fece il Parpaiola.

Il segretario s'era preso la briga di mandare la guardia Pianìn a vedere cosa stesse succedendo, per quale ragione c'era nell'aria quel concerto di campane che sembrava Pasqua e voleva darne comunicazione al podestà.

«Ascoltate un po'», lo invitò il Parpaiola, chiedendo al Geminazzi di ripetere quello che gli aveva appena detto.

Pure lui impalato, il Fainetti ascoltò.

«Ma bene», disse quando il ragioniere tacque.

Sembrava che anche il concerto fosse finito, restava sospesa solo un'eco lontana.
«Cosa mi dite adesso?» domandò il Parpaiola.
«Direi che il comportamento del Bongioanni è due volte colpevole», sentenziò il Fainetti.
Tutt'altro che finito: il concerto di campane aveva solo tirato il fiato.
Riprese.
Din, don, dan!
I vetri delle finestre tremarono.
«Sarebbe a dire?» chiese il podestà gridando.
Gridando pure lui, il Fainetti spiegò che dapprima il Bongioanni aveva, di sua iniziativa, ribaltato una decisione della consulta, ed era il primo tradimento.
«Ma soprattutto...» disse, e si fermò.
Lo scampanio era tale da confondere le idee.
«Andate avanti», lo sollecitò, rabbioso, il podestà.
Ma soprattutto un tale atteggiamento era in aperto contrasto con le direttive del Partito, che tendeva a sottrarre alle parrocchie iniziative e gioventù per inquadrarle in seno alla propria organizzazione.
«E il Bongioanni invece...»
Bussarono alla porta.
«Guardate chi è», ordinò il podestà al Geminazzi.
«Io?» fece il ragioniere.
«Sì, voi!» confermò, nervosissimo, il Parpaiola.
«E intanto voi», proseguì, rivolto al Fainetti, «andate avanti con questo Bongioanni!»
«E il Bongioanni invece...» riprese il segretario.
«È la guardia Pianìn», comunicò il Geminazzi.
«Cosa c'è?» chiese il podestà.
«Comunicazioni urgenti», chiarì il Geminazzi dopo essersi consultato con il trombone.
«Fate entrare», disse il podestà.
Poi, livido in viso e nella voce: «'Sto Bongioanni, allora?».
Il Bongioanni invece aveva agito in senso esattamente

contrario, contro ogni direttiva: ed ecco il secondo tradimento! Più grave ancora del primo, gravissimo se si considerava che era un segretario di sezione.

Roba da esposto, concluse il Fainetti, alla segreteria provinciale.

Il Pianìn, nel frattempo, s'era pure lui impalato davanti al podestà.

«Pianìn, che c'è?» chiese questi. «Cosa gli frulla in testa al signor prevosto?»

La guardia tossicchiò e, con voce di basso che comunque sovrastava il suono delle campane, svelò l'arcano.

La radio, disse, aveva da poco dato la notizia. Sua Eccellenza il capo del governo e il cardinal Gasparri avevano firmato, proprio quella mattina, presso il Palazzo di San Giovanni in Laterano, i patti tra Stato e Chiesa e il Concordato. Il Vaticano insomma, a quanto aveva spiegato il signor prevosto, diventava da quel giorno uno stato vero e proprio.

Secondo il sacerdote era l'inizio di un'epoca nuova. Basta litigi, screzi, incomprensioni. D'ora in avanti lo Stato laico e la Chiesa cattolica avrebbero camminato assieme, da buoni amici.

Il podestà sorrise.

«Lungimirante, no?, il nostro segretario», disse rivolto al Fainetti.

Un «don» profondo annunciò la fine del concerto.

Nello studio del podestà calò un silenzio tombale. Lo ruppe il Geminazzi, di cui tutti s'erano dimenticati.

«Visto che ci siamo», disse, «e che tutto è finito per il meglio...»

Il podestà lo interrogò con lo sguardo.

«Sì, voglio dire... quale occasione migliore... Insomma, non potremmo discutere brevemente delle divise?»

133.

I lavarelli che qualche sera più tardi la perpetua Scudiscia mise nel piatto del prevosto per cena avevano tre ragioni per essere particolarmente buoni.

Prima di tutto erano freschi di nottata.

In secondo luogo erano stati presi di frodo, pregio cui la donna assegnava misteriose virtù. La perpetua infatti era nativa di Gravedona, terra di sfrosatori per eccellenza. Non vedeva alcun reato nel gabbare le leggi sulla caccia e sulla pesca. Anzi, al sentire come questo o quell'altro fosse riuscito a fare fessa una guardia le luccicavano gli occhi. Il prevosto sorrideva dentro di sé di quel vezzo, godendo del fatto che nell'animo dell'anziana perpetua brillasse ancora un'emozione che la riportava ai tempi dell'infanzia.

Il terzo motivo era che a portarli in canonica era stato l'Augusto, il Guzzìn.

Ma non era possibile, fece il prevosto.

Il Guzzìn?

Figlio di socialisti, mai visto all'oratorio, mai in chiesa, mai confessato e comunicato.

«Siete sicura?» chiese.

La perpetua si impettì. Era un po' permalosa e andava in bestia quando qualcuno metteva in dubbio quello che diceva: proprio come stava facendo il signor prevosto.

«Alòra...» disse, e salì in cattedra.

O quello che le aveva portato i lavarelli era il Guzzìn...

«Sì?»

Oppure non era il Guzzìn.

In quel caso voleva dire che lei aveva le visioni, le traveggole. Forse era indemoniata. Stando così le cose il signor prevosto doveva farle la cortesia di darle, lì, subito, una benedizione che ricacciasse Lucifero all'inferno.

«Non scherzate su queste cose», l'ammonì il sacerdote.

«Nemmeno voi su quello che dico», ribatté la perpetua.

«Io non stavo scherzando.»

«No?»

«No», confermò il sacerdote.

«Sono meravigliato del fatto che la più indisciplinata tra le pecorelle del mio gregge si sia improvvisamente ricordata del suo pastore.»

«Quando uno non ne può più, si attacca sempre al buon Gesù», recitò la donna.

«Vale a dire?» chiese il prevosto.

Voleva dire che il Guzzìn aveva bisogno di lui, voleva parlargli.

«E di cosa?»

Il viso della perpetua divenne una prugna secca. Rideva.

«Mah!» disse.

«Voi», insisté il prevosto, «ne sapete qualcosa?»

Qualcosina...

134.

Qualcosina...

Praticamente tutto.

La Scudiscia era un filtro, e che filtro!

Questuanti e bisognosi dovevano prima passare da lei, e vuotare il sacco. Il prevosto aveva già il suo bel daffare e non si poteva mica disturbarlo per ogni mal di pancia o trattamento che fosse.

«Avanti, conta su», ordinava la perpetua.

E dal suo inappellabile giudizio dipendeva se la questione passava al vaglio del sacerdote.

Anche con il Guzzìn aveva fatto così, la sua legge era uguale per tutti. Ma quando il giovanotto le aveva rivelato il motivo per cui aveva bisogno di una consulenza del prevosto, lei non aveva avuto niente da dire.

Era bastato il nome dell'Armellina Banchieri per comprendere che si trattava di questione della massima importanza.

135.

Come le divise.

In ogni faccenda ci sono cose più importanti e cose meno importanti, aveva ragionato il Geminazzi.

Le divise rientravano nel novero di quelle della massima importanza. Questione di dignità, di immagine.

«La banda di Loveno...»

«Uh!» pensò il Bongioanni, «con 'sta banda di Loveno!»

Ormai il segretario era diventato il confessore privato del Geminazzi. Se lo trovava tra i piedi tutte le sere, dopo il lavoro, ed era inutile che tentasse di scansarlo, quello aveva il fiuto di un cane e sarebbe stato capace di scovarlo anche se si fosse nascosto sotto terra.

Da tre sere, la menata era sempre quella: le divise e la banda di Loveno.

La banda di Loveno non s'era mai esibita senza la divisa. Perlomeno a memoria sua.

E anche le disposizioni dell'Opera Nazionale Dopolavoro, se non ricordava male...

«Sì, sì, d'accordo», lo interruppe il Bongioanni.

«Se siamo d'accordo», chiese il Geminazzi, «come mai il consiglio non si è ancora pronunciato sulla questione delle divise?»

È al vaglio, assicurò il Bongioanni.

Solo due giorni prima proprio lui aveva ricordato al podestà che bisognava prendere in considerazione la faccenda.

Giudicò opportuno tacere la risposta del Parpaiola: «Non ne voglio nemmeno sentir parlare. Ditelo pure al vostro Geminazzi».

Per cui adesso prendeva tempo.

«È al vaglio», tornò ad assicurare.

Ma bisognava che il maestro capisse che, quella delle divise, non era una spesa da affrontare a cuor leggero.

Cioè, per parte sua era certo che il Geminazzi sarebbe riuscito a dar vita a un Corpo Musicale come si deve.

«Ma io sono io», buttò lì.

Non tutti la pensavano come lui, insomma: cento teste cento idee!

Si spiegava?

«Veramente no», confessò il Geminazzi.

Voleva dire che mentre lui non aveva il minimo dubbio sull'ottima riuscita del progetto, altri – «E non faccio nomi!» – avevano bisogno di toccare con mano, metterci il naso, come san Tommaso.

«E be'?»

Il Bongioanni la fece breve.

Non si poteva certo spendere una cifra per le divise quando ancora il Corpo Musicale non era che un'ombra, quando non c'era alcuna garanzia dei risultati.

«Ma quale ombra, che garanzia di risultati?» s'impermalosì il Geminazzi.

Tempo tre, al più quattro mesi, quella massa di strimpellatori della domenica, quei brocchi da osteria che aveva sottomano sarebbero diventati un Corpo Musicale come Dio comanda. Loro per primi, i musicanti, avevano compreso che sotto la sua bacchetta si faceva sul serio oppure via, sciò, lasciare libero il posto!

«E sarebbe buona cosa», aggiunse il ragioniere, «che tutto il consiglio, nessuno escluso, se lo metta in testa: Bellano avrà una banda con tutti i crismi!»

Voleva una prova della bontà del suo lavoro?

Che andasse quella stessa sera a sentire le prove.

Lui, da solo.

E poi che riferisse.

«D'accordo», rispose il Bongioanni. Ma un po' svagato, come se in testa gli pirlassero altri pensieri. Tanto che il Geminazzi: «Qualcosa non va?» chiese.

Prima di rispondere il segretario lo guardò. Fissamente. Stava pensando.

Era forse il Geminazzi la persona giusta cui sottoporre il suo dubbio, fare quella domanda?

Per l'età poteva essere suo zio, e di esperienza doveva averne, con sette figli!

«Avete dubbi in proposito?» lo caricò il maestro.

Sì, rispose mentalmente il Bongioanni.

Ma non riguardavano il suo Corpo Musicale.

«No», disse quindi, rinunciando all'idea di confidarsi con il Geminazzi. «A stasera.»

136.

Giovinezza.

Un po' perché quella sera c'era lì il segretario del Partito. Un po' perché era impensabile che un concerto non cominciasse con quella marcia e con quella non finisse.

La prima da imparare, insomma, una sorta di nave scuola. Da un mese la suonavano tre volte per sera.

Il Geminazzi levò la bacchetta in aria.

Chiese silenzio.

«Mi raccomando», disse.

Poi diede il via.

Gio-vi-nez-zààà!

E con la bacchetta mollò un fendente che fece fischiare l'aria.

Gio-vi-nez-zààà!

E giù un altro fendente.

Dopodiché arricciò il muso, che assunse una sembianza di topo, strinse la bocca a culo di gallina e con le mani simulò un movimento di onde che al Bongioanni fece venire in mente il gesto di uno che, contemporaneamente, sfiora due tette.

Pri-mave-ra di belle-eee…

La bellezza non era ancora sbocciata completamente che il Geminazzi tempestò il leggio con la bacchetta.

«No!» gridò.

Silenzio.

«Il clarino», chiarì il Geminazzi.

Il clarino fece cenno di avere compreso.

«Ripetere», ordinò il maestro.

Ripeterono.

Una, due, tre volte.

Al quarto tentativo, fallito, il maestro Geminazzi si rivolse al Bongioanni. Era congesto e sudato.

«Per questa sera, scusate», disse.

Il Bongioanni comprese che quello era un congedo. Salutò e se ne andò, perplesso.

Una volta rimasti soli, il Geminazzi puntò la bacchetta verso il primo clarino.

Dov'era finito il suo trillo, dove la cascata di note che sino alla sera prima aveva dato smalto a quel passaggio dell'inno?

Dov'era finita la freschezza della primavera che da sempre si accoppia alla giovinezza?

Dove?

Cosa aveva in testa il primo clarino?

«Eh?» urlò il Geminazzi.

Cosa?

137.

Il primo clarino, l'Augusto, il Guzzìn, aveva la testa confusa e le balle girate.

Prima di andare alle prove era stato in canonica a conferire con il signor prevosto, un passo che gli era costato: come spesso affermava, era allergico al fumo delle candele e con i preti non aveva niente da spartire.

Ma c'era di mezzo l'Armellina. E il passaggio in parrocchia era fondamentale, anzi, obbligatorio.

Perché la ragazza era sola al mondo. Non aveva in paese nemmeno una mezza zia alla quale rivolgersi per parlare un po'. Le uniche persone che frequentava erano le suore dell'orfanotrofio di San Rocco dov'era cresciuta, i vicini di casa e la parrocchia, quindi il prete, el scior prevòst.

«Preferisco parlare con voi, da uomo a uomo», aveva detto il Guzzìn.

«Ricordati che sono anche un prete», l'aveva avvisato il prevosto.

«Cercherò», aveva sorriso il giovanotto.

Poi aveva spiegato il problema. Che era lei, la ragazza.

Erano due o tre mesi che lui le ronzava intorno.

«Con le migliori intenzioni», aveva aggiunto il Guzzìn.

All'inizio tutto era sembrato andare bene. Non che la ragazza si fosse sbilanciata più di tanto. Però sembrava che lui non le dispiacesse.

Invece, da qualche tempo, un paio di settimane, più o meno…

«Sembra che mi sfugga», come se ne avesse in giro un altro.

Due sere prima, addirittura, aveva rifiutato un po' di lavarelli che era andato a pescare apposta per lei.

«Quelli che poi hai portato a me?» aveva chiesto il sacerdote.

Il Guzzìn non era un bugiardo, non era riuscito a mentire ed era arrossito un po'.

«Molto buoni», aveva detto il prevosto. «Ti ringrazio.»

Con la fatica che faceva a sbarcare il lunario, aveva osservato il Guzzìn, quel rifiuto gli era sembrato ben strano, quasi un messaggio.

Lui non ci stava a stare così sulle spine.

«O dentro o fuori!»

Così, per farla breve, aveva detto il Guzzìn, s'era deciso: aveva bisogno di capire le intenzioni della ragazza. Le sue erano chiare: voleva una famiglia, e figli suoi!

Appunto, fu il segreto pensiero del sacerdote: lì stava il problema.

«Qualcuno le deve parlare, spiegarle come stanno le cose e anche dirle che io non sono tipo da prendere in giro.»

Poteva farlo il signor prevosto?

Il sacerdote lasciò passare un minuto di silenzio.

«Considera che l'abbia già fatto», aveva risposto poi.

Il Guzzìn non aveva inteso bene il senso della risposta.

«Vuol dire che lo farete?» aveva chiesto.

Il prevosto aveva scosso la testa.

No.

Ciò che lui voleva sapere, piuttosto, glielo avrebbe potuto dire anche subito, come se avesse già parlato con la ragazza.

«Posso darti un solo, sincero consiglio.»

«E sarebbe?»

«Lascia perdere», aveva dettato il prevosto.

Il Guzzìn aveva avuto un moto di stizza, in quel momento si sarebbe mangiato il prevosto, sottanone compreso.

Solo perché non frequentava la parrocchia, non si mischiava ai ruffiani e ai paolotti, eccolo lì l'aiuto che gli dava!

«È un consiglio da prete!» aveva mormorato a denti stretti.

Il prevosto s'era aspettato una reazione anche peggiore.

«Anche da uomo», aveva risposto, calmo. «Anzi, soprattutto da uomo. Non dimenticarlo.»

Il Guzzìn se n'era andato senza dire altro. Aveva attraversato la piazza della chiesa inanellando una bestemmia dietro l'altra.

Figurarsi che bella voglia di suonare aveva.

Giovinezza, poi.

Lui, socialista figlio di socialisti, noti e segnalati.

138.

Armellina, Armellina... andò bofonchiando tra sé per un paio di giorni il signor prevosto. Come una pentola di busecca quando bolliva.

Alla perpetua Scudiscia non era sfuggito e aveva tentato di indagare: cosa c'era?

«Niente», aveva risposto il sacerdote.

«E allora avete i vermi», aveva ribattuto lei.

«Scudiscia, buona!»

Ma, alla fine, l'aveva vinta lei.

«Visto che qualcosa c'era?» gli disse la mattina del giorno in cui il prevosto le domandò di andargli a cercare l'Armellina perché aveva bisogno di parlarle.

«Zitta e andate!» ordinò il prevosto.

«Padrone comanda», replicò la Scudiscia, tanto per avere l'ultima parola. Dopodiché partì in missione mentre il prevosto metteva in ordine le idee.

Da un pezzo sapeva che quel momento sarebbe arrivato. L'Armellina era bella, giovane, piena di vita e di speranze. Non poteva sottrarsi alla vita che scorreva dentro e fuori di lei. Purtroppo c'era quel particolare. Che poi tanto particolare non era.

Che la ragazza se ne fosse dimenticata?

Che, rapita dall'amore, avesse deciso di lasciar perdere il suo proposito?

Bisognava, doveva scambiare due parole con lei. E che il Signore gli guidasse la lingua.

Quando, guidata sottobraccio dalla Scudiscia, l'Armellina entrò nel suo studio, il prevosto non aveva ancora in testa un discorso vero e proprio.

Buttò lì la prima cosa che gli venne in mente, tanto per avviare il colloquio.

«Ho parlato con il Guzzìn», disse.

«Lo so», rispose l'Armellina.

Diavola d'una Scudiscia, pensò il prevosto, lingua satanica!

Chi, se non lei, poteva aver rivelato alla ragazza di quel colloquio?

«Mi ha detto che... cioè, mi ha fatto intendere...»

«Cosa?»

«Armellina...»

«Signor prevosto!» scattò la ragazza.

Che fosse ben chiaro un fatto: qualunque cosa gli avesse detto il Guzzìn lei non ne era responsabile.

Era vero, ogni tanto aveva accettato i suoi pesci. E si era anche fermata a parlare con lui. Bastava così poco per compromettersi?

«Se si è illuso, peggio per lui!»

«D'accordo», disse il prevosto, «ma mi è sembrato di capire che...»

Gli sembrava di essere lui, adesso, un pesce, preso all'amo dallo sguardo dell'Armellina. Avanti così, avrebbe fatto notte.

«Insomma», disse il prevosto con un certo imbarazzo, «hai un fidanzato?»

«Perché mi fate questa domanda?»

Perché, Armellina, perché...

Glielo doveva proprio spiegare?

Non ci trovava niente di male nel fatto di avere un fidanzato, un potenziale marito. Ma, lo scusasse se glielo faceva presente, doveva essere un tipo, come dire, giusto. Uno come il Guzzìn, per esempio, non sarebbe andato bene. Era serio, onesto, lavoratore, ma con quelle idee per la testa mai e poi mai, a cominciare dalle suore dell'orfanotrofio, avrebbe trovato solidarietà. Così il suo progetto non si sarebbe mai realizzato.

«Nessuno, Armellina, raccomanderebbe il Guzzìn come genitore adottivo, te ne rendi conto!»

A meno che lei non avesse rinunciato al progetto.

«Neanche da pensarci!» sbottò la ragazza.

«Ne sono felice», commentò il sacerdote.

Poi, deciso ad andare più a fondo: «Allora ce l'hai questo fidanzato? Si può sapere chi è?».

L'Armellina gonfiò il petto in un largo respiro.

«Aspetto di capire se gli interessa qualcosa d'altro oltre alle mie tette!» sparò.

Il prevosto arrossì.

«Armellina!»

Le tette gliele aveva date Nostro Signore, proseguì la ragazza, lei non aveva chiesto niente.

Quindi, se quello avesse dimostrato di essere attratto anche da tutto il resto, quello che c'era di fuori e quello che c'era dentro, allora...

«Allora?»

«Solo allora vi dirò chi è», concluse la ragazza.

«Ricordati però che non gli puoi tenere nascosta la faccenda all'infinito.»

Non si preoccupasse, rispose Armellina, sapeva come agire.

«Fidatevi.»

«Speriamo bene», esalò il sacerdote.

«Noi donne abbiamo un sesto senso che ci guida», sentenziò la Banchieri.

«Brava!» concordò la Scudiscia che, chissà come mai, stava passando per il corridoio.

«Grazie», sorrise Armellina.

E sorridendo se ne andò.

139.

Lo prese da parte. Alla fine dell'ennesima serata di prove.

«Guzzìn», disse, non gli veniva di chiamarlo Augusto, «venite qui.»

In un angolo del locale prove, mentre gli altri musicanti sistemavano i loro strumenti e chiacchieravano, glielo comunicò: aveva deciso di affidare la parte di primo clarino in *Giovinezza* a un altro.

«Meglio», commentò il Guzzìn.

Quella canzonaccia non gli era mai piaciuta.

«Anzi», aggiunse, «se volete che me ne vada del tutto...»

«No!» lo bloccò il Geminazzi.

Aveva bisogno di un primo clarino vivace, brioso come il Guzzìn, che avrebbe dato un tocco in più alla selezione di canzoni napoletane, intitolata *Al caffè*, che dopo le note severe di *Giovinezza* avrebbe seminato tra gli ascoltatori allegria e gioia di vivere. Un Corpo Musicale doveva essere così, dare un colpo al cerchio e uno alla botte, rispettare le istituzioni ma anche concedere qualcosa alla leggerezza, alla spensieratezza.

«Se lo dite voi...» rispose il Guzzìn.

140.

Sino ad allora al Bongioanni l'Armellina non aveva concesso che passeggiate.

E crepuscolari, quando non addirittura notturne.

Sul lungolago. Ai giardini di Puncia. Fino al Bogino e alle Tre Madonne. Oppure, nella direzione opposta, alla puncia del Cane, alla Calchera, alla galleria del Mok.

Sentiva che il fiuto non la ingannava. Magari all'inizio il giovanotto s'era invaghito solo delle sue tette, come era capitato a tanti altri. Ma piano piano, e grazie soprattutto alla tecnica di tenerlo sulla corda, la cosa aveva mutato aspetto.

Camminando e chiacchierando, lei gli aveva dato modo di conoscerla meglio e di capire che non era solo un grosso paio di tette con intorno qualcos'altro.

E se, in alcune particolari occasioni, lei aveva avuto la tentazione di cedere, concedendo qualcosa, anche un solo bacio, una carezza, niente di più, s'era sempre fermata in tempo.

Guai a fare la prima mossa, il primo passo doveva farlo lui.

A lui toccava rompere gli indugi.

Bastava poco, un piccolo segno di buona volontà...

Bastava un caffè?

«Come?» chiese Armellina.

Il Bongioanni glielo aveva appena chiesto. Ma lei, persa nei suoi ragionamenti, non l'aveva sentito.

Il segretario sorrise.
«Dico», spiegò.
Da un mese sembravano due che si stavano allenando per le Olimpiadi, sempre in giro a piedi senza mai fermarsi. D'accordo, sino a pochi giorni prima c'era un freddo che non invitava certo a sedersi sulle panchine del lungolago o su qualche muretto.
Adesso però la temperatura era cambiata. I primi giorni di marzo avevano portato nell'aria un non so che di frizzante che invitava a rallentare il passo, fermarsi un minuto…
«Bere anche un caffè», concluse il segretario.
La ragazza sorrise, soddisfatta di sé, vittoriosa: era la prima volta che il giovanotto la invitava a entrare in sua compagnia in un locale pubblico.
«Va bene», accettò.
Entrarono nell'atmosfera dolciastra e languida del Caffè dell'Imbarcadero.
«Vogliamo sederci?» propose il segretario.
Si sentiva tribolato, un'agitazione nello stomaco, una roba…
Era forse venuto il momento di chiedere quello che da un po' gli stava sul gozzo?
Armellina accettò con un sorriso.
«E vogliamo anche smetterla di darci del voi?» propose.
«Appunto», deglutì il Bongioanni.
Era venuto il momento.

141.

Con quali parole formulò la sua dichiarazione all'Armellina, seduto davanti a lei al tavolino del caffè, il Bongioanni non avrebbe saputo dire.

Né poteva dire da dove erano venute fuori. Aveva parlato tenendo gli occhi ben fissi al fondo della tazzina di caffè, rimestando lo zucchero e fantasticando di parlare all'infinito, così da rinviare all'infinito la risposta della ragazza.

L'Armellina rispose sì contemporaneamente a un botto: il padrone del Caffè dell'Imbarcadero aveva appena stappato una bottiglia di spumante.

«Sì, ma a una condizione», aggiunse subito dopo l'Armellina.

«Oh Madonna!» reagì il Bongioanni.

Ma come?, chiese la Banchieri.

Non l'aveva ancora sentita e già si lamentava?

«Ma no», spiegò il giovanotto.

Non ce l'aveva con lei, con quello che aveva appena detto.

Piuttosto, spiegò, se quello che aveva appena sentito, dopo il suo sì e il botto dello spumante, era il primo tocco della campana che annunciava le nove della sera, voleva dire che era in ritardo di un quarto d'ora!

«Avevi un altro appuntamento?» domandò la ragazza.

Proprio.

Alle prove della banda.

Che cominciavano alle nove meno un quarto.
E alle quali avrebbero assistito anche il podestà Parpaiola e il segretario Fainetti: era stato lui a insistere perché partecipassero, dietro formale richiesta del Geminazzi che voleva dimostrare la bravura dei suoi musicisti e ottenere finalmente le sospirate divise.
Non c'era altro tempo da perdere.
E, per quella condizione...
«Facciamo così», propose il Bongioanni.
Armellina poteva andare con lui.
«Tanto sarà questione di una mezz'ora, non di più.»
Dopodiché, soddisfatto l'impegno che s'era preso col Geminazzi, il podestà e il segretario, loro due avrebbero avuto tutto il tempo necessario per parlare.
Anche la notte intera.

142.

Tutti quegli uomini, stretti in uno spazio così piccolo, intimidirono Armellina. Si sentì decine di sguardi sulle bocce. Sguardi pesanti. Si aggrappò al braccio del segretario.

Il Geminazzi aveva già attaccato. Nell'aria rimbalzavano le note di *Funiculì funiculà.*

Il podestà e il Fainetti si girarono verso di loro. Gli occhi del segretario si sgranarono, il Parpaiola restò impassibile.

Al Guzzìn, invece, mancò d'improvviso il fiato per suonare.

Colpito dall'improvvisa apparizione dei due soffiò una bestemmia nel clarino.

Diomadonna!

Ne uscì una stecca da far arricciare i capelli.

Il podestà si incassò nelle spalle.

Il Fainetti sorrise.

Il Geminazzi impallidì.

Tutti gli altri musicisti si girarono a guardare il Guzzìn: era terreo in viso e stringeva lo strumento come se lo volesse spezzare.

Tirò, ad alta voce e senza preoccuparsi dei presenti, una pesantissima saracca.

Gli rispose la voce del Geminazzi: «Cosa c'è?».

Ma in falsetto, una vocetta bianca, come se un fantasmino gli stesse strizzando le palle. A guardarlo sembrava davvero che un qualche dolore lo stesse tormentando, aveva la faccia del colitico, quella di chi sta per correre al cesso.

Onorato Geminazzi, le lacrime agli occhi, stava rapidamente calcolando la portata di quel secondo disastro consumato davanti al podestà, al segretario, al Bongioanni.

Come poteva perorare la causa delle divise?

Perché il suo primo clarino l'aveva tradito per la seconda volta?

Lo faceva apposta?

Era un sabotatore?

Il segretario Fainetti s'era chinato verso il podestà, gli stava dicendo qualcosa all'orecchio. Il Guzzìn, che s'era ben guardato dal rispondere al Geminazzi, abbandonò la posizione, raggiunse il podio del maestro, gli tese il clarino.

«Suonatevelo voi 'sto piffero», disse e filò via mormorando santi e madonne.

Lo seguirono sguardi scettici, increduli, divertiti.

Solo l'Armellina non osò guardarlo.

143.

«È un effetto del Concordato?» chiese il Guzzìn.

Uscito dalla scuola di musica era volato in canonica chiamando a raccolta, maltrattandoli, tutti i santi che conosceva. Mica tanti. Sufficienti, però, per guadagnarsi l'inferno.

Sulla soglia comparve la Scudiscia che lanciò nel buio un grido di malaugurio.

«Cus'è?»

L'aveva sentita anche lei la storia del Concordato, ma non l'aveva ancora capita bene.

Quanti bal!

In ogni caso quello lì al cancello era fuori orario, la canonica l'era minga l'osteria!

«Torna domani!» gridò, rinunciando al voi che dava anche ai gatti: ma con quel buio non vedeva nemmeno che faccia c'avesse quello che, per tutta risposta, cominciò a sbatacchiare il cancello.

Mat!

«Ue'!»

«Ho bisogno del prevosto!» gridò il Guzzìn.

Voce alta, da svegliare tutta la piazza.

Ma el scior prevòst a quell'ora riposava.

Il Guzzìn non fece nemmeno finta di avere sentito.

«Tiro giù il cancello!» gridò.

«Sèt màt?» chiese la perpetua.

«Sì», confermò il giovane, «da legare!»

In quell'istante la figura del prevosto comparve dietro la perpetua. Quattro spanne più alta di lei, l'ovale del viso bianco sul fondo buio del corridoio che aveva alle spalle.

«Aprite», disse.

144.

Andare a letto?

Gnanche da pensare!

Il giovanotto, quèl diàol del Guzzìn, era andato via già da mezz'ora. Ma il sciòr prevòst era ancora chiuso nello studio. Qualcosa bolliva in pentola. Vergòt de gròs.

E prima o poi il sacerdote glielo avrebbe detto. Bastava avere la pazienza di aspettare. Non cedere al sonno. E poi, che sonno? Chi sarebbe riuscito a dormire con quella curiosità, quella brama di sapere? Lei, no.

El sciòr prevòst, piuttosto.

Cos'era a fare ancora nello studio?

Magari, ecco, el s'era indormentà.

'Ndare a vedere?

E poi, se invece non dormiva e si arrabbiava?

Spècia un pezzèt, si disse la perpetua, ancora un quarto d'ora. Dopodiché sarebbe andata a vedere e che il Signore gliela mandasse buona.

Pure il prevosto pensava la stessa cosa. Cambiava solo il tempo del verbo: sperava, infatti, che il Signore gliela avesse già mandata buona, che gli avesse dato il suggerimento corretto.

Perché il Guzzìn aveva voglia di mordere, e nessuna di essere morsicato. Così, prima di tutto, quando il giovanotto gli aveva ripetuto per la terza volta la battuta del Concordato l'aveva fermato con un gesto deciso.

«Sarebbe a dire?» aveva chiesto.

«Sarebbe a dire che li ho visti i vostri due fringuelli», aveva risposto il Guzzìn.

La Stato e la Chiesa a braccetto!

L'Armellina che smorosava con il Bongioanni, no?

Adesso il signor prevosto si occupava anche di combinare matrimoni?

Il sacerdote aveva tirato fuori le mani dalle tasche del sottanone, mani non precisamente da ricamatrice: le aveva strette a pugno.

«Giovanotto», aveva detto, «se sei venuto qui per litigare hai sbagliato orario.»

Il Guzzìn aveva tentato una replica ma il prevosto gliel'aveva impedita.

«Prima di tutto, io non c'entro.»

Lo apprendeva in quell'istante che il bello dell'Armellina era il segretario.

«La scelta l'ha fatta lei e sono cose che nessuno può guidare. Né io né tantomeno il Concordato. Quindi, basta con 'ste scemenze!»

Era stata la serietà del viso del prevosto o il tono della voce, secco, deciso ma con una vernice di solidarietà?

Il Guzzìn s'era sgonfiato.

L'Armellina gli piaceva tanto.

Le mani del prevosto si erano aperte.

«Tu Guzzìn sei un bravo ragazzo, anche se ti dà fastidio il fumo delle candele. Vedrai che ti capiterà l'occasione giusta.»

Il giovanotto aveva scrollato le spalle.

«Sarà», aveva risposto, «ma a me pareva che fosse questa.»

Il prevosto aveva fatto no con la testa.

«No?» aveva ribattuto il Guzzìn, ritrovando il tono aggressivo dell'inizio.

Ne sapeva più di lui il signor prevosto? Aveva forse il dono dell'onniscienza?

«Non avrebbe funzionato», aveva buttato lì il sacerdote. «Fidati!»

Fidarsi?
Bella parola!
Ma perché, di chi…
«Io mi fido di te», aveva interloquito il prete.
E, poiché si fidava, stava per spiegargli perché non avrebbe funzionato.
«Senza nemmeno chiederti la promessa di mantenere il segreto.»
Il Guzzìn aveva aggrottato la fronte.
«E io ve lo prometto ugualmente. Vi do la mia parola.»
Il sacerdote aveva raccontato.
Alla fine il Guzzìn aveva detto che capiva.
«Sto dalla parte sbagliata, insomma», aveva commentato.
Ma, aveva aggiunto, era contento così: perché da quella parte qualcuno ci doveva pur stare. Poi se n'era andato senza dire altro e lasciandolo lì a sperare di aver fatto la cosa giusta, aspettando un segno dall'alto dei cieli…
«Permès!»
Eh, il quarto d'ora era passato! Boia d'un Giuda! Se il sciòr prevosto s'era addormentato lei mica poteva lasciarlo sulla poltrona tutta notte.
«O sciòr prevòst!» fece la perpetua.
«Che c'è?»
«Credevo che dormiste.»
«Dormire…» fece lui.
La donna agitò una mano in aria.
Vàrda che facia, piena de pensèe!
Eh, quel Guzzìn!
«Perché mai l'avete fatto entrare?»
Un diàol senza dio, ecco cos'era!
«Buona!» reagì il prevosto.
Che sia senza Dio, mormorò, è tutto da vedere.
«Cus'è?»
Al sacerdote scappò un sorriso.
«Andiamo a letto va', che l'ora è anche passata.»

A bocca asciutta, pensò la perpetua.
Niente da fare.
E allora, buonanotte.

145.

Buonanotte.

Ai suonatori, però.

Basta!

Dimissioni!

Da un paio di giorni il Geminazzi non parlava d'altro. Respirava solo con il naso. Se apriva la bocca non era né per mangiare né per sbadigliare. Solo per emettere quella parola: «Dimissioni!».

Parola che, pur incomprensibile, aveva finito per diventare motivo di gioco per il battaglione dei figli del Geminazzi, gemellini esclusi, i quali, sentendola continuamente rimbombare nell'aria, l'avevano adottata e se la gridavano l'un l'altro.

Ridendo, poi!

«Dimissioni!»

Si divertiva meno Estenuata Geminazzi. Già il marito le stava farcendo la testa con quella parola. Che i figli approfittassero della sua santa pazienza, però, no! Così, quando le capitavano a tiro di sberla, menava loro scapaccioni sonori: che la smettessero!

Le sberle facevano male, ma era un male relativo: passava e andava, beata gioventù.

Dopodiché ancora: «Dimissioni!».

Che, almeno, le avesse date quelle maledette dimissioni.

Invece no.

Il Geminazzi ne parlava giorno e notte ma in quanto a darle, scrivere la lettera, ciao!

A Estenuata per il nervoso, per l'usura di quel martellamento continuo, s'era un po' ingiallito il bianco degli occhi. Un giallino che chiamava malattia. Fu l'Armellina Banchieri ad avvedersene.

Alla domanda che rivolse alla Geminazzi: «Vi sentite bene?», lei rispose: «Mica tanto».

Spiegò però che il suo malessere era passeggero, consono a quello del marito, che senza musica non poteva stare. In fondo suonava dall'età di tredici anni, per lui la musica di banda era alimento. L'orgoglio, dopo le due figuracce davanti alle autorità del paese, lo spingeva a dare le dimissioni. Ma non ne aveva voglia e per questo continuava a parlarne, senza mangiare, senza dormire, senza curarsi dei figli, correndo il rischio di un esaurimento nervoso, senza decidersi a darle veramente...

Così, aggiunse Estenuata, non può durare più di tanto.

«Stante la situazione, però, temo che non abbia via d'uscita...»

Dopodiché non ebbe più parole. Agitò le mani in aria, come davanti a un menaggino o a un'epidemia di tifo. Allora l'Armellina comprese che toccava a lei.

146.

«Non si potrebbe fare qualcosa per aiutare quella poveretta?» chiese al Bongioanni quella stessa sera.

«Per aiutare lei bisogna prima aiutare lui», rispose il segretario, che non era così stupido.

«È esattamente quello che volevo dire», ribatté Armellina staccandolo dall'amo cui aveva abboccato.

Gli accarezzò la coppa.

Lui, quale segretario di Partito e membro del consiglio del Corpo Musicale, non poteva mettere una parola buona qua e una là? Salvare capra e cavoli?

La capra, chiese il Bongioanni sorridendo, era per caso la signora Geminazzi?

Perché di cavoli ne aveva in abbondanza in quel periodo, sia privati sia pubblici.

Innanzitutto aveva sempre quel dubbio che continuava a giocare ai quattro cantoni nella sua testa.

Come confidenti aveva scartato il Geminazzi, sua madre, figurarsi, neanche pensarci di affrontare con lei simili argomenti!, il dottor Lesti, perché non voleva fare la figura del pivello, alcuni camerati tra i più anziani, per la ragione analoga. La levatrice Zingonia sarebbe stata l'ideale: ma quello era un discorso da fare tra uomini. E mentre continuava, in gran segreto, a cercare l'uomo giusto, doveva occuparsi anche d'altro.

Lo sapeva per esempio l'Armellina che si avvicinavano le elezioni, quelle del 24 marzo?

E che la Federazione Provinciale si aspettava da ciascun segretario un impegno totale, assoluto, affinché venissero garantite non una, ma due, tre valanghe di SÌ al regime?

«Quale regime?» cantilenò Armellina facendo gli occhi dolci.

Il dolce di quegli occhi…

Anche le tette, certo.

Poteva uno normale dire di no all'uno e alle altre?

«Un'idea ce l'avrei», rispose il Bongioanni.

E non mentiva.

147.

Vedendoselo davanti per l'ennesima volta, Estenuata Geminazzi non osò chiedere in quale veste fosse lì: ebbe paura della risposta.

Il Pianìn aveva una faccia da cristoincroce, guance da cane morto, sembrava che dovesse comunicare una disgrazia. Invece si sentiva lui una disgrazia, e disgraziato anche dovendo, sempre, dire sì al podestà, e pure al segretario, che gli aveva chiesto, richiesto e chiesto ancora di farsi ambasciatore. Pure in casa doveva dire sì, alla moglie.

Notando l'occhio giallo della donna temette un'infezione e ne anticipò la domanda. «Né guardia municipale, né suonatore di trombone», pronunciò.

Piuttosto portavoce.

Ma senza nessuna colpa.

Vedesse lei se starlo ad ascoltare.

Perché era lì per conto dell'intero Corpo Musicale Bellanese.

Corpo costituendo, si notasse bene.

Cui era giunta voce che il maestro meditava di lasciare. Proprio sul nascere!

E la guida li lasciava su quel nascere?

148.

Il Bongioanni glielo aveva detto chiaro, praticamente imposto: il Geminazzi doveva riprendere il comando della costituenda banda. A lui convincerlo.

Facile a dire!, aveva ribattuto il Pianìn. Ma gli sembrava che il ragioniere avesse, al posto del cranio, una calotta di ardesia.

Il Bongioanni allora gli aveva dato qualche consiglio. Addirittura gli aveva suggerito le parole da usare.

Guida, faro, luce!

Maestro!

Ma ci doveva mettere enfasi nella voce.

Maestro, tutte maiuscole.

Tutte maiuscole?, aveva chiesto lui.

E come si faceva?

«Vedrò quello che posso fare», aveva detto il Pianìn, ma aveva tentennato.

Cominciava a covare il dubbio che nella testa del Geminazzi non tutti i venerdì fossero al loro posto.

«Vi posso dire, in tutta confidenza, come se fossi in un confessionale...»

«Dite!» aveva risposto il segretario.

Delle parole che però erano seguite, non ne aveva sentita alcuna.

Al solo sentir nominare la parola «confessionale» infatti una luce s'era accesa nei suoi pensieri.

Confessionale, sacerdote, el sciòr prevòst!

Prete, però pur sempre uomo.

149.

Guida, faro e luce uscirono dalla bocca del Pianìn un po' smorte.

Minuscole, senza dubbio. D'altronde s'era aspettato di doverle pronunciare davanti al Geminazzi. Invece aveva sotto gli occhi il solo panorama di Estenuata mentre il maestro, nascosto in cucina, orecchiava e attendeva gli eventi.

Ma quando nominò il maestro, qualcosa si mosse dentro di lui.

«Come si fa...»

Già, come si faceva, senza un MAESTRO come il Geminazzi?

«O Roma o morte!» esplose il suonatore di trombone.

«Prego?» fece l'Estenuata.

«Niente», indietreggiò il Pianìn cui quella citazione, ennesimo suggerimento del Bongioanni, sembrava abbastanza chiara.

In ogni caso, senza IL MAESTRO niente!

Persino il suonatore di clarino, quel Guzzìn, dopo quell'ultima volgare sceneggiata, voleva chiedere scusa e ottenere nuovamente l'onore di essere riammesso nella compagine dei suonatori: solo, però, se a dirigerla ci fosse stato ancora lui, IL MAESTRO!

Era, quest'ultima, bugia di conio. Ma il Pianìn la buttò lì sentendosi in grado di regolare a dovere i bollori del Guzzìn. Bastava ricordargli che quando lui suonava suo padre lo sentiva, ed era fatta.

Bugia, quindi.

Ma che ebbe l'effetto di sgretolare del tutto le resistenze del Geminazzi, il quale, dai DO in minore che uscivano spontaneamente dalla gola della guardia municipale, l'aveva subito riconosciuto. E, dal suo nascondiglio, dove le sue parole gli erano giunte con un'eco appena fastidiosa, aveva ascoltato: guida… faro… luce…

All'ennesimo MAESTRO!, emesso dal Pianìn un'ottava sopra, il Geminazzi, ancorché in pigiama, aveva quasi deciso di rompere gli indugi e farsi avanti. Aveva atteso solo per il sospetto che dietro quelle parole si celasse qualche altro inganno o inghippo.

Invece, quando aveva sentito il suonatore di trombone dire che quell'essere selvatico del Guzzìn voleva chinare il capo davanti a lui e cospargerlo di cenere, aveva capito che la musica lo reclamava. Come una bella donna, del tipo che non aveva mai avuto.

Abbandonò la posizione di retroguardia.

Era in pigiama, non c'era tempo per cambiarsi.

Si pose tra la moglie e il suonatore di trombone.

«A una condizione», disse.

150.

Fioccavano le condizioni sulla testina del segretario Bongioanni.

Conditio, prima fra tutte e sopra ogni altra, che il Partito vincesse a mani basse ovunque. Anche a Bellano. Ragione per la quale si richiedeva un impegno estremo a tutti i segretari. Estremo ma, s'intendeva, dignitoso. Non si pietivano voti. Meglio convincere i riottosi a non votare.

L'altra era quella del maestro Geminazzi, che aveva sì accettato di riprendere la guida del costituendo Corpo Musicale Bellanese, ma a patto che la questione delle divise venisse infine risolta, e al meglio.

Fioccò anche la terza, quella dell'Armellina. *Conditio sine qua non*, come le altre. Ma che, più delle altre, gli stava a cuore.

151.

Fioccò lieve, leggera.

Le arie di marzo rendevano soavi anche le confessioni, i sacrifici. E l'Armellina quella sera parlava come se fosse fatta di burro fuso.

L'unica condizione che poneva al loro fidanzamento, disse, era che a questo seguisse poi il matrimonio.

«Certo», si affrettò a rispondere il Bongioanni.

Che modo di parlare era?

Oppure, che tipo di uomo credeva che fosse lui?

Però, riprese l'Armellina, lui doveva prima sapere e poi prometterle una cosa.

«D'accordo», fece il Bongioanni in tono conciliante.

Quante paturnie avevano le donne!

«Circa il sapere, credo che ci sia ormai poco da dire», disse Armellina.

Il giovanotto fece un mezzo sì con il capo, ma non capiva niente.

«Insomma», continuò Armellina, «mi hai visto quella sera, dai Geminazzi, con i gemellini in grembo...»

«Certo», fece lui, un immediato groppo in gola.

«Quindi saprai, avrai potuto immaginare...»

Sicuro, lui: «E come no!».

Ma era tutto teatro.

Decise di rimettersi in bocca l'amo, tornare a fare il pesce, seguire la lenza che lo tirava a riva mentre l'Armellina, alla sua uscita, aveva emesso un sospiro.

«La cosa ti disturba in qualche modo?»

Il Bongioanni deglutì: capiva, non capiva? Non lo poteva dire.

In ogni caso: «No», rispose, e decisamente.

Sul viso di Armellina si sciolse un sorriso dei più intriganti.

«Sia benedetto il cielo», mormorò. «Sapevo di non sbagliare sul tuo conto. Sai, non vedo l'ora di averlo in casa!»

Il Bongioanni si sentì pesce ancora, e dei più stupidi, carpa di fondo, cavedano ammaccato. Così non poteva andare avanti.

«Ma chi?» sbottò a chiedere.

L'Armellina si fece improvvisamente seria.

Poi d'improvviso sbottò in una risata.

«Scema che sono», disse.

Nella furia di fargli quella confessione si era dimenticata di dirgli che era un maschietto, si chiamava Norberto, aveva sei anni.

«Forse», disse Armellina, «è meglio se ti racconto tutto dall'inizio. Siediti, perché è una storia lunga.»

Sì, forse era meglio, pensò il Bongioanni, preda di una vertigine.

In quanto alla lunghezza della storia, disse, se l'Armellina poteva stringere, raccontargli solo l'essenziale.

Perché tempo ne aveva, per lei ne avrebbe sempre avuto. Ma non poteva dimenticare che, sempre più in fretta, marciavano contro di lui le fatidiche elezioni del 24 marzo.

152.

L'aveva avuto a Milano, quand'era stata a servizio, cedendo per amore alle insistenze di un guascone che era lì in servizio militare. E che, una volta appreso della gravidanza, era svanito nel nulla. Ad Armellina non era parso vero. Non certo che un uomo potesse essere così vigliacco. Non le era parso vero che, presa dalla disperazione e confessata la cosa alla sua padrona, quest'ultima, mettendole una mano sulla testa e trovando un tono materno, le avesse detto che poteva considerarsi figlia sua, e le avesse permesso di portare a termine la gravidanza presso di lei.

I guai erano cominciati dopo, quando, una volta nato il bambino, la padrona aveva cambiato atteggiamento, tono di voce. Armellina, considerandosi figlia sua secondo quanto le era stato detto, aveva creduto di aver partorito, oltre che un figlio suo, una specie di nipote: al quale voleva dedicare tutte le cure necessarie. Ma la padrona aveva cominciato a protestare che troppo era il tempo che sottraeva al suo lavoro per occuparsi dell'infante, che, forse, per il futuro di entrambi, era meglio mettere il neonato sulla ruota di qualche ospitale...

Non faceva altro che brontolare, rimproverandola ad ogni piè sospinto per qualsiasi mancanza, anche piccola. Dava l'impressione che la spiasse, per coglierla in fallo.

Insomma Armellina, insomma...

L'Armellina non era nata scema. Aveva intuito che nell'anima della sua padrona c'erano ragnatele, invidia, gelosia...

S'era licenziata. Un azzardo, una mossa guidata dall'istinto e dall'esasperazione. Tant'è, l'aveva fatta.

Per qualche tempo era rimasta a Milano. Aveva campato facendo la serva a ore, la cameriera, la balia soprattutto, cosa che aveva continuato a fare anche dopo il suo ritorno a Bellano, ma solo nei paesi del circondario, mettendo a frutto l'inestinguibile ricchezza che nascondeva sotto le vesti.

Ma non era stato un bel vivere. Non si rendeva nemmeno conto del sorgere e del tramontare del sole. Anche il piccolo sembrava capire che quello era un inutile, dannoso sopravvivere. Così l'idea di tornare a Bellano aveva cominciato a farsi largo. Dapprima di notte, in sogno: il lago, le montagne, la piazza della chiesa. Percepiva le voci della sua infanzia, l'odore dell'incenso. Di giorno, il pensiero si fissava su quei sogni notturni.

Tornare.

Ma, il suo bambino?

Il pensiero di abbandonarlo non l'aveva mai sfiorata. Se l'avesse tenuto con sé, però, le chiacchiere, le maldicenze e le allusioni lo avrebbero accompagnato fino alla tomba.

No, s'era detta. Di bastarda, in famiglia, ne bastava una, lei, ormai ci aveva fatto il callo. Ma suo figlio doveva avere un padre. Se no, meglio un naviglio per tutti e due. E, con il pensiero del naviglio, che in verità la convinceva assai poco, la soluzione era andata prendendo corpo piano piano.

Affidare il ragazzetto alle suore dell'orfanotrofio di Bellano. Lasciarlo lì, dove sarebbe stato protetto dalle malelingue, dove lei lo avrebbe potuto vedere ogni giorno. E intanto sperare che il Signore, che l'aveva fatta tanto bella e attraente, forse troppo, le mandasse un'altra grazia dal cielo, un uomo giusto.

Che la ascoltasse, la capisse, la – anzi, li – accettasse.

Era lui, chiese l'Armellina, l'uomo che aveva aspettato per anni?

Era lui, adesso che sapeva tutto, ma proprio tutto tutto?

Il Bongioanni aveva il culo quadro, la panchina non era mica tanto comoda. Stava fantasticando di ascoltare quella storia steso in un letto, con lei mano nella mano.

«Certo», rispose.

Aveva una sola parola, aggiunse.

Quello che seguì fu il primo bacio che l'Armellina gli diede sulla bocca.

«E adesso va'», disse la ragazza, «vola a occuparti delle tue elezioni!»

Passate le quali, rimarcò la mattina seguente il Bongioanni al Geminazzi, che lo tarmava quotidianamente con la faccenda delle divise, avrebbe avuto una risposta circa le stesse.

153.

Le elezioni andarono bene, benissimo. 8.506.576 SÌ, sul territorio nazionale, contro la miseria di 136.198 NO.

A Bellano nessuna scheda grigia con stampigliato il NO al regime.

Gli unici che avrebbero potuto macchiare la perfezione di quel plebiscito erano quei quattro socialisti noti, nomi e cognomi, tra cui il Guzzìn. Ma avevano annusato l'aria che tirava, aria di tempi grami, e s'erano astenuti, restando chiusi in casa. Solo il Guzzìn ne era uscito. Ma la sera precedente la votazione, e s'era spontaneamente presentato alla caserma dei carabinieri e al maresciallo Giunti, chiedendogli di passare la notte e la giornata successiva nella cella di sicurezza.

Il Giunti conosceva il giovanotto, sapeva che era una testa balzana, circa la quale, di tanto in tanto, doveva compilare note informative. Pensando che lo volesse prendere in giro: «Aria», gli aveva detto, «che non abbiamo voglia di scherzare».

«Nemmeno io», aveva risposto il Guzzìn.

E gli aveva spiegato che l'unico modo per impedirgli di andare a votare NO, e quindi di evitare guai, alla sua famiglia più che altro, era quello di tenerlo sotto chiave sino alla fine delle operazioni di voto.

«Se mi tenete qui», aveva dichiarato, «mi fate un favore.»

E il Giunti l'aveva accontentato.

Nessun NO a Bellano, quindi. Solo a Menaggio e a Cernobbio era capitato altrettanto. E ai segretari responsabili delle tre sezioni la Federazione Provinciale fece pervenire una lettera d'encomio solenne, nella quale si lodava il limpido esempio di fede fascista e il generoso impegno a favore della causa.

«Fiore all'occhiello dell'intera Federazione Provinciale, la tua sezione, caro camerata, serve d'esempio ad altre che ancora arrancano verso le più alte cime.

«Chiedete, è scritto, e vi sarà dato. Sappi che il nostro occhio benevolo è puntato su di te.»

Come se avesse bevuto un tonico, dopo aver letto la lettera che gli fu recapitata qualche giorno dopo il 24 marzo, il segretario Bongioanni si sentì forte e leggero nello stesso tempo.

Adesso tutto gli sembrava possibile, con l'occhio benevolo alle spalle. Il Partito s'era rafforzato, lui pure. Il Parpaiola e quella mezza merda del Fainetti dovevano, adesso, dargli retta, non solo fare finta.

Qualche giorno dopo, verso sera, il maestro Geminazzi gli aveva ricordato l'impegno che s'era preso con lui.

«Le divise!»

Ecco, era venuto il momento.

Di imporre la volontà. Che era strettamente embricata con quella del Partito.

154.

«Che due glorie con 'ste divise!»

In altri tempi sarebbe bastata quell'uscita del podestà per smontarlo.

Ma in altri tempi, appunto.

Adesso la musica era cambiata: il Bongioanni sorrise al gioco di parole.

Era cambiata perché gli indubbi progressi, a parte qualche piccolo incidente di percorso, fatti dal gruppo affidato al maestro Geminazzi ponevano l'improcrastinabile questione delle divise.

«Impensabile», affermò il Bongioanni, «che un complesso musicale inquadrato nell'Opera Nazionale Dopolavoro se ne possa andare in giro a suonare come una banda di straccioni!»

«Di questi progressi, veramente...» interloquì il Fainetti.

Il Bongioanni gli troncò le parole in bocca.

«Di questi progressi io posso dar conto», affermò.

Aveva sentito, visto con i suoi occhi. Il Corpo Musicale suonava già alla perfezione *Giovinezza, Se non ci conoscete, Al caffè,* fantasia di canzoni napoletane, *A tu per tu,* deliziosissimo duetto per bombardino e cornetta, dove non si capiva chi fosse più bravo dei due, se il virtuoso del bombardino oppure il maestro Geminazzi con la sua cornetta. E stava cominciando a provare una fantasia tratta dall'opera di Gaetano Donizetti *La figlia del reggimento, Passa la corriera,* valzer, e *Delirio finale,* dall'opera *Ione.* Inoltre, se non bastava, il maestro Onorato Geminazzi stava adattando alle esigenze della banda alcune arie tratte dal *Trovatore* di Giuseppe Verdi.

«Tempo due, tre mesi, avremo un programma da far invidia», aveva affermato il ragioniere. «Non dico alla banda di Loveno, ma quasi.»

Il podestà abbozzò.

«E allora», chiese, «perché non gliele passa l'Opera queste divise?»

«Contribuirà», sorrise il Bongioanni, benché non ne avesse alcuna certezza.

Ma sarebbe stato pur sempre un contributo.

«Sarebbe più gradito se consistente», intervenne il Fainetti.

Perché nelle casse del municipio non c'erano soldi da buttare.

Il Bongioanni l'avrebbe preso a schiaffi, faccia di merda!

«È vero che verrà inquadrato nell'Opera Nazionale Dopolavoro», disse, «ma non dimentichiamo che il Corpo Musicale è, quindi sarà, bellanese, fiore all'occhiello della municipalità!»

«Se sarà un fiore è ancora da vedere», ribatté il Fainetti.

«Vuol dire che mettete in dubbio la mia parola», esplose il Bongioanni.

Pronto all'attacco: il Parpaiola lo comprese. Cazzo, anche lui avrebbe preso a sberle quel verme del suo segretario.

«Basta così!» ingiunse.

Poi rifletté.

«Bisogna che facciamo un compromesso», propose infine.

E compromesso fu.

155.

Come un cane randagio sempre roso dai crampi della fame, che nel suo caso però era sete, l'Evelindo Nasazzi aveva passato l'inverno a tritar catene, esule in patria, ombra sitibonda, per decreto muliebre, in un mondo di liberi bevitori.

Escluso dalle osterie di Dervio.

Inviso ormai ai suoi compagni di lavoro, che avevano inteso quel suo chiamarsi fuori dalle bevute in compagnia, ovino assenso al dettato della Noemi, per taccagneria.

Comandato a bacchetta in casa propria.

Dove non gli mancava niente, né il cibo caldo, né i vestiti puliti o il letto sempre fatto. Ma dove aveva perduto, a suon di sberle prese e mai restituite, la libertà di farla da padrone, di comandare lui.

Cosa gli restava?

Poco, pochissimo.

Lo sfogo della banda.

Lì, quando suonava, comandava lui. E il bombardino gli obbediva, docile. E, altrettanto docilmente, faceva quello che lui voleva. Certo, il maestro Geminazzi l'aveva dirozzato, insegnandogli le infinite potenzialità che c'erano dentro di lui e avviandolo a usarle per estrarre dallo strumento il meglio che poteva dare. C'era riuscito così bene che a un certo punto lo stesso maestro aveva deciso di inserire nel programma per il debutto del Corpo Musicale, la cui data era ancora di là dall'essere stabilita, due pezzi per il suo strumento: quell'*A tu per tu* di Frosoli in cui il Nasazzi duettava in bravura e destrezza con il Geminazzi in persona, e di cui il segretario Bongioanni una sera aveva ricevuto l'anteprima, e pezzi scelti per bombardino dalla *Traviata* di Giuseppe Verdi. Se le cose, poi, fossero andate per il verso giusto, il Geminazzi non aveva escluso di poter eseguire, per il gran concerto della fondazione, anche altre arie d'opera: pensava al *Trovatore*, con quei pezzi scelti per bombardino, trombone e cornetta sui quali da notti e notti stava lavorando.

Poi però, finita l'esaltazione della musica e dei complimenti che ormai ogni sera, a conclusione delle prove, il maestro gli elargiva con serietà e convinzione, al Nasazzi toccava inforcare la bicicletta e rimasticare la strada verso Dervio, lasciandosi alle spalle l'allegria degli altri, oltre ai frizzi e ai lazzi di cui, c'era da scommettere, era il bersaglio.

Andare avanti così era sempre più difficile, pesante.

Non era certo con il rubacchiare quei pochi centesimi che sua moglie dimenticava in giro per casa che avrebbe potuto riguadagnare la libertà di un tempo.

E gli sembrava che dello stesso parere (difficile, pesante andare avanti in quello stato) fosse anche la bicicletta con la quale faceva su e giù da Dervio: tanto leggera e lieta della strada quando scendeva verso Bellano, tanto invece si facevano duri e rumorosi i pedali nel ritorno, come se non gradissero.

Toccava anche a loro come a lui, però, fare buon viso a cattiva sorte.

Tirare avanti.

156.

Inutile stare a far discussioni. Al punto in cui si era, bisognava prendere atto della realtà.

«E fare buon viso a cattiva sorte», disse il Bongioanni.

«Dite facile voi», ribatté il Geminazzi.

Ma, con i soldi che avevano racimolato, non si andava da nessuna parte.

«Seicento lire dal comune e una promessa di altre seicento dall'Opera Nazionale Dopolavoro. Che ci facciamo?»

Il Bongioanni mise le mani aperte in avanti, a raccomandare calma.

Tra l'altro, la storia di quella promessa era un suo azzardo. Per chiederle, le aveva chieste. Anzi, forte delle parole che la segreteria provinciale gli aveva scritto dopo l'immacolata vittoria alle elezioni, aveva dato per scontato il contributo. Gli avevano risposto, invece, usando fumo anziché inchiostro.

Insomma, sì, va bene, valuteremo, si vedrà, in futuro...

Ma di tutto ciò, con il Geminazzi non aveva fatto parola.

«Calma», disse.

Un sistema c'era. L'aveva studiato lui, a tavolino.

«Con i soldi di cui disponiamo quante divise possiamo fare?» chiese.

«Con i soldi certi o anche con quelli promessi?» rimandò il Geminazzi.

«Con i certi», tossicchiò il Bongioanni.

«Non più di sei!»

«Bel colpo!»

«Se pare a voi...» ironizzò il ragioniere.

«Mi pare, eccome.»

«State scherzando?»

«Non sono mai stato così serio», assicurò il segretario.

I calcoli, secondo lui, tornavano.

Ad almeno dieci, tra i musicisti, si poteva proporre di pagarle da sé, quelle divise.

«A partire da voi, maestro. Così dareste il buon esempio.»

Una sorta di anticipo che poi, con il tempo, le casse del corpo avrebbero potuto restituire. Se questi dieci, però, versavano nel frattempo 100 lire pro capite, la cifra a disposizione saliva a lire 1.600. Con la quale il Bongioanni si impegnava a ottenere, tra sconti, preghiere e minacce, che il sarto confezionasse ventiquattro divise.

«Venticinque», obiettò il Geminazzi.

Ventiquattro, ribadì il Bongioanni: visto che il figlio del sarto suonava nella banda, dava per scontato che almeno quella sarebbe stata gratuita.

Nel novero dei musicisti, aggiunse il segretario, bisognava isolare coloro che, per manifesta indigenza, non avrebbero potuto sganciare nemmeno un centesimo.

«Dovrei fare i conti in tasca ai miei musicisti?» si impennò il Geminazzi.

Non era nel suo costume abbassarsi a tali livelli, ficcare il naso nei bilanci altrui, a meno che non fossero pubblici, lui...

«Buono!» lo interruppe il Bongioanni.

Glielo avrebbe stilato lui l'elenco dei solventi, lui che conosceva bene il paese e i suoi abitanti.

«È comunque un agire che ha il sapore dell'inquisizione!» ribatté il Geminazzi.

Al che il Bongioanni gli si avvicinò di un passo.

Porco demonio, lo capiva anche lui che non era un

bell'agire. Ma di necessità bisognava fare virtù. Non c'era altra via.

«Lo capite o no?»

Voleva un Corpo Musicale dignitoso?

Voleva le divise?

E allora che non andasse troppo per il sottile!

157.

Al Bongioanni servirono un paio di giorni per compilare la lista dei solventi. Il primo, come stabilito d'autorità, fu il Geminazzi, per via del buon esempio.

Alla fine i nove che andarono a fargli compagnia furono:

Caruè Enrico, offelliere, scapolo, in odore di omosessualità;

Giona Biagio: il padre, Giona Sapio, commerciava in farine e crusche. Spaccamilioni, alla richiesta di offerte tra le più varie non si tirava mai indietro: cacciare soldi gli faceva lacrimare il cuore, ma la vanità di tirar fuori il borsellino e far vedere ch'el gh'era i danée era più forte di ogni dolore;

Crippa Esilio, bon vivant;

Spirito Amodeo, pellettiere, sposato con Aurelia Dantori. Su di lui correva voce che regalasse colli di volpe alle signore che cedevano alla richiesta di essere gentili. Si mormorava, anche, che gli piacesse prenderle distese sui mucchi di pelli in attesa della concia che teneva nel magazzino. Così, più di una volta, l'odore selvatico che si appiccicava alle compiacenti signore era stato all'origine di scandali subito sopiti;

Corbetta Amodeo, nato stanco. Fregnone, secondo l'opinione pubblica, furbo secondo gli invidiosi, semplicemente fortunato secondo il Bongioanni, poiché poteva contare su una madre che, pur di non lasciarselo scappare, gli avrebbe comperato il paese intero;

Fiaschi Annibale, figlio dell'impiegato comunale Fiaschi Asdrubale, primo applicato, mondano, noto per la sentenza «L'eleganza è tutto nella vita»: dal sarto Benagli si faceva confezionare non meno di due vestiti nuovi all'anno, passando i dismessi al figliolo, dopo averli fatti adattare;

Spioni Pargolo, cassiere presso la formaggeria del padre Spioni Ercole. Allergico, come la madre, a tutti i prodotti caseari, si occupava solo di incassare e di far quadrare i conti, anche quando parte dei proventi giornalieri finivano, anziché nel cassetto, nelle sue tasche;

Cracchi Pellegrino, ferroviere, lavoratore indefesso di rare e multiformi abilità, faceva tutti i mestieri, dal muratore all'idraulico al tappezziere, occupando così il tempo libero e mettendo insieme a ogni fine mese un secondo stipendio.

A completare l'elenco, il Bongioanni mise il Guzzìn. Ma mica per astio o per vendetta. Piuttosto perché lo conosceva bene e poteva scommettere che quella testa dispari non avrebbe mai accettato che a fornirgli la divisa fosse l'Opera Nazionale Dopolavoro, pur se con un finanziamento parziale.

Consegnò la lista personalmente al maestro Onorato Geminazzi, attendendolo all'ingresso dell'ospedale, dopo il lavoro quotidiano. Il Geminazzi gli diede uno sguardo di sufficienza, intascò, quindi inalò con rumore guardando poi compiaciuto il segretario. Il quale si sentì nuovamente libero di abbandonarsi a quel languore che, per un paio di giorni, aveva dovuto fingere di non sentire. E improvvisamente, come se non solo l'anima ma anche il naso gli si fosse stappato, avvertì nell'aria un profumo: quello della primavera che finalmente era arrivata sul lago.

158.

Finalmente.

Non più il buio cupo dell'inverno, l'odore di camini, il vento. Non più gente che aveva fretta e freddo.

Da qualche giorno era aprile, e si sentiva.

Pure il Nasazzi sembrava rifiorito.

Diede spettacolo quella sera, come se la primavera gli fosse entrata nelle dita delle mani, nel fiato che spingeva nello strumento.

Tre prove di fila e le arie per bombardino, trombone e tromba del *Trovatore* che il maestro Geminazzi aveva appositamente adattato per il Corpo Musicale potevano affrontare il pubblico. Alla fine il Geminazzi era euforico.

«Bravo Nasazzi», esclamò.

E dalla sala vennero i soliti rumori di sedie spostate e il chiacchiericcio dei musicanti che si preparavano a tornare a casa.

«Chiedo ancora un momento di attenzione», annunciò allora il maestro.

C'erano comunicazioni relative alle divise.

«Stante l'esiguità dei contributi ricevuti», sillabò il ragioniere, «il consiglio potrà fornire la divisa soltanto a chi, per manifesta indigenza, è impossibilitato a contribuire al loro acquisto.»

Nessun commento, nessuna voce lo interruppe.

«Quindi», riprese il Geminazzi, «darò ora lettura dell'elenco dei musicisti cui, su parere del consiglio direttivo, verrà fornita gratuitamente la divisa. Gli altri, i solventi, dovranno considerare l'esborso quale anticipo che con il tempo verrà restituito.»

Visto che sarebbe stata ottima cosa arrivare alle soglie della stagione estiva con le divise belle e pronte, non si poteva indugiare oltre. Se c'erano obiezioni, e si augurava vivamente di no, dovevano saltar fuori quanto prima.

«Subito», aggiunse il Geminazzi. «Questa stessa sera.»

159.

Lo sentì sbocciare.
D'altronde era primavera.
Un piano per fregare la Noemi. Un piano ancora piccolo, ancora al primo vagito ma da adottare al volo, prima che l'attimo fuggisse.
Lo lasciò lievitare mentre il Crippa chiedeva al maestro Geminazzi se non fosse possibile avere giacche con i *revers* sciallati («Una sciccheria!» aveva detto, «darebbe un tocco di squisita eleganza ai musicisti»), e il Geminazzi gli rispondeva che i musicisti non erano giuggioloni e i concerti non erano passerelle per bellimbusti.
E poi, d'istinto, l'Evelindo Nasazzi sbottò.
«Io do le dimissioni!»
Tutti gli occhi si puntarono su di lui.
Su di lui e poi sul Geminazzi.
Che, esterrefatto, dall'alto del podio dal quale sino a poco prima aveva diretto, tentò di dar voce a parole che non vollero imboccare la via della lingua.
Masticò un paio di volte l'aria.
Il Nasazzi comprese di aver centrato il bersaglio.
Fioriva, fioriva il piano!
«Non posso fare altro», aggiunse.
«Le dimissioni, adesso», riuscì a espettorare il Geminazzi. «E proprio voi?»
C'era, in quel «voi», un distillato di disperazione.
Dopo una sera come quella, in cui aveva dato un saggio della maestria, dell'eccellenza che aveva raggiunto?

Si rendeva conto che quella altro non era che una coltellata alla schiena?

«E come no», rispose il Nasazzi.

Ma cosa poteva farci lui?

«Il destino, caro maestro, non accoltella solo voi alla schiena.»

Fosse stato due, tre mesi prima, sarebbe stata un'altra cosa. Perché, spiegò il Nasazzi, si rendeva conto di poter, senza fatica, essere inserito nella categoria solventi. Ma fino a un paio di mesi prima.

«Adesso, purtroppo, non più!»

Necessità superiori, tutto lì. La malattia del figlio. Che s'era aggravata, richiedendo cure che costavano. Il dottore, le medicine...

«Ma visto che siete stato inserito nell'elenco dei non solventi, non dovrete sborsare una lira», obiettò il Geminazzi confuso.

«No», ribatté l'Evelindo. «Non è così che intendo la dignità di un uomo.»

Sconsolato chinò la testa.

Lo scusassero tutti se se ne andava.

«Non sono abituato a farmi compatire», dichiarò.

Né, men che meno, ad accettare l'elemosina.

Dimissioni, ecco l'unica cosa da fare.

Per non pesare sulle casse della banda, salvare il suo onore e garantire al suo povero figliolo tutto ciò che gli poteva servire.

160.

Notte fonda ormai. Ma il Geminazzi non aveva sonno. Poteva dormire con il pensiero del Nasazzi che non aveva voluto sentir ragioni? Gnucco, aveva insistito. Cristo, che testa: dimissioni!

E, addirittura, prima di andarsene aveva tentato di lasciare il bombardino sulla sedia, dicendo che l'avrebbe venduto a buon prezzo a chi ne avesse preso il posto. A fatica il Pianìn l'aveva costretto a riprenderselo.

Nella sala sembrava che fosse calato un incantesimo. Silenzio, incredulità.

Era stato il Pianìn a romperlo poco dopo l'uscita dell'Evelindo.

«Vedrete, maestro, che lo convinceremo a ripensarci», aveva detto.

Sì, aveva risposto il Geminazzi.

Ma come?

Il Nasazzi era tanto bravo quanto originale. E tipi come lui, orgogliosi, guai a ferirli nella dignità.

Come avrebbe fatto?, aveva chiesto il maestro.

«Così sui due piedi non ve lo saprei dire», aveva risposto il Pianìn.

«Ecco», aveva sospirato il Geminazzi, «vedete? Nemmeno voi lo sapete.»

E aveva sciolto la riunione. Non prima di avvisare gli astanti che per un paio di giorni, sino a che non si fosse chiarita la posizione del bombardino, sarebbe stato meglio sospendere le prove.

Poi anche lui, come gli altri, era tornato a casa. Ma aveva fatto un giro lungo, via Roma, la piazza della chiesa, le mani dietro la schiena, buio davanti agli occhi, come se fosse di nuovo inverno.

Di bombardini era pieno il mondo.

Ma non erano tutti uguali.

Per averne uno come l'Evelindo quanti avrebbe dovuto esaminarne?

E quanto tempo ci sarebbe voluto per portarlo a quei livelli di eccellenza?

In casa, il battaglione dormiva. Al Geminazzi parve di soffocare in quel silenzio privo di ogni suono. Così, visto che di dormire non ci sarebbe stato verso, anziché a letto, si recò in cucina e aprì la porta finestra che dava su piazza Santa Marta.

Quella piazzetta...

L'aveva già immaginata più volte, quasi ogni sera a dire il vero, piena di pubblico ansioso e lì, nel centro, il suo Corpo Musicale mentre eseguiva brani scelti: *Manon Lescaut, Turandot, L'elisir d'amore*...

«Cosa fai?»

La voce di Estenuata lo colse di sorpresa, sobbalzò.

«Niente», rispose, e si girò verso la moglie grato che fosse buio, poiché si sentiva gli occhi vagamente umidi.

«E allora vieni a letto», aveva detto lei.

E: «A proposito», disse ancora Estenuata.

L'Armellina quello stesso pomeriggio aveva salvato dalla furia distruttrice dei due gemellini certi fogli pieni di note che lui aveva lasciato sul tavolo di cucina.

«È roba importante?»

Certo, come no?

Pezzi scelti per bombardino dal *Rigoletto* di Giuseppe Verdi.

161.

Pure il Pianìn stava perdendo il sonno.

Meno romantico però del Geminazzi: anziché perdersi in illusorie visioni di piazzette piene di un pubblico ansioso di arie d'opera, aveva fatto qualche conto.

Il primo, quello del tempo che lui e gli altri musicisti avrebbero dovuto dare per perso se non ci fosse stato modo di convincere il Nasazzi a ritornare sui suoi passi.

Il secondo fu quello di quanto, lui insieme con i musicisti solventi, maestro Geminazzi compreso, avrebbe dovuto sborsare per mettere insieme i soldi necessari a pagare la divisa del Lindo.

Il terzo fu come offrire al Lindo quella soluzione senza urtarne la suscettibilità.

Studiò il problema sino a notte fonda e andò a dormire solo quando fu certo di aver trovato la soluzione.

Al risveglio si confermò di essere nel giusto, quindi partì in direzione del sarto Benagli.

Il quale nel suo laboratorio aveva in bella vista un cartello che recitava: «PER COLPA DI QUALCUNO NON SI FA CREDITO A NESSUNO».

Ragione per la quale, quando dalla bocca del Pianìn uscì la parola credito, il sarto glielo indicò.

Il Pianìn non batté ciglio. «Per finta», disse.

La divisa gliela pagavano loro, subito, con una colletta. Il Nasazzi però non lo doveva sapere. Credere, piuttosto, che avrebbe potuto pagarla con comodo, magari anche a rate. Dopodiché, una volta che il Lindo avesse saldato il finto debito, lui avrebbe restituito a loro quei soldi: che non si credesse di poterli intascare, e ciao bionda!

Andava bene?

162.

Al Benagli era andata bene, figurarsi, bastava non avere in giro crediti.

Pure al Nasazzi era andata bene quella soluzione. E senza stare a far troppe storie.

Dopo il sarto il Pianìn, chiesta licenza al Fainetti, consultato in veste di segretario del Corpo Musicale, era volato a Dervio in bicicletta e masticando discorsi importanti: mesi di lavoro perduto, l'attesa che si era creata, il ritorno di immagine che ne avrebbe avuto il paese... paroloni per zifolare al Lindo la balla concordata con il Benagli e convincerlo ad accettare quel compromesso: nessuna carità, nessuna elemosina. Solo una dilazione nel pagamento, perché anche il sarto Benagli voleva fortissimamente che Bellano avesse una sua banda.

Il Lindo l'aveva ascoltato per un po', poi l'aveva interrotto.

«Va bene», aveva detto.

Il Pianìn glielo aveva fatto ripetere.

«Nel senso che ritorni, rientri? Insomma, riprendi in mano il bombardino?»

Il Nasazzi aveva confermato.

«Posso andare a dirlo al Geminazzi quindi?» aveva domandato ancora il Pianìn, cui suonava un po' strana la facilità con la quale aveva ricondotto all'ovile la pecorella.

«Sì, sì...» aveva risposto il Lindo, che poi gli aveva detto di dover andare: lo aspettavano certi tronchi da trasformare in legname da opera.

Al Pianìn quindi non era restato che inforcare di nuovo la bicicletta, direzione Bellano, obiettivo Geminazzi.

Il quale, per l'entusiasmo, decise di mettere nel programma del debutto anche quei pezzi del *Rigoletto.*

Andavano solo provati e riprovati senza tregua.

Perché aprile correva come il vento che rinfrescava i pomeriggi e bisognava cominciare a studiare il calendario, cercare di individuare la data migliore per il grandioso debutto del Corpo Musicale Bellanese.

Naturalmente non prima che tutto fosse sistemato alla perfezione, comprese le divise.

163.

Non solo il Geminazzi scrutava il calendario.
Pure il Bongioanni faceva conti.
Credeva lui...
Aveva creduto, anzi, che fosse bastato fidanzarsi perché l'Armellina si convincesse a mollare qualcosa di più.
A lui sarebbe bastata anche solo una toccatina a quelle tette, andava bene pure da sopra il vestito.
Invece, ciao.
Bacetti.
Uno solo al giorno, serale, come se fosse una medicina, quando lui la riaccompagnava a casa dopo la passeggiata.
Era, anche quello, uno sfiorarsi lieve delle labbra. Ma consentiva al segretario di appoggiare il torace all'immenso balcone della ragazza, sensazione che lo faceva immediatamente partire per la tangente, immaginando cosa avrebbe fatto...
«Quando?» le sussurrava nell'orecchio.
L'Armellina non aveva altre risposte.
«Quando saremo sposati.»
Perché rovinare tutto prima?
Dipendeva da lui.
Lei era lì, pronta da sposare.
Facesse lui i suoi conti, tenendo presente che non ci si poteva sposare dalla sera alla mattina. E che se lui continuava a indugiare sui fogli del calendario di Frate Indovino, anche il mese di maggio sarebbe passato tra bacetti, passeggiatine e sospiri di desiderio.

164.

Maggio senz'altro no.

«Perché il programma è troppo sbilanciato», spiegò il Geminazzi.

Era colpa sua, lo ammetteva. S'era lasciato prendere la mano dai pezzi d'opera e aveva messo insieme un programma, come dire...

«Troppo d'élite.»

Dimenticando che una banda è una banda e deve soddisfare anche appetiti, come dire...

«Semplici.»

Quindi, adesso, fatta l'autocritica, bisognava correre ai ripari inserendo almeno un paio di marce sinfoniche.

«*I diavoli bianchi.*»

Di De Cristoforo.

Pezzo allegro, coinvolgente, che avrebbe scatenato gli applausi.

E *Nel Duce la luce* di Gentili.

Non si poteva certo dimenticare l'omaggio personalizzato all'uomo della Provvidenza.

Un mese ancora, quindi, per provarle e riprovarle. Dopodiché si sarebbe potuto parlare del debutto.

165.

A maggio ormai non si poteva più.

Meglio così.

Era il mese in cui anche gli asini andavano in amore e il Bongioanni voleva evitare di offrirsi a facili ironie.

Giugno, invece, poteva andare bene. Ma…

Cadeva in quel mese il decimo anniversario della morte del Bongioanni senior.

Era cosa da fare sposarsi a ridosso di tale triste ricorrenza?

«Niente di male», lo rassicurò il prevosto.

E allora, giugno. Verso la fine.

«Il 30 potrebbe andare bene», disse il prevosto.

«Per me senz'altro», rispose l'Armellina quando il giovanotto le propose la data.

Poi, sorridendo, gli chiese di soddisfare una sua curiosità.

Si sarebbe sposato in divisa?

«Tu cosa dici?» chiese a sua volta il Bongioanni.

166.

«Ma perché non vi sposate in divisa?» gli chiese il sarto Benagli.

Il Bongioanni restò di stucco.

Cos'è, gli faceva schifo fargli un bel vestito per il matrimonio? Aveva paura che non l'avrebbe pagato?

«Ma no», disse il sarto.

Gli era scappata così, e si scusava. Il fatto è che aveva un sacco di lavoro e non sapeva come fare per mantenere gli impegni assunti.

Venticinque divise da fare su misura!

Mica uno scherzo!

«Eh già!» ribatté il Bongioanni. Le divise.

Se n'era dimenticato.

Da quando aveva rotto gli indugi e fissato la data del matrimonio, gli sembrava di vivere su un altro mondo, la testa nelle nuvole e i pensieri a rincorrere tutte le fantasie che nel corso di quegli ultimi mesi gli avevano ingolfato la mente, e anche il resto. Armellina poi era diventata dolcissima e civettuola. Lo stava cuocendo a fuoco lento: il Bongioanni aveva l'impressione di essere una matita nelle sue mani, cui lei stesse facendo la punta. Non vedeva l'ora di godersela quella ragazza, tutta, dalla cima dei capelli alla punta dei piedi. Voleva godere non solo di quello che si poteva toccare, baciare e via di questo passo, ma anche di ciò che non si vedeva e che faceva di Armellina la donna dei suoi sogni, la madre ideale dei suoi figli, la miglior compagnia per la sua vita.

Insomma, era contento e innamorato. E quando uno era in quello stato, se ne rendeva conto, faticava a tener dietro a tutto il resto.

Delle divise s'era proprio dimenticato.

«Voi non preoccupatevi però, ve lo procuro io il tempo per farmi un bel vestito!» disse al Benagli.

E mentre quello gli prendeva le misure, il segretario elaborò il discorso da fare al Geminazzi.

167.

«A giugno, no!»
«Perché?»
«Datemi retta.»
Quale sarebbe stato, chiese il Bongioanni, il luogo migliore, la cornice ideale per il debutto del Corpo Musicale?
«Ma...» borbottò il Geminazzi stringendosi nelle spalle.
A dire la verità non ci aveva ancora pensato, era troppo occupato a rifinire il programma.
«Ve lo dico io», fece il Bongioanni.
All'aperto.
In piazza Verdi o, meglio ancora, in piazza Grossi. Davanti al lago, nella cornice delle montagne, sotto il cielo puntinato di stelle. Nel tripudio dell'estate!
Al Geminazzi brillarono gli occhi.
Era vero: al solo pensarci venivano i brividi.
Con la musica che si spandeva nell'aria, come sostenuta, sostanziata dal calore, insisté il Bongioanni, le melodie che scalavano il cielo, la suggestione della notte che avanzava...
Il Geminazzi chiuse addirittura gli occhi: vedeva la scena, il segretario aveva ragione.
Glielo disse.
«Ma a giugno, no», ribadì il Bongioanni.
Perché giugno era un mese un po' birichino, la stagione non sarebbe stata nel suo pieno di afrori e suggestioni.

Freschetto di sera e, dietro l'angolo, sempre il pericolo di un temporale o di una botta di vento.

Valeva la pena di correre il rischio?

Rovinare il debutto per colpa di un po' di tivano o di quattro gocce d'acqua?

«No», ammise il Geminazzi.

Luglio, allora?

Luglio andava benissimo.

Era, anzi, perfetto.

«Volete sapere perché?»

Certo, rispose il Geminazzi.

Perché il 28 luglio era la festa del paese. Santi Nazzaro e Celso.

Quale occasione migliore per il debutto del Corpo Musicale?

Ci sarebbe stato tutto il paese a sentire.

«Non è una magnifica idea?»

168.

Domenica 30 giugno il prevosto, appena uscito sull'altare, esordì dicendo:

«*Nuntio vobis gaudium magnum!*» La chiesa era piena da scoppiare. Nessuno fiatò.

Cosa voleva dire?

Prima di procedere alla santa messa, spiegò il sacerdote, e di unire in matrimonio Attilio, e con un gesto della mano indicò il Bongioanni che arrossì violentemente, e Armellina, cui rivolse un cenno del capo e un sorriso, doveva fare una lietissima comunicazione.

«Finalmente abbiamo il nuovo arcivescovo!» annunciò.

Da quattro giorni Ildefonso Schuster era stato nominato arcivescovo di Milano, andando a occupare la poltrona che era vuota da ormai sette mesi, dopo la morte del suo predecessore cardinale Tosi.

Spontaneo, un applauso si levò dalla folla.

Applaudirono anche gli sposi: il Bongioanni, anzi, trasse da quell'annuncio un indizio di ulteriore fortuna per le sue nozze.

Applaudì anche il Geminazzi, che era lì quale invitato. Pure a lui quell'annuncio sembrò portare una ventata di allegria.

Contava i giorni, ormai, per l'esordio del Corpo Musicale.

«Come va la vostra banda?» gli chiese al termine della cerimonia proprio il prevosto.

Il Geminazzi relazionò con cura.

Dal punto di vista musicale poteva dirsi soddisfatto. Naturalmente c'era sempre un margine per migliorare, ma non poteva negare di sentirsi pronto per il prossimo debutto. Sotto il profilo formale mancavano ancora sei, sette divise. Il Benagli aveva lavorato duro e gli aveva promesso che, a costo di lavorare la notte, sarebbero state pronte per il 28 luglio.

«Speriamo bene, perché...» disse il prevosto.

Quindi soffiò nell'orecchio al Geminazzi una notizia che lo esaltò.

Correvano voci, voci di curia, che il neoarcivescovo, prima del solenne ingresso in Milano che sarebbe avvenuto l'8 settembre, fosse intenzionato a visitare parte della diocesi. Segnatamente, si diceva, voleva ripercorrere, con un atto di simbolica fedeltà, il tragitto di una delle tante visite pastorali fatte da san Carlo Borromeo in Valsassina. E sarebbe passato da Bellano proprio il 28, in occasione della festa dei santi patroni.

«Presenzierà al concerto?» chiese il Geminazzi.

«Ne sareste contento?» chiese il prevosto.

Certo, e come no?

Ma ci voleva un pezzo, per l'occasione, da dedicare esclusivamente all'alto prelato.

«L'avete?» chiese il prevosto.

«*Al sacro soglio*!» rispose il Geminazzi.

Di media difficoltà.

Tempo una settimana, i suoi l'avrebbero imparato.

169.

L'amministrazione comunale di Bellano era felice di annunciare il debutto del neonato Corpo Musicale Bellanese con un grande concerto che si sarebbe tenuto la sera del 28 luglio 1929, festa dei santi patroni. L'intera cittadinanza era invitata.

Sui manifesti seppia, colore che era stato voluto espressamente dal maestro Geminazzi a imitazione di quelli che, una volta, aveva visto esposti al Teatro della Scala, non c'era cenno della presenza dell'arcivescovo di Milano, fresco di nomina.

Il signor prevosto, infatti, aveva consigliato di non citarlo: la sua visita non era ancora certa e, se anche si fosse avverata, sarebbe stata in forma ufficiosa.

«Bene», aveva detto il Geminazzi che, da qualche giorno, covava un dubbio.

Questione di priorità: stante la presenza dell'illustre ospite doveva aprire il concerto con le note di *Giovinezza* oppure iniziare con *Al sacro soglio*?

Visto che non vi era alcuna certezza sulla visita del cardinale Schuster, il dubbio era svanito.

«*Giovinezza*», aveva deciso.

E, subito dopo, *Al sacro soglio.*

Poi, a seguire, il resto del programma.

I diavoli bianchi, marcia sinfonica.

Nel Duce la luce, marcia sinfonica.

Al caffè, raccolta di canzoni napoletane.

A tu per tu, duetto per bombardino e cornetta.

La figlia del reggimento, fantasia dall'opera di Gaetano Donizetti.

La Traviata, pezzi scelti per bombardino.

Il Trovatore, arie per bombardino, trombone e cornetta.

Il Rigoletto no, non era ancora perfettamente rifinito.

In chiusura, un'altra volta *Giovinezza*.

E ancora *Giovinezza*, se il pubblico chiedeva il bis.

170.

Tre odori: stalla, sudore, vino. L'aria della scuola di musica ne era pregna.

Ogni tanto qualcuno cercava di aprire la porta, ma entrava aria calda. Anzi, non entrava nemmeno, sembrava fermarsi sulla soglia come se non volesse contaminarsi.

A ognuno di quei tentativi, poi, il maestro Geminazzi fermava la bacchetta a mezz'aria e ordinava di chiudere.

Nessuno doveva sentire.

Non una nota di quello che stavano provando per l'ennesima volta doveva uscire dal locale.

Era la sera del 26 luglio, ultima prova. Il giorno dopo, il 27, il maestro l'aveva destinato al riposo, suo e dei musicanti, in vista del grande evento per la sera del 28.

Da una settimana sull'intero lago di Como covava una cappa di umidità, un'invisibile chioccia teneva immobile ogni cosa. Non tirava un filo d'aria, né breva né montivi. La superficie del lago era liscia, lucida di sudore come i volti della gente. Tutti si sentivano immersi in una sorta di perpetuo suffumigio.

Gli esperti del tempo si scialavano. Alcuni dicevano che si stava preparando un disastro, il menaggino o qualche altra diavoleria dalla bergamasca. Altri invece prevedevano l'arrivo del vento caldo con le malattie a cavallo, il föhn.

Al solo sentirli, il maestro Geminazzi impallidiva.

Menaggino, bergamasca, tuoni, venti e straventi, fulmini, föhn.

Benvenuti anche terremoti e pestilenze!
Arrivasse tutto quello che il cielo voleva mandare.
Ma dal 29 luglio in poi.
Niente, nessuno avrebbe dovuto rovinare il grande concerto del debutto che si sarebbe tenuto in piazza Grossi di lì a quarantotto ore.

171.

La notizia giunse a Bellano verso le nove.

Destinatario il Fainetti, quale segretario del Corpo Musicale Bellanese.

Era la mattina del 28 luglio.

Faceva sempre caldo, colava umidità, dai visi come dai vetri.

Fu sassata, coltellata, raffica di mitragliatrice, scoppio di mina.

Niente a che vedere con l'altra, giunta in paese il giorno prima: nessuna visita pastorale, il cardinale Schuster aveva rimandato il viaggio a dopo il suo insediamento in Milano.

La portò un operaio, tal Vecchiatti di Dervio, che lavorava al cotonificio.

L'aveva incaricato la Noemi.

La annunciò direttamente al Pianìn, come gli era stato detto di fare. Pensasse lui a riferirla a chi di dovere.

La guardia, al sentirla, sbiancò.

Reagì malamente.

«Non si scherza su queste cose», disse.

Però cominciò a sudare come una fontana.

Non stava scherzando, rilanciò il Vecchiatti.

Era vero.

L'aveva anche visto con i suoi occhi.

Il Nasazzi era morto.

172.

Da buon bellanese, quando c'era la festa dei santi patroni, Nazzaro e Celso, l'Evelindo Nasazzi, pur abitando a Dervio, stava a casa dal lavoro.

Festeggiava la ricorrenza.

Faceva male?

Il Caliprandi della segheria lo sapeva. Comprendeva, non aveva mai avuto niente da dire. Gli teneva giù il giorno di paga e amen.

La sera del 27, quando era uscito dalla segheria, il Lindo aveva salutato dicendo che si sarebbero rivisti lì in ditta il 29. Aveva augurato buon lavoro a tutti quelli che, nonostante il giorno seguente fosse domenica, avrebbero lavorato per fare fronte alle commesse e se n'era uscito a dire che, per una volta, lo straordinario l'avrebbe dato lui al Caliprandi, pur di non perdersi la festa. Dopodiché era partito.

Aveva sete e voglia di stare allegro.

In casa, alla Noemi, aveva raccontato la balla che c'era l'ultima prova prima del concerto. Aveva inforcato la bicicletta ed era andato a Bellano, con tanto di bombardino a tracolla.

A Bellano aveva fatto passare tutte le osterie, dove la festa era nel pieno. I soci della banda, ligi alle consegne del Geminazzi, si erano risparmiati. Chiusi in casa, a tener da conto i polmoni. Non ne aveva visto in giro neanche mezzo.

Nessun oste s'era rifiutato di servirgli da bere. Mica come a Dervio. Il Lindo aveva bevuto, offerto, e pagato soprattutto!

Poi, all'ora in cui solitamente finivano le prove, aveva ripreso la strada di casa.

Le strade, sarebbe stato meglio dire.

Tre, quattro, cinque.

Gli avevano danzato sotto gli occhi, incrociandosi una con l'altra, e al ritmo di una marcetta militare.

Quando arrivavano le curve era stato un gioco d'azzardo scegliere quella giusta.

Un azzardo che era andato bene sino al momento in cui, appena poco oltre il bùs de l'oca, la bici del Nasazzi aveva preso un sasso e aveva bucato.

In quel silenzio, in quel buio...

Psssss!, la gomma s'era sgonfiata.

Quel rumore...

Un invito irresistibile. Sembrava che la vescica in persona gli stesse parlando. Doveva pisciare.

Era sceso dalla bicicletta e l'aveva lasciata cadere a terra. Due passi, due saltelli e aveva raggiunto la riva del lago. Il mormorio dell'onda non aveva fatto altro che eccitare il bisogno. Non appena aveva tirato fuori l'affare un getto orgoglioso era esploso, forte, continuo. Poi, piano piano, si era affievolito. Ma non esaurito, ce n'era ancora di acqua da fare. Contraendo l'addome, il Nasazzi aveva continuato a pisciare a brevi getti. Una spinta con l'addome, nel silenzio della notte, e poi via, un nuovo getto, con una cadenza, con un ritmo, sì, aveva pensato, un ritmo quasi musicale.

E non aveva resistito all'idea. Aveva preso il bombardino, se l'era portato alle labbra e aveva accompagnato, DO-SOL DO-SOL, gli ultimi scrosci, soffiando come un matto inebriato dal vino, dalla musica, dalla notte e da chissà che altro.

Sino a che aveva avvertito una fitta di coltello che dall'occhio destro s'era diramata in tutta la testa. Aveva visto buio. Aveva anche finito di pisciare. Di suonare. E di vivere.

Era caduto in avanti, morto stecchito, abbracciato al bombardino, la patta aperta, sul bagnasciuga.

Quando la guardia notturna di Dervio, Amedeo Totale, l'aveva trovato, era da poco passata la mezzanotte. Alla riva del lago il Totale c'era arrivato seguendo l'invisibile traccia di quelle due note che a un certo punto, e non senza un certo spavento, aveva sentito nell'aria. Era riuscito a individuare il corpo ormai senza vita del Nasazzi giusto perché un riflesso di luna aveva colpito il bombardino, facendolo luccicare e mettendo vieppiù in agitazione la guardia, che ormai era convinta di aver a che fare con una creatura dell'aldilà, o con un mostro uscito dalla profondità del lago.

Invece era solo il Nasazzi, morto.

Morto che più non si poteva, aveva detto anche il dottore che il Totale aveva tirato giù dal letto. Non c'era stato altro da fare che portarlo a casa, dalla Noemi.

La quale prima di tutto aveva annusato suo marito.

Caspita, è riuscito a farmela.

Ma l'aveva solo pensato.

Per dire, aveva detto: «Mettetelo sul letto».

Neanche una lacrima, nemmeno il malatino. Sembrava che se l'aspettassero. Oppure che se l'augurassero.

In ogni caso, dopo aver ringraziato guardia e dottore, la Noemi aveva assicurato che non aveva bisogno di niente.

Avrebbe pensato a tutto lei.

Di funerali, tra nonne, nonni, zie e disgraziati vari, ne aveva sulle spalle una decina.

Sapeva cosa fare.

173.

«Allora è proprio vero?» sospirò il Pianìn, basso di voce che più non si poteva.

Aveva ancora dubbi?, chiese il Vecchiatti, cui stava cominciando a montare il fungo.

Cosa diavolo credeva, che fosse venuto in bicicletta da Dervio a Bellano solo per fargli uno scherzo?

C'aveva mica tempo da perdere in cazzate!

Era stata la Noemi a chiedergli di portare la notizia.

E poi, se non ci credeva, andasse su a vederlo con i suoi occhi.

«È morto!»

Morto contento, specificò il Vecchiatti, a giudicare dal sorriso che il Lindo aveva sulla faccia.

Morto, però.

«È una disgrazia», commentò il Pianìn.

«Sì...»

«Una disgrazia senza pari.»

L'operaio si strinse nelle spalle: con tutta la gente che moriva ogni giorno, anche più giovani...

«Voi non potete capire», disse il Pianìn. «Il Nasazzi è, anzi, era il nostro bombardino.»

A proposito, riprese il Vecchiatti.

La Noemi mandava a dire che anche il bombardino era inservibile, tutto imbottato e senza un paio di tasti.

Praticamente, morto anche lui.

174.

Come si poteva fare, chiese il podestà Parpaiola.

«ADESSO?»

Il Pianìn si strinse nelle spalle.

La mezza merda del Fainetti, quando il Pianìn gli aveva riferito del decesso del Nasazzi, s'era trincerato dietro un lavoro urgente che non poteva aspettare: andasse lui dal podestà a raccontargli quella novità. Poi, eventualmente, riferisse.

Come si poteva fare?, ribadì il Parpaiola.

Per l'occasione aveva invitato i podestà di Varenna, Menaggio e Bellagio, le tre perle del lago, riservandosi di riceverli, dopo la cena, sul terrazzino al primo piano dell'edificio che ospitava il Caffè dell'Imbarcadero, da cui avrebbero goduto un impagabile spettacolo.

Aveva anche preparato un discorso.

Senza contare che il segretario Bongioanni aveva invitato il segretario provinciale dell'Opera Nazionale Dopolavoro. Lui e la signora, che si dilettava di bel canto.

Bisognava, a tutti i costi, trovare una soluzione.

«Ma chi lo dice al Geminazzi?» chiese il Pianìn.

«Qualcuno glielo dirà», fu la risposta del podestà.

Non gli sembrava, aggiunse, il problema più grosso.

«Ma era così importante la parte di questo Nasazzi?»

Il Pianìn ebbe un sorriso amaro.

«Fondamentale», rispose. «Insostituibile.»

Fondamentale, pur non sapendo di musica, non lo metteva in dubbio, ribatté il podestà.

«Ma insostituibile mi sembra davvero esagerato!»

Era forse l'unico sulla faccia della terra a suonare il...

«Come si chiama?»

«Il bombardino.»

Ecco, era forse l'unico?

No, ma come lui...

«E allora!» fece il podestà.

Non era possibile reperire in tempi brevi un sostituto?

Lui, che bazzicava bande e fanfare da anni, non conosceva nessuno in grado di prenderne temporaneamente il posto?

«Ogni banda ne ha almeno uno», disse il Pianìn.

«Prendiamone uno in prestito, allora.»

Ne conosceva?, chiese il podestà.

Be', fece la guardia, sì.

Non bravo come il Nasazzi, però, insomma...

Era un suo amico di Mandello del Lario, certo Mambretti, anche lui suonava da vent'anni, forse di più...

«Avanti allora, senza perdere tempo.»

Figure, disse il Parpaiola, non ne voleva fare con gli invitati.

Il Pianìn, era evidente, aveva ancora qualcosa da dire. Ma non gli usciva.

«Non sono stato abbastanza chiaro?» domandò il podestà.

Chiarissimo.

Però...

Una parola in mano all'altra.

«Però?»

Bisognava avvisare il Geminazzi...

«Va bene, d'accordo, il Geminazzi! Adesso lo farò avvisare. Ma voi fatemi la cortesia di reperire questo vostro amico.»

Al Pianìn mancò il coraggio di esprimere altri dubbi: senza il Nasazzi, sarebbe stata un'altra musica.

Si avviò, lento, un bue verso il macello.

«E, a proposito», lo raggiunse nuovamente la voce del podestà quando aveva già la mano sulla maniglia della porta.

«Dite?»

«Bisognerà anche provvedere a recuperare la divisa.»

«La divisa?» chiese il Pianìn.

La divisa del Nasazzi, quale altra?

Da prestare a quel...

«Mambretti.»

...a quel Mambretti per il concerto.

«Non vi pare?» chiese il podestà.

Certo, gli pareva.

Sarebbe stato un pugno nell'occhio un unico musicante in abiti civili in mezzo a tutti gli altri con la divisa.

«Dico bene?» chiese il podestà.

Benissimo, rispose con il pensiero il Pianìn.

Uscì all'aperto. La cappa di caldo e umidità sembrava solida, come di cartone.

Guardò verso quel cielo in cui le anime di tutti, almeno si diceva, andavano a finire prima o poi.

Pensò al Nasazzi.

Con tutti i giorni che aveva per morire, proprio quello aveva dovuto scegliere?

175.

Si fermò nel punto in cui il Vecchiatti gli aveva detto che avevano trovato la bici di Lindo. Ascoltò l'onda che si rompeva contro la roccia della riva più sotto, eterna musica, ascoltata sin da bambino.

Il Pianìn s'era fermato mica per curiosità morbosa: era piuttosto senza fiato, i vent'anni li aveva passati da un pezzo e lì, in galleria, c'era un pelo di godibile frescura.

Già che c'era, buttò l'occhio. Non c'era niente da vedere. Ne approfittò per tirare il fiato e ripassare il discorso.

Da fare con misura, con delicatezza.

Il Geminazzi era stato chiaro, pur nella disperazione del momento.

«Sono qui a porgervi le condoglianze dell'intero Corpo Musicale...»

Di fronte alla fresca vedova non si poteva certo essere bruschi.

Non si poteva bussare e dire: «Sono qui a prendere la divisa del vostro defunto marito».

Delicatezza, buona grazia.

Fermezza, ma con dignità e rispetto.

Quindi: «Sono qui a porgervi le condoglianze dell'intero Corpo Musicale Bellanese e del suo consiglio per l'improvvisa tragedia che si è abbattuta sulla vostra casa».

La Noemi a quel punto avrebbe probabilmente detto: «Grazie».

E lui, per tutta risposta, le avrebbe stretto la mano. Gesto sodale, a nome suo e dell'intero Corpo Musicale.

Non solo alla Noemi, anche al figliolo, quello malato: non bisognava dimenticarsene.

Dopodiché...

Forse era troppo presto. Meglio dire ancora qualcosa.

Cose del tipo: «Se possiamo fare qualcosa per alleviare la vostra sofferenza in questo triste momento...».

Una frase del genere poteva andare bene. Dava l'idea che loro, ormai, erano un gruppo compatto, solidale.

A quel punto, magari, la Noemi gli avrebbe chiesto se voleva vedere il morto.

Oddio, non che lui andasse matto per spettacoli di quel genere.

Se glielo avesse chiesto, però, non avrebbe potuto dire no. Eventualmente, avrebbe cercato di guardare poco, quel che bastava, che dava soddisfazione alla decenza.

In ogni caso, quando si fosse arrivati a quel punto, non si poteva rimandare oltre.

Morto o non morto, bisognava spiegare la faccenda del debutto, il concerto di quella stessa sera, la necessità di non sfigurare davanti a tanto pubblico...

Il Pianìn, considerando la fresca vedova e il malatino, non se la sentì di sparare brutalmente la richiesta.

La cosa migliore, pensò, era chiederla in prestito.

«Per questa sera, sapete...»

Poi, se la vedessero quelli del consiglio.

Con voce umile, come piangesse.

«Se poteste prestarci la divisa...»

176.

«No.»

La Noemi usò un tono di voce neutrale, né arrabbiato né sorpreso.

L'aveva ricevuto nella cucina di casa.

Era stata ad ascoltare le condoglianze.

Non gli aveva stretto la mano, dell'orfano non c'era traccia.

Né gli aveva chiesto se volesse vedere il morto.

Ma alla richiesta del Pianìn, se potesse prestare al Corpo Musicale la divisa del defunto marito, rispose no.

«Solo per questa sera...» cantilenò la guardia.

«Proprio non posso», ribadì la Noemi.

«Via, signora...» insisté il Pianìn.

Al che la vedova, che aveva le maniche rimboccate, ruppe gli indugi.

«Venite con me», disse.

E, arpionato per un braccio il suonatore di trombone, lo tirò con sé nella camera da letto, dove il Nasazzi riposava nella bara.

C'era penombra.

Mosche ronzavano.

Nessun odore particolare nell'aria. Odore di caldo, quello sì, di fiori nessuna traccia.

«Guardate», disse la Noemi.

Il Pianìn non lo voleva fare, guardare i morti gli faceva freddo. Sentiva il freddo della terra e il buio senza note del silenzio.

«Guardate bene», insisté la Noemi. «Non morde mica. Ormai è morto.»

Il Pianìn obbedì.

Buttò uno sguardo rapido e preciso a tutto il Nasazzi, lungo quant'era.

Bastò.

«Ossignore!» disse.

«Capito adesso?» fece la donna.

177.

Che diavolo di idea le era venuta?, sussurrò la guardia. Vestire il morto con la divisa della banda?

«Che c'è di strano?» ribatté la Noemi, senza badare troppo al tono della voce.

L'Evelindo aveva un solo vestito buono e lei aveva voluto risparmiarlo per il figlio, il malatino, come lo chiamava lui.

«Quando sarà il momento, con un'aggiustatina gli andrà a pennello.»

Della divisa, invece, cosa ne avrebbe fatto? Stracci, al massimo. Per quello l'aveva usata per vestire il morto.

Il Pianìn sudava profusamente.

Ma quanto caldo faceva in quella casa?

«Scusate se ve lo dico qui», mormorò il Pianìn dando uno sguardo in tralice al Nasazzi, «ma vi rendete conto che quello che avete fatto è... sì... un'appropriazione indebita... una sorta di furto. Potrebbero esserci delle conseguenze!»

Meccanicamente la Noemi si portò le mani ai fianchi, gesto premonitore. Il Pianìn fece un passo indietro, per uscire dalla portata d'azione di quelle braccia.

«Vorreste dire?» chiese la donna.

«Che la divisa è di proprietà del Corpo Musicale.»

«Questa è bella!» esclamò la Noemi.

«Per bella che sia è la pura verità», confermò il Pianìn.

«Ah sì? E, scusate se insisto, da quando quella divisa sarebbe di proprietà della banda?»

Il Pianìn annaspava.

Che la Noemi fosse ancora più matta di quanto lo fosse stato il povero Evelindo?

Cercò di essere conciliante, con i matti bisognava andarci cauti.

«Da sempre», disse.

La divisa del Nasazzi era una di quelle che erano state interamente pagate...

«Insomma, diciamo dal consiglio.»

La Noemi tentò una replica.

«Mi rendo conto», continuò invece il Pianìn, «che è indelicato parlarne.»

Ma le difficoltà finanziarie che li avevano investiti a causa della malattia del figlio avevano convinto il consiglio a intervenire in solido, pagando appunto la divisa, onde non perdere un eccellente suonatore.

«Ma quali difficoltà?» sbottò allora la Noemi. «Che malattia! Il ragazzo non è mai stato bene come in questi mesi, tanto che non sembra nemmeno più lui!»

Ma anziché rivolgersi al Pianìn, stava parlando con il morto.

E con un piglio, una rabbia tale che il suonatore di trombone non si sarebbe meravigliato se il Lindo si fosse levato per rispondere.

178.

Il piano che aveva sentito nascere quella sera. La carta vincente per fregare la Noemi.

L'aveva giocata, il Lindo, e aveva vinto.

L'aveva giocata subito dopo che il Pianìn gli aveva fatto la proposta del credito senza tempo presso il sarto Benagli. Aveva immaginato che, a ridosso del gran concerto di debutto, avrebbero fatto di tutto pur di non perderlo: anche pagargli la divisa, e così era stato.

Così, la sera stessa, aveva messo in atto la seconda parte del suo piano.

Bisognava dotarsi della divisa, aveva detto alla Noemi, ma le casse del Corpo Musicale piangevano miseria.

Ai meno abbienti il consiglio avrebbe dato un aiuto.

Ma lui, piuttosto, avrebbe appeso il bombardino al chiodo.

Dignità, soprattutto, nessuna elemosina!

La Noemi l'aveva ascoltato per benino, cercando di capire se tra le parole del marito ci fosse qualche trucco.

Non ne aveva trovati.

D'altronde, aveva ragionato, se suo marito le chiedeva soldi per pagarsi una divisa non poteva certo pensare di imbrogliarla. Prima o poi la divisa avrebbe dovuto comparire, prova concreta del modo in cui quei soldi erano stati spesi.

E, non fosse stato così, sapeva bene cosa lo aspettava!

Aveva sborsato cento lire belle tonde!

Che fine avevano fatto?

179.

Sembrava che fosse scoppiata una guerra, rifletté il Parpaiola verso mezzogiorno, e che loro fossero in ritirata. Non arrivavano che notizie di catastrofi.

Il Mambretti di Mandello aveva mandato a dire che dei pezzi in repertorio per il concerto lui conosceva solo *Giovinezza* mentre gli altri gli risultavano completamente ignoti, ragione per la quale declinava il gentile invito.

Alla notizia il Geminazzi era stato colto da malore. Era toccato al segretario Bongioanni dapprima illuderlo, comunicandogli che erano sulle tracce di un sostituto, e poi disilluderlo, mettendolo al corrente che il sostituto reperito manco sapeva chi fossero Giuseppe Verdi e Gaetano Donizetti. Il Geminazzi allora s'era portato una mano alla testa nel tentativo di fermare il repentino giramento che l'aveva colto ma non c'era stato niente da fare, era crollato di schianto. Era svenuto cadendo sul piano della sua scrivania, e per fortuna, così che da lì al primo letto disponibile non c'era molta strada da fare.

«Stato di sciocche!» aveva stabilito il primario Calandro Sinovia.

Riposo, sedativi, tranquillità: ecco tutto ciò di cui il maestro aveva bisogno per rimettersi in sesto. Che potesse stare in piedi quella sera, e dirigere, era da escludere.

Informato, il podestà Parpaiola aveva fatto i conti: il Geminazzi in ospedale, mancava il bombardino, non c'era una divisa, il cardinal Schuster aveva rinviato la visita…

Restava solo da sperare in un bel menaggino che mandasse all'aria il programma.

Ma il cielo era sereno e il caldo sempre più schifoso.

Non c'era alternativa: concerto rinviato a data da destinare. Si stampassero immediatamente gli avvisi da appiccicare sui manifesti.

«Come debutto niente male», disse rivolto al Fainetti.

E aggiunse che gli era sempre sembrato di saperlo.

180.

Le nuvole cominciarono a riempire il cielo verso metà mattina del giorno successivo.

Vento?

Acqua?

Gli esperti d'osteria erano incerti.

Poteva essere l'uno, o anche l'altra. Cambiava niente. Fosse stato vento, avrebbe spostato di qua e di là aria calda, fosse stata acqua sarebbe aumentata l'umidità.

«In ogni caso», disse il Pianìn, «che tiri vento o piova, oggi pomeriggio sottoterra ci finisce il Lindo.»

E a lui pareva doveroso che i vecchi soci della fanfaretta seguissero il funerale per porgergli l'estremo omaggio.

Una marcetta funebre l'avevano nel repertorio, l'avevano suonata più e più volte.

Il segretario Fainetti concesse il permesso.

«Ma sì», disse.

«E», aggiunse poi, «visto che per la divisa non c'è niente da fare, vedete di recuperare almeno il cappello.»

Se avesse voglia di scherzare, il Pianìn non avrebbe saputo dirlo.

Comunque disse sì, l'avrebbe fatto.

Alle tre del pomeriggio la fanfaretta era di nuovo riunita, come ai vecchi tempi.

Mancava lui, il Lindo. A fare le veci del bombardino ci avrebbe pensato il Pianìn, prestando il suo trombone al controcanto.

Soluzione pietosa, certo. Ma non erano lì per riscuotere applausi, incassare complimenti.

La bara del Nasazzi, portata a spalle da quattro operai della segheria, uscì nella luce intensa del pomeriggio poco dopo le tre.

Sul cofano, il cappello.

La fanfaretta intonò la marcia funebre. I sette suonavano e sudavano. Il caldo era una colla, il tempo stava per cambiare, questione di poche ore. In cielo c'erano nuvole, grigie di pioggia, che però correvano verso il basso lago spinte da un vento di quota.

All'altezza dell'imbarcadero di Dervio ci fu un cambio tra i portatori della bara. Il corteo si fermò un istante.

Il Zacca Vergottini, la cornetta infilata sotto l'ascella, ne approfittò per asciugarsi il sudore e guardare in aria.

«Mi sa che va a piovere», osservò.

«No», disse il Pianìn che aveva appena scrutato il lago.

«Vento», aggiunse.

Si vedevano già le creste delle onde bianche di spuma che dall'alto lago avanzavano velocemente.

Quasi a conferma della previsione, una prima scuffia, calda, elettrica, si abbatté sul corteo, prendendolo d'infilata.

Il cappello del Lindo sembrò prendere vita.

Parve, dapprima, che volesse salire in alto, in cielo, forse, per precedere il resto della divisa.

Un'altra invisibile sberla lo spinse invece verso il lago.

Poi, sotto gli sguardi impotenti di tutto il corteo funebre, lo mollò lì, tenendolo a mezz'aria per qualche istante. Alla fine, stufa di quel gioco, lo lasciò cadere nell'acqua accanto al molo.

181.

Due giorni dopo il funerale del Lindo, nelle prime ore di un pomeriggio velato dalla calura, Pietro Caletti, un diciassettenne sfaccendato che non aveva altro modo per occupare i suoi pomeriggi, se ne stava sul molo di Dervio, reggendo in mano svogliatamente una canna da pesca. Sapeva che anche i pesci, in quell'ora morta, non avevano alcuna voglia di abboccare, ragione per la quale, quando tirò a sé la lenza per l'ennesima volta e la sentì resistere, ebbe dapprima una repentina emozione che subito si annacquò nella delusione.

Smoccolò. In quel molo la gente gettava ogni sorta di cose, pentole rotte, ruote di bicicletta, pitali: immaginò di aver attaccato qualcuno di quei rifiuti e, per non rompere il filo, si diede a recuperarlo lentamente, continuando a smadonnare. Centimetro dopo centimetro, stava salvando la lenza. Non aveva certo agganciato qualcosa di troppo pesante, rifletté, altrimenti addio montatura.

Quando l'oggetto affiorò non lo riconobbe subito, aveva anche il sole contro. Lo tirò a sé, facendolo scivolare sul pelo dell'acqua e una volta che l'ebbe in mano capì cos'era: un cappello. Un cappello del Corpo Musicale Bellanese, come recitava la scritta in lettere dorate ricamata sul davanti. Stava per decidere di ributtarlo in acqua quando, girandolo, notò qualcosa che lo emozionò ben più che se avesse agganciato un luccio di cinque chili. Da sotto la fodera lacerata spuntavano...

Un fischio di esultanza gli uscì spontaneamente. Lo troncò subito, guardandosi alle spalle per controllare che nessuno l'avesse sentito e, incuriosito, andasse a vedere cosa aveva pescato di bello.

Biglietti di banca!

Lacerò del tutto la fodera e lestamente intascò quel bendiddio. Solo a casa, nel chiuso della sua camera da letto, fece il conto.

Fischia, ottanta lire! Una pesca miracolosa! Che si inculassero tutti i pesci del lago di Como!

Stese quelle preziosissime carte su un filo di spago teso tra la testiera del letto e la maniglia della finestra. In un paio d'ore asciugarono, pronte per essere spese.

Alla faccia di chi le aveva nascoste lì.

Di chi le aveva perdute.

E anche a quella di chi, magari, le stava cercando.

EPILOGHI

I

Il Geminazzi restò tre giorni in ospedale, muto e attonito come vivesse in un altro mondo, subendo le cure dei medici e le attenzioni delle suorine.

All'alba del quarto, il Sinovia gli comunicò che la sua degenza era finita.

«Caro maestro, oggi stesso potrete far ritorno alla vostra casa», disse.

«Prego, ragioniere», corresse immediatamente il Geminazzi.

«Come volete», prese atto il medico, e sorrise.

Ma «Ahi!» pensò tra sé.

Quella precisazione nascondeva un dolore ancora vivo. Negava, rifiutava una parte di personalità con la quale il Geminazzi non voleva ancora confrontarsi.

La ferita insomma era profonda, gemeva ancora sangue. Ci sarebbe voluta quindi una bella convalescenza, soltanto il tempo medico l'avrebbe sanata come si doveva.

Lo disse all'Estenuata, che non pretendesse di riavere subito il marito cui era abituata. Lo disse al Malcelati, che concedesse al ragioniere («Mi raccomando, che nessuno faccia l'errore di chiamarlo maestro!») qualche dilazione sul lavoro: benché il lavoro, in casi come quello, potesse diventare medicina.

Lo disse anche al Parpaiola, quando costui, tramite il

Pianìn, mandò a chiedere notizie del ricoverato. Volle parlargli di persona, spiegare la situazione. Usò un esempio figurato, lasciando perdere la terminologia scientifica.

Il Geminazzi doveva, come dire?, disintossicarsi. O, se rendeva meglio, andava considerato come uno che avesse fatto indigestione di qualcosa e piano piano avrebbe ripreso il gusto a quella cosa che, per il momento, gli faceva schifo. In sostanza, avrebbe capito da sé quando fosse stato pronto per ricominciare.

Ci avrebbe messo un mese, due?

Chi lo sapeva?

Forse di meno, forse di più!

Bisognava pazientare.

E pazientando passò l'estate.

II

Un'estate di fuoco, caldo e umidità. Pioggia, poca, in compenso tirò parecchio vento. Ci fu anche una piccola epidemia di tifo, che non causò decessi, e una moria di trote nel fiume Pioverna dovuta alla scarsità dell'acqua.

Sulla ferocia della stagione chiunque aveva qualcosa da dire, tranne quei due, i freschi sposi, l'Armellina Banchieri e il segretario Bongioanni. Non si accorsero del caldo e dell'umidità, non ebbero sentore di tifo e pesci morti. Stavano, come Geminazzi in ospedale, su un altro pianeta.

Dalla sera del matrimonio il Bongioanni era in visibilio, una trance continua, sembrava scemo!

I due non avevano fatto viaggi di nozze.

Gli unici monumenti che al Bongioanni interessavano erano quelli che finalmente sua moglie gli aveva permesso di conoscere a suo piacimento e dei quali, passata l'estate, l'uomo poteva tracciare una mappa minuziosa.

Fu il Bongioanni in persona, una sera, appena passato Ferragosto, a entrare in argomento.

Il maschietto!

Se n'era forse dimenticata, la sua diletta mogliettina?

A quella uscita l'Armellina gli rispose a muso duro, brutta che era quando si incazzava.

Non dicesse mai più una cosa del genere!

Come poteva pensare che si fosse dimenticata di suo figlio?

«Nostro!» estrasse dalla manica il Bongioanni.

Un asso vero e proprio.

Quel «Nostro!» si dipinse sul volto di Armellina come un velo di trucco sorridente.

«Scusami», disse lei subito.

Lungi dall'essersene dimenticata, subito dopo le nozze, spiegò, aveva pensato che fosse bene attendere un altro po'. Un mese, due, forse tre. Tre, al massimo. Concedergli, insomma, la libertà piena, assoluta di godere della sua fresca sposa prima dell'ingresso in casa del bambino.

«Intenderesti dire che mi basterebbero due, tre mesi al massimo per saziarmi di te?» chiese il Bongioanni.

«Avanti di questo passo», rispose l'Armellina calcolando che, a parte i giorni delle regole, non avevano mai, sino ad allora, mancato una volta sola di centrare il bersaglio, «potresti fare indigestione.»

Per tutta risposta il Bongioanni le cinse i fianchi.

Diobono come gli piaceva!

«Bisogna anche pensare ai documenti necessari, cara la mia signora», disse, la voce già in un bassotuba.

«Domani chiederò in municipio...» rispose lei, con voce di clarino.

E clarino incerto, visto che le mani di lui, dai fianchi, erano scese sulle cosce.

Uuuh, quelle cosce!

«Già fatto», disse lui.

«Già...»

Ma un groppo in gola la zittì.

«Sono o non sono il segretario del Partito?»

Ma la domanda a chi l'aveva fatta? A lei, a sé stesso...

«Ci toccherà stare un poco più attenti», disse soffiando l'Armellina.

Il Bongioanni fu d'accordo.

Certo, in cucina, con uno di sei anni tra i piedi...

«Pardòn!»

Voleva dire...

«Capito», disse l'Armellina, chiudendogli la bocca con un bacio.

Intanto, però, visto che erano ancora soli...

III

«Sentita la novità?» chiese la perpetua con tono serotino.

A sera infatti, dopo il gran parlare della giornata, le si abbassava la voce. Niente di straordinario, era così da anni, tutte le sere. Anche quella, di fine settembre.

«Che novità, Scudiscia?» chiese il signor prevosto.

La Scudiscia sorrise sotto i baffetti che lasciava crescere in piena libertà: mai stata vanitosa.

Sorrise per il gioco del prevosto che, figurarsi se non la sapeva! Sapeva sempre tutto!

Del Bongioanni no?, e dell'Armellina, che avevano adottato un maschio su all'orfanotrofio.

L'aveva scelto lei però, bella da sola. Era andata su, con tutte le carte pronte, aveva detto quello e quello era stato.

«Sia fatta la volontà di Nostro Signore», commentò il prevosto.

«Che ogni tanto guarda giù!» ribatté la perpetua.

«Scudiscia!» la rimbrottò il prevosto.

Ma la Scudiscia non aveva ancora finito di parlare.

«Guarda giù, eccome!» disse.

Perché, secondo lui, che era un uomo di Bibbia, se l'Armellina avesse sposato il Guzzìn, socialista e figlio di socialisti, glielo avrebbero lasciato adottare un figlio, per allevarlo nel credo dell'anticristo?

Quindi, se l'Armellina non aveva sposato quel diaolbestia del Guzzìn, quel senza Dio...

«Che sia senza Dio è tutto da dimostrare», interloquì il prevosto, «ve l'ho già detto!»

La Scudiscia restò un attimo in sospeso.

Vedesse lui, riprese, se dargli o meno un Dio!

Per lei, se l'Armellina aveva sposato il Bongioanni e non il Guzzìn, era un segno che ogni tanto «Quèl su!» si degnava di guardare giù!

«Per mì l'è inscì!» concluse la Scudiscia.

E al sciòr prevòst non restò che augurare la buonanotte.

IV

Per tutto il mese di agosto Onorato Geminazzi non aveva fatto altro che pensare, in segreto, senza condividere con alcuno le sue riflessioni, al suo futuro di musicista: pensieri che gli davano un brivido di sconforto, sentiva ancora battere intorno a sé le ali della sfortuna. Verso metà settembre però, una sera, ebbe la percezione che qualcosa fosse cambiato. La temperatura dell'aria, certamente, il caldo torrido di agosto era un ricordo. Forse fu quello, i pensieri non erano più appesantiti dall'umidità, lenti a svolgersi.

Così, dopo cena e sotto gli occhi dell'intiero battaglione di famiglia, andò a prendere la cornetta e tentò di soffiarci dentro un paio di note. Gli bastò per capire che era finita. Basta, niente più musica. Portarsi lo strumento alla bocca gli provocò un'onda di nausea, le due note che ne struccò gli fecero venire mal di pancia, dovette correre al cesso.

Fu solo l'inizio. Da quel giorno in avanti infatti dovette amaramente rendersi conto che il suo corpo non sopportava più niente che avesse anche lontanamente a che fare con la musica. Qualunque cosa avesse un'ombra di incedere musicale, una voce gentile, un rumore non cacofonico, gli provocava scosse nervose, crampi allo stomaco, dissenteria.

Era finita.

Fu Estenuata che si incaricò di comunicare il tragico epilogo della carriera di suo marito. Lo disse al Pianìn che, nell'arco di quelle settimane di convalescenza, aveva più volte chiesto notizie del maestro.

«Sceglietevene un altro», disse.

Ormai suo marito era allergico alla musica. Allergico al punto che aveva proibito che alla porta di casa venisse montato un campanello elettrico, aggeggio che invece tutti gli altri condomini avevano accolto con infantile entusiasmo.

Toccò al Zacca Vergottini rimettere insieme i pezzi del Corpo Musicale. Si reinsediò nel suo vecchio incarico di capo della fanfaretta. Poiché, però, il passaggio del Geminazzi gli aveva pur insegnato qualcosa, la sera in cui i suonatori si riunirono per la prima volta volle anche lui tenere un discorsetto.

Esordì dicendo innanzitutto che il suo predecessore non l'aveva mai convinto.

«A cominciare da quell'affermazione di essere stato prima cornetta nella banda di Loveno!»

Bugia!

Durante l'estate s'era preso la briga di fare una gitarella in quel di Menaggio e aveva fatto domande.

«Seconda!» disse. «Sempre stato seconda cornetta!»

«In ogni caso una seconda cornetta con i fiocchi!» ribatté il Pianìn, cui il Geminazzi invece era simpatico e che aveva fatto sapere che avrebbe preso il posto del Nasazzi, lasciando il trombone per il bombardino.

«Perché non ti sposi anche la Noemi?» gli avevano detto, ridendo, i soci della fanfaretta.

Ma la Noemi aveva altro per la testa.

V

Gelsomino Varechini si beccò tre anni di galera, Vereconda Ortalli uno, di manicomio criminale.

Completamente partita sulla via dell'amore impossibile, durante il processo la segaligna segretaria non aveva fatto altro che gridare di aver agito solo per amore, invitando a più riprese il suo ex datore di lavoro a confessare, finalmente e pubblicamente, di essere pure lui segretamente innamorato di lei.

Stremato, il Varechini a un certo punto s'era rivolto al giudice.

«Se fate tacere quella cretina confesserò ogni cosa», aveva detto, seguendo peraltro il consiglio del suo avvocato che, per tutta difesa dell'assistito, non trovò di meglio da fare che affidarsi alla clemenza della corte.

Pubblicata la sentenza di fallimento della Varechini Distillati, mobili e immobili vennero messi all'asta. Il ricavo servì a tacitare i creditori. Il destino della sede dove la Varechini aveva gli uffici e del capannone si decise verso la fine di novembre di quell'anno, e solo dopo uno stillicidio di offerte e di controfferte che aveva visto per protagonisti l'avvocato Sereventi, comasco, in rappresentanza di Erberto Chiavari, albergatore, e l'avvocato svizzero-tedesco Eppfein, in rappresentanza di un soggetto che si palesò solo dopo la vittoriosa conclusione dell'asta. Era un farmacista di padre francese e madre varesina. Si chiamava Aiace Debouché. Da tempo trasferitosi nel mendrisiotto, da qualche anno aveva inventato, brevettato e messo in commercio una tisana lassativa, che aveva battezzato col nome di Ipsofacto. Fenomenale nello smuovere anche gli intestini più riottosi a compiere il proprio dovere, la tisana aveva avuto un successo tale da convincere il Debouché ad allargare i confini del proprio commercio, impiantando un laboratorio di produzione anche in Italia dove, nonostante il largo uso che si faceva di olio di ricino, secondo le statistiche la stitichezza restava uno dei malesseri maggiormente lamentati. Il Debouché visitò gli immobili in un freddo giorno di dicembre, accompagnato dal segretario Detonati cui non parve vera la richiesta che, a un certo punto, il farmacista gli fece: aiutarlo nella cernita del personale da impiegare nell'impresa che, per questioni di comodità, doveva essere locale.

«Vi serve per caso anche un ragioniere?» chiese il Detonati.

«Direi di sì», rispose il Debouché.

«Ci penso io», promise il segretario.

E quella sera, dopo aver dato la notizia alla moglie e al cognato, comunicò a quest'ultimo che gli avrebbe fatto una squisita cortesia se non si fosse mai più presentato alla porta di casa sua.

VI

Fu il malatino a risolvere i dubbi della Noemi. Non certo quelli circa la fine delle cento lire: sarebbe stato, quello, un mistero destinato a durare in eterno.

Gli altri piuttosto: stare a Dervio o ritornare in valle, vendere o tenere la casa...

Niente di tutto ciò.

Lui, le disse una sera, disponeva della quota maggioritaria della casa, avendo ereditato sia la parte della sua povera mamma e sia la porzione di suo padre, e non aveva alcuna intenzione di vendere per andarsi a ficcare in una tana di lupi proprio adesso che stava meglio.

La Noemi non fece obiezioni.

«Ma con cosa ci manteniamo?» chiese.

Le economie, i risparmi non sarebbero durati all'infinito, e allora...

«Con il lavoro», rispose il malatino.

«Il tuo», specificò subito dopo.

Aveva lungamente riflettuto anche su quello. E si era convinto che con quelle braccia da spaccalegna, che più di una volta avevano tramortito il povero Lindo, avrebbe potuto tranquillamente lavorare in segheria e rendere al pari di un uomo. Non era la prima volta che il Caliprandi dava lavoro a una donna, non ci sarebbe stato niente di eccezionale.

«Bravo», fece la Noemi, «e la casa? Chi la terrà in ordine, chi farà da mangiare?»

«Io», rispose il malatino.

Chi pensava che lo facesse ai tempi della sua povera mamma, quando per guadagnare qualcosa era costretta ad andare in casa d'altri a far mestieri?

La Noemi era rimasta senza parole.

«Impara l'arte, diceva sempre la mia povera mamma», soggiunse il malatino.

«Se è per quello», ribatté la Noemi, forse non del tutto convinta ma vinta, sicuramente, dall'ineccepibile programma del malatino, «lo diceva anche la mia.»

VII

Una bella femminuccia da affiancare al maschietto, ecco quello che ci voleva!

Non passava sera senza che il Bongioanni se ne uscisse con quella frase. E senza che, dopo, quando il maschietto ronfava bellamente, si desse da fare per dare corpo al desiderio espresso.

L'Armellina cooperava.

Cooperò.

Nell'ottobre del 1930 sfornò l'agognata femminuccia, Carmilla.

Nell'agosto del 1931 ne sfornò una seconda, Estrella.

Nel settembre del 1932 toccò a Valeriana vedere la luce in casa Bongioanni.

Dopodiché il Bongioanni stesso, calcolando che ormai, in quanto a numeri, stava pareggiando quelli del battaglione Geminazzi, decise di rassegnare le dimissioni da segretario del Partito: non aveva più tempo per le balle della politica, tutte quelle bocche da sfamare reclamavano una dedizione assoluta. Dedizione e cautela anche, onde evitare altre nascite.

Ma la cautela, come si dice, non è mai troppa e controllarsi in certi momenti è tutt'altro che semplice.

Per farla breve, una domenica mattina, nel luglio del 1933, Armellina confessò al marito che aspettava ancora.

«Ancora?» fece lui.

Contento eh!

Solo un filino preoccupato.

«Bisognerà pensare al nome», commentò lui.

Edvige, disse, se fosse stata un'altra femmina.

Antonio, se fosse nato maschio.

«Pensaci tu», gli disse l'Armellina.

Lei doveva pensare al pranzo. Avevano invitati: il Detonati, che non mollava e continuava a essere segretario della sezione menaggina, con signora.

Dopo pranzo gli uomini uscirono a fare due passi. Le signore invece preferirono restare in casa a rigovernare. Ma anche, e soprattutto, parlare delle cose loro e confessarsi le reciproche gravidanze.

Perché anche la moglie del Detonati era in attesa.

«Mi piacerebbe maschio», disse quest'ultima, «e bello come il vostro.»

«Bello eh!» fece Armellina, segretamente orgogliosa.

Bello come sua madre, pensò.

«Non si direbbe...» stava dicendo la Detonati.

Nessuno insomma, a parte quei pochissimi che sapevano, come lei e suo marito, nessuno avrebbe detto che era stato adottato.

«Sembra tuo marito in piccolo», sentenziò la Detonati, «fatto e finito.»

Armellina fu lì per dire qualcosa, doveva, ormai aveva aperto la bocca.

«Tanti lo dicono», ammise.

«In fondo», chiese poi alla sua ospite, «i figli sono di chi li cresce. Non credi?»

Finito di stampare nel mese di febbraio 2009
da Grafica Veneta s.p.a., Trebaseleghe (PD)

Tromb.ne 2°

Petrella

Scena Delirio Finale 2° nell'Opera Jone